禿《はげ》鷹《たか》の夜 II

無防備都市

逢坂剛

文藝春秋

無防備都市

禿鷹《はげたか》の夜

II

『無防備都市』禿鷹Ⅱ登場人物リスト

禿富鷹秋　神宮警察署・生活安全特捜班・警部補
鹿内将光　同・刑事課長代理・警部

松国輝彦　五反田警察署・警務課付監察官・警視
久光章一　同・生活安全課・巡査部長
御園隆輔　立石警察署・刑事課・捜査四係長・警部補
玉村弘行　同・刑事課・捜査四係・巡査部長
鯉沼貞男　新宿中央警察署・刑事二課・暴力犯担当・巡査部長
坂東茂孝　東池袋署・生活安全課長・警部
平石誠　同・生活安全課・巡査部長

谷岡俊樹　渋六興業の社長
水間英人　同・総務部長
野田憲次　同・営業部長

坂崎悟郎　渋六興業・ボディガード
桑原世津子　バー〈みはる〉のママ

諸橋征四郎　敷島組大幹部。
井上一朗　同・組員
諸橋真利子　諸橋征四郎の妻。クラブ〈サルトリウス〉のママ

ホセ石崎　マスダのコマンダンテ（指揮官）。日系三世コロンビア人
宇和島博　同・幹部。元敷島組の組員
王展明　上海から来た殺し屋

松国遊佐子　松国警視の妻
梶井良幸　カンダ調査事務所所長
阿川正男　同・共同経営者

初出▼「オール讀物」二〇〇〇年五月号　七月号　十月号　二〇〇一年二月号
四月号　六月号　八月号に掲載のものに筆を加えました。

装画▼渡邊伸綱

装丁▼関口聖司

プロローグ

宇和島博は水割りを飲み、おもむろに切り出した。

「それで、どうなんだ。考えてくれたのか」

桑原世津子は、おどおどと目を伏せた。

カウンターを、おしぼりで意味もなくふきながら、小さな声で答える。

「やっぱり、うちみたいな小さなお店では、そんな負担金は払えませんよ。勘弁していただけませんか」

宇和島は人差し指の爪の先で、カウンターをゆっくりと叩いた。

「渋六に払って、こっちに払えないってことは、ないはずだぞ」

世津子が、ちらりと目を上げる。

「マスダ（マフィア・スダメリカナ＝南米マフィア）さんは、月づき二十万払えって言うんでしょう。うちの売り上げを考えたら、とても払い切れませんよ。見逃してくださいな。女一人で切り回してる、小さなバーなんですから」

「渋六なんか、切っちまえばいい。そうすりゃ、払えるだろう」

「渋六は、〈アルファ友の会〉の会費という名目で、月づきたった二万円ですもの。それに、実際ビデオショップの〈アルファ〉からビデオを借り放題に、借りられるんです。もちろん、そんなにたくさんは、借りませんけどね」

宇和島は、鼻で笑った。

「まったく、けちくさいシステムだぜ。月づき二万とはな」

「それは、うちが小さなバーだからですよ。もっと大きなお店からは、当然うちよりたくさん取り立てています。それでも、最高で十万くらいと聞きました。だから、うちあたりにいきなり二十万と言われたって、とても」

途中で言いさして、和服の肩をすくめる。

宇和島は、辛抱強く言った。

「いざというときに、渋六のやつらが二万かそこらのはした金で、体を張ると思うか。おれたちにくら替えすれば、親船に乗ったつもりでいられるんだ。いくらたちの悪い客が来ても、おれたちならすぐに落とし前をつけられる。それより、二十万くらいすぐに元が取れるように、おれたちが客を送り込んでやるさ。マスダに払う分は、そいつらから巻き上げりゃいいんだ」

「でも、こんな小さなお店で、そんなに取れると思いますか」

「取るのよ。払わないとぬかしやがったら、おれたちがすぐに駆けつけて来て、その場で払わせてやる」

世津子が、困惑したように言う。

「それじゃ、暴力バーになっちゃいますよ」

「そんなことを言ってるから、いつまでたってもうだつが上がらねえんだ。どっちにしても、渋六はボスの碓氷《うすい》が現役を引退して、がたがたになっちまった。もう、頼りにはならねえよ。いずれ、おれたちマスダが連中を渋谷から叩き出して、この街を仕切ることになるんだ。そのときになって、よろしくお願いしますと泣きついても、手遅れだぞ」

世津子は、白塗りの化粧でごまかした顔を歪めて、宇和島を祈るように見た。

「そんなこと言われても、渋六には開店以来ずうっと、お世話になってるんです。そう簡単に、乗り換えるわけにいきませんよ」

宇和島はため息をつき、グラスの酒をあおった。

まったく、頑固な女だ。おとなしく話をしているうちが花なのに、ああだこうだと理屈ばかりこねる。

もう少し、脅かしてやるか。

世津子は、宇和島の顔色をうかがいながら、続けた。

「そろそろ店をあけなきゃいけないし、このあたりで勘弁してもらえませんか」

そう言って、和服の襟元から小さな紙包みを取り出し、カウンターに滑らせる。

宇和島は、じろりとそれを見た。

「なんだ、これは」

「ほんのお清め料ですよ。どこかで、お食事でもしていってくださいな。それと、たまにここへ顔を出して、飲んでいただく分にはかまいませんから。お勘定のことは、気にしないでください」

宇和島は、その紙包みを人差し指で、流しにはじき飛ばした。

世津子の顔がこわばる。

「ばかにするな。子供の使いじゃねえんだ。来月ついたちには、初回分を払ってもらう。渋六と話がつけられないなら、おれたちがつけてやってもいいぞ。やつらに、この店を張り合う度胸があるもんか。文句があるなら、ついたちの夜に出向いて来いと伝えろ」

宇和島は手元のグラスを取り上げ、世津子の背後の棚に並ぶ酒のボトル目がけて、思い切り投げつけた。

リキュールのボトルが、割れたグラスと一緒に棚から転げ落ち、コンクリートの床に砕けた。

世津子は小さく悲鳴を上げ、体を縮めて耳をふさいだ。甘いアルコールの香りが、あたりにぷんとにおい立つ。

宇和島は、世津子の脅えた様子にほくそ笑み、口をあけようとした。

そのとき、出入り口のドアが突然開いた。

宇和島は、ストゥールの上で体を回し、ちょっと身構えた。

戸口に立ったのは、グレイの薄手のダブルを着込み、紺系統のペイズリのネクタイを締めた、三十代半ばの男だった。

一瞬、見覚えのあるような気がしたが、とっさには思い出せない。

一見したところ、瘦せた華奢な体の持ち主に見えるが、肩幅だけは戸口をふさぐほど広い。柔らかそうな髪を、オールバックにしている。

男は、広い額の下に潜む暗い目を、宇和島に向けた。

「どうした。もめごとか」

ビロードのような、なめらかな声だった。

宇和島は、男の鋭い視線に射すくめられて、ちょっとたじろいだ。どすをきかせて言う。

「大きなお世話だ。他人の口出しすることじゃねえ」

男は毛ほども表情を変えず、ぶっきらぼうに言い返した。

「おまえに聞いたんじゃない。ママに聞いたんだ」

目上でない人間に、おまえ呼ばわりされたことのない宇和島は、たちまち胃が熱くなった。

「なんだと」

世津子が、急いで横から口を出す。

「なんでもないんですよ、お客さん。申し訳ありませんけど、まだ開店してないものですから、あとで出直していただけませんか」

男は、世津子を見ずに答えた。

「なんでもないことはあるまい。たった今ここで、ボトルの割れる音がした。ひどい酒のにおいだ。このちんぴらがやったのか」

宇和島はかっとなり、ストゥールからすべりおりた。

「ちんぴらだと。だれに向かって、口をきいてやがるんだ」

男の口元に、皮肉な笑いが浮かぶ。

「おまえこそ、だれを相手にしてるか、分かってるのか」

「知るか。おれは、マスダの宇和島だ。おまえはだれだ。渋六の腰抜けか」

宇和島が言い返すと、意外にも男は顎をのけぞらすようにして、笑い始めた。

宇和島は、ストゥールの後ろの狭い通路をすり抜け、男に詰め寄った。

「何がおかしい。てめえはだれだ」

自分よりいくらか背が低いのを見て、軽くあしらえると腹の中でたかをくくる。

男は、笑い出したときと同じように、唐突に笑うのをやめた。

「おれは、神宮署生活安全特捜班の、トクトミだ」

宇和島はぎくりとして、その場に立ちすくんだ。

トクトミ。神宮署。

思い当たった。

神宮署に、禿富鷹秋という名前のこわもての刑事がいることは、よく知っていた。陰でハゲタカと呼ばれ、ヤクザからも堅気からも毛嫌いされるやっかいな男だ、ということも承知している。

ただし、まともに顔を合わせるのは、これが初めてだった。

渋六興業の碓氷嘉久造が、現役の社長から名誉会長に身を引いたあと、渋六は周囲の攻勢を受けてすぐにも壊滅する、とマスダの幹部は予測した。

ところが実際にはそうならず、渋六はいまだに抜け目なくシマを張り続け、マスダと対抗している。残った構成員のしぶとい抵抗もさることながら、それを裏から支える禿富の存在が大きい、といわれる。

宇和島はマスダの大幹部の一人、ホセ石崎からハゲタカにだけは気をつけるように、と再三注意を受けている。南米から呼び寄せた、ミラグロと称する腕ききの殺し屋が殺されたのも、裏の世界ではハゲタカのしわざだという、もっぱらの評判だ。

そのハゲタカが、今目の前に立っている。

宇和島は様子をみようと、少し腰を低くした。

「これはどうも、神宮署のだんなでしたか。いつも、お世話になってます」

「おまえのような、げすなちんぴらの世話をした覚えは、これっぽっちもないぞ」

にべもなく突き放されて、宇和島はまたむらむらと怒りが込み上げてきた。

かろうじて、作り笑いを浮かべる。

「だんなに世話になった、とは言ってませんよ」

「だったら、だれの世話になったんだ」

宇和島は怒りを押し殺し、じっと禿富を睨みつけた。

秃富の目は、宇和島がこれまで出会った中でも、飛び切り暗い色をしていた。

宇和島は、崖の上から底なしの淵をのぞいたような気分になり、ごくりと唾をのんだ。

気を取り直し、世津子に目を移す。

「じゃあ、よく考えとくんだぞ」

捨てぜりふを残し、秃富の立つ戸口へ向かう。

「すみませんが、そこをあけてもらえませんか」

宇和島がしたてに出ると、秃富は一歩も動かずに応じた。

「まだ、おれの質問に答えてないぞ」

「答える義理はありませんやね」

言い終わるか言い終わらないうちに、宇和島は秃富の足が無造作に上がり、自分に向かって飛んでくるのを見た。

次の瞬間、したたかに腹を蹴りつけられた宇和島は後ろざまに吹っ飛び、仰向けに通路に倒れ込んだ。頭が壁にぶつかり、一瞬目の前が暗くなる。

「何しやがる」

宇和島はわめき、かたわらのストゥールに手をかけて、飛び起きようともがいた。

間髪をいれず、秃富のとがった靴の先が喉元にめり込み、また通路に横倒しになる。

宇和島は苦痛のあまり、木の床を掻きむしった。息をつぐことができず、本能的な恐怖に身を貫かれる。

その頭を、秃富がぐいと靴の底で、踏みつけてきた。

宇和島は、ようやく息を吸い込み、禿富の足にしがみついた。

「くそ、こんなまねをしやがって、ただじゃすまさねえぞ」

詰まった喉から、かろうじて言葉を絞り出す。怒りのあまり、気が狂いそうだった。

「おう、上等じゃないか。やれるものなら、やってみろよ」

「ほえづらかくなよ」

禿富は、さもおかしそうに笑った。

「言うことが古いな。決まり文句しか、口にできないのか」

「うるせえ。てめえなんか、警察にいられないようにしてやるから、覚悟しやがれ」

靴の動きが、ぴたりと止まる。

「ほう。お世話になっただれかさんに、おれのことを言いつけるか」

襟首をつかんで、引き起こされた。

禿富が、耳元で言う。

「もう一度聞くぞ。神宮署の、だれに世話になった」

宇和島のがまんも、限界に達した。

「鹿内警部だ。あんたのことは、しっかり報告してやる。このままで、すむと思うなよ」

息を切らしながら、やっとそれだけ言う。

「鹿内か。刑事課の、課長代理だな。いいところを、押さえてるじゃないか」

禿富の声に、恐れ入った様子はなかった。

宇和島は、頭にきて続けた。

「警部に話をすりゃあ、あんたを八丈島へ吹っ飛ばすことだって、簡単にできるんだ。でかいつらしやがって、あとで泣きを見たって知らねえぞ」

禿富の手が、宇和島の上着の内ポケットに、滑り込む。

「何をしやがる」

宇和島が胸を押さえたときは、もう財布を抜かれたあとだった。

禿富は、もう一度宇和島を通路に引き倒し、顔を踏みつけた。

「ちんぴらのくせに、でかい顔をしてうろつくな。この店だけじゃない、今後渋谷の街でおまえの顔を見かけたら、そのたびにぶちのめして小遣いを巻き上げることにする。覚えておけ」

「ちくしょう。デカだからって、そんな権利があるのかよ」

宇和島は、禿富の靴から逃れようともがきながら、わめき立てた。通路が狭いために、体を回すこともできない。

禿富の靴がなおも執拗に、宇和島の顔を踏みつける。

「ちんぴら風情が権利だなどと、しゃれたせりふを吐くんじゃない」

靴がどけられたと思うと、宇和島はまた襟首をむずとつかまれ、通路をずるずると引きずられた。そのまま、店の外へ運び出される。

「文句があるなら、神宮署へ被害届を出しに来い」

禿富はそう言い捨て、宇和島の体をブロック塀の下の排水溝に、どさりと投げ捨てた。

宇和島は、その場に這《は》いつくばったまま、呪詛の言葉を吐いた。

相手が刑事とはいえ、これほどいいようにあしらわれたのは、生まれて初めてだった。怒りと屈辱で、胃のあたりが熱く煮えたぎる。

このままでおくものか。きっと、落とし前をつけてやる。

立ち上がろうとしたとき、左手に触れるものがあった。財布だった。

調べてみると、十五万ほど入れてあったピン札が、きれいに抜かれていた。

「くそ」

宇和島は足を踏み締め、ようやく立ち上がった。喉のあたりが、焼け火箸を突っ込まれたように痛い。どこかで、手当てしなければならない。

しかし、その前にすることがある。

宇和島は携帯電話を取り出し、震える指でボタンを押し始めた。

第一章

1

割れたボトルとグラスを片付けていると、ドアが開いて男がもどって来た。

桑原世津子は、恐るおそる男を見た。

たった今、マスダの幹部の一人をぶちのめしたばかりというのに、男の表情はまったく変わらなかった。腕立て伏せをしたほどにも、体を動かした意識がないようだ。

「すみません、お手数をかけてしまって」

世津子が礼を言うと、男は黙ってうなずいた。

ストゥールにすわり、ポケットから一万円札を何枚か抜き出して、カウンターに置く。

「ちんぴらが割った、ボトルの代金だ。遠慮なく取っておけ」

見ると、三万円ある。

「これじゃ、もらいすぎになります」

「だったら、この金でバランタインのオンザロックを、飲ませてくれ。三十年ものがなければ、十七年ものでもいい」

「うちが、そんな高いお酒を置いているように、見えますか。十二年ものが、一本あるきりですよ」

「だったら、それでいい」

世津子はグラスに氷を入れ、注文の酒をたっぷりと注いだ。

突き出しの、レンコンの甘煮を前に置き、ちらりと戸口を見る。

「さっきの人、仕返しにもどって来なければいいんですけどね」

正直なところ、目の前にすわっている男より、自分への報復の方が心配だった。

それを読んだように、男は薄笑いを浮かべた。

「あのちんぴらが姿を見せたら、いつでも署に連絡してくれ。それから、きみも一杯飲んだらどうだ」

世津子は、棚からショットグラスを取り、酒を注いだ。

自分より、一回り近くも若く見える男に〈きみ〉と呼ばれて、柄にもなく顔が赤らむ。

「いただきます」

飲もうとすると、男は自分からグラスをぶつけてきた。

「乾杯」

「乾杯」

急いで応じながら、世津子はどぎまぎした。

照れ隠しに、男の顔をのぞき込む。

「お客さん、ほんとに刑事さんなんですか、神宮署の」

男は酒を口に含み、内ポケットから名刺を一枚抜いて、カウンターに置いた。

世津子はそれを押しいただき、じっくりと目を通した。

警視庁神宮警察署、生活安全課、警視庁警部補、禿富鷹秋とある。

「トクトミって、こういう字を書くんですか」

「そうだ」

世津子も、名刺を渡した。

禿富は、それにちらりと目をくれただけで、ポケットにしまった。

「さっきおっしゃった、生活安全特捜班というのは」

「署内のプロジェクトチームだ。ところで、あのちんぴらはマスダの宇和島、と名乗ったな。よく来るのか」

「一週間前に、初めて来たんです。みかじめ料を、月に二十万払えって。むちゃくちゃですよ、うちみたいなお店に。実質的に出て行け、ということでしょう。そのあとへ、自分たちの息のかかったお店を、入れるつもりなんだわ」

「いつからやってるんだ、この店は」

「来年で、二十年になります。わたしが、二十六のときでしたから」

禿富の眉が、ぴくりと動いた。

「二十六か。よくそんな若さで、店を出せたな」

「母親がやっていたのを、引き継いだだけなんです」

禿富は、なるほどというように、うなずいた。

「すると、〈みはる〉という店の名前は、おっかさんの代からか」

「ええ、母親の名前なんです。〈せつこ〉じゃさまにならないし、母親に惚れてかよった常連さんもいましたから、そのままにしたんです」

「おっかさんは、どうしたんだ」

「脳卒中で死にました。ちょうど今の、わたしの年でした」

世津子は、久しぶりに母親のことを思い出して、しんみりと言った。

「十九年前に二十六なら、今は四十五か」

「わたしですか。ええ、すっかり、おばさんになっちゃって。おばあさん、とは言いませんけどね」

自嘲を交えた口調で応じると、禿富は薄い唇をちょっと歪めた。

「若いころは、さぞ美人だったろうな」

世津子は苦笑した。

「刑事さんたら、ずいぶんはっきりおっしゃいますね。ふつうだったら、今でも十分通用するとか言って、喜ばせてくれるところなのに」

禿富は何も言わず、世津子をじっと見つめた。

宇和島を痛めつけたときの、何かに憑《つ》かれたような暗いまなざしとは別の、不思議な色をたたえた目だった。

また少し、どぎまぎする。

禿富は、レンコンの甘煮に爪楊枝を刺し、口にほうり込んだ。

「うまいな、このレンコンは」

ほっとして応じる。

「でしょう。甘みをつけて、油で炒めたんです。甘煮って言ってますけど」

「レンコンの甘煮か。なつかしい味だ。きみの発明か」

「いいえ、母親仕込み。長野の農家の出ですから、田舎料理が得意だったんです」

「父親はどうした」

世津子は、酒乱だった父親のことを思い出して、唇を結んだ。

禿富が、指を立てて言う。

「すまん。つい立ち入った質問をする、デカの悪い癖が出た」

「いいんです。父親は酒乱で、わたしが九つのときに家を出て行きました。それきり音沙汰なしで、生きてるんだか野垂れ死にしたんだか、消息不明なんです。思い出したくもありませんよ」

「そうか。悪いことを聞いた。勘弁してくれ」

「いいんですよ、別に」

世津子は酒を飲み、話題を変えた。

「それより刑事さん、どうしてこんな時間にこんな店を、のぞいてみる気になったんですか。まさか、評判の美人ママがいるとかいう噂を聞いて、やって来たわけじゃないでしょう」

禿富は小さく笑い、肩をすくめるようなしぐさをした。

「別に理由はない。前を通りかかって、〈みはる〉と書かれた看板を見たとたん、急にのぞいてみたくなっただけだ。虫が知らせたのかもしれん」

「でも、おかげで助かりました」

「ところで、この店は渋六にみかじめ料を払ってるのか。宇和島が、おれを渋六の連中と間違えたので、そう思っただけだが」

世津子はためらった。

みかじめ料を払っていることを、現職の刑事に言うわけにはいかない。渋六興業には、それなりの恩義がある。

「みかじめ料じゃありませんけど、〈アルファ友の会〉というビデオショップの会費を、月づき二万払っています」

禿富は表情を変えず、それ以上追及もしなかった。

酒を飲み、またレンコンを口に入れる。

「この店が、マスダに目をつけられたことを、渋六の連中に言ってないのか」

「言いました。先週宇和島が来たあと、すぐに事務所に電話したんです。マスダにいちゃもんをつけられたから、なんとかしてほしいって」

「だれが出た」

「若い人ですけど、名前は聞きませんでした。水間さんに、そう伝言を頼んだだけです。水間さんというのは、総務部長をしている人ですけど」

世津子は、渋六興業の水間英人を十年以上も前から、よく知っている。

「それで」

「あとで水間さんから電話があって、今度宇和島が店に顔を出したらすぐに連絡しろ、と言われました」

「したのか」

「さっきですか。いいえ、してません。だって、いきなり店にはいって来られたら、する暇なんかありませんよ」

禿富は、黙って携帯電話を取り出すと、手早くボタンを押した。

「もしもし、水間か。禿富だ。円山町《まるやまちよう》の〈みはる〉にいる。すぐに来てくれ。そう、〈みはる〉だ。ああ、今すぐだ」

それだけ言って、電話を切る。

世津子は、ぽかんとした。

どうやら禿富は、水間の携帯電話にかけたらしい。

「あの、水間さんをご存じなんですか」

「ああ、知っている」

秃富は短く答えただけで、なんの説明もしなかった。

世津子は酒を飲み、どういう仲なのだろうといぶかった。

ただの知り合い、という感じではない。

水間を問答無用で呼びつける、秃富の横柄な口のきき方からも、二人の間柄と力関係がおよそ想像できる。

「そんなに急に呼び出したりして、だいじょうぶなんですか。水間さんだって、お忙しいでしょうに」

世津子が言うと、秃富は口元をほころばせた。

「気を遣うことはない。なんのために、〈アルファ友の会〉の会費を払ってるんだ。たとえ額は少なくても、それだけのことをしてもらう権利がある」

その口調から、秃富はそうした事情を先刻承知しているに違いない、と世津子は判断した。

口をつぐみ、また酒を飲む。

バランタインを注文する客は、年に何人もいない。まして、客にごちそうしてもらったことなど、これまで一度もなかった。芳醇な味に、あらためて驚く。

水間英人は、十分ほどでやって来た。

明治通りの渋六興業から、円山町まではけっこう距離がある。秃富の電話を受けた水間は、取るものもとりあえず駆けつけて来たらしい。

つまりは、そういう間柄なのだろう。

渋い紺のスーツに身を固めた水間は、世津子の差し出すおしぼりを丹念に使い、ビールを注文した。

世津子がビールを注ぐ間に、禿富は前触れなしに話を始めた。

「マスダの連中がこの店に目をつけて、みかじめ料を吹っかけてきた。その話は、聞いてるだろうな」

水間が、ちらりと世津子を見る。

「ええ、ママから聞きました。宇和島ってやつが、先週顔を出したそうです」

「そいつが、ついさっきまたやって来て、ママに脅しをかけた。そこの棚に、グラスか何か投げつけて、ボトルを割ったんだ。まだ、においが残ってるだろう」

水間は驚きの色を浮かべ、鼻をくんくんさせた。

あらためて、世津子に目を向ける。

「ほんとうか」

「ええ。そこへ、たまたまこの刑事さんが来合わせて、追い払ってくださったんです」

世津子が説明すると、水間は役所広司に似た口元を引き締め、禿富に頭を下げた。

「そりゃどうも、お手数をかけました」

「みかじめ料を取るなら、それなりの仕事をしてやれ。こんなざまだと、マスダにシマを乗っ取られるのも、時間の問題だぞ」

「すみません。宇和島の野郎は、敷島組からマスダにくら替えした根性なしだし、どうせ口だけだろうと思った。甘くみたのが、間違いでした」

水間はそう言って、世津子にも頭を下げた。

「すまなかった、行き届かなくて」

世津子は、あわてて手を振った。

「いいんですよ。今日だって、宇和島が前触れなしにやって来るものだから、連絡できなかっただけで」

「これからは、もっとまめにこの界隈を見回るように、若い者に言い聞かせる。ママの方も、カウンターの下にいつも携帯を用意して、ワンタッチでおれか事務所につながるように、セットしておいてくれ」

「そうします」

世津子は、禿富よりさらに四つか五つ若い水間を見ていると、いつも死んだ弟のことを思い出す。

三つ違いの弟は、長野の実家付近で発生した土石流に巻き込まれ、十一歳で死んだ。生きていても、水間ほどいい男にはならなかっただろうが、きらきらと光るひたむきな瞳が、そっくりだった。

世津子はときに、水間のような男がなぜ極道の道にはいったのか、不思議に思うことがある。水間と兄弟分の野田憲次にしても、どちらかといえばヤクザより銀行員に近い、インテリタイプの男だ。

渋六興業で、いかにもヤクザらしいヤクザといえば、碓氷嘉久造のあとを継いだ谷岡俊樹くらいのものだった。

禿富は、世津子にバランタインを注ぎ足すように言い、水間に話しかけた。

「マスダも、渋六のシマを食い荒らそうと、必死のようだな」

「うちのボスが引退したので、今がチャンスと思ってるんでしょう」

「どうだ、ボスの様子は。少しは元気になったか」

「まあ、なんとかね。すっかり、老け込みましたが」

世津子は二人の会話を、聞くともなく聞いていた。

街の噂では、碓氷嘉久造が現役を引退したのは、娘の笙子《しょうこ》が殺されたためだという。

新聞には、身元のはっきりしない日系ペルー人のしわざと出ていたが、それが分かったのは犯人一味の死体が発見されたあとだった、と記憶している。

ちなみに、その一味を殺した犯人がつかまった、という話はまだ耳にしない。

ドアが開いて、薄手のジャンパーを着た初老の男が、のっそりはいって来た。

この界隈で、パチプロのハカマダと呼ばれる、常連の一人だった。パチンコを始める前に、いつもここで一杯引っかけるのだ。

それをきっかけに、客がぽつぽつとはいり始めた。

水間が、禿富に声をかける。

「だいぶ込んできたな。ショバを変えましょうか。それとも、まだ仕事ですか」

「いや、仕事はもうやめだ。あしたは非番だし、今夜はおまえに付き合おう」

水間が財布を取り出し、世津子を見る。

世津子は、首を振った。

「いいんですよ、今日は。もう、いただいてますから」

水間は、禿富に目を移した。

禿富は酒を飲み干し、唇を歪めて言った。

「心配するな。宇和島から、小遣いを巻き上げてやった。今夜の勘定は、おれが持つ」

二人を送り出しながら、世津子はめんどうなことにならなければいいが、と心の中で祈った。

2

霧雨が降り出した。

午後十時ごろまでは、まだ空に月や星が輝いていたのだが、三軒目のバーを出たところで、冷たいものが頬に当たった。

いつの間にか、空が真っ黒になっている。

水間英人は、振り返って言った。

「どうします。〈ブーローニュ〉でも行きますか」

〈ブーローニュ〉は、恵比寿にある渋六興業直営の、高級クラブだ。

禿富鷹秋は、手をかざして雨を避けながら、顎をしゃくった。

「この先の、〈サルトリウス〉というクラブを、のぞいてみよう」

水間は、足を止めた。

「あれは、敷島組の店ですよ。やめておいた方がいい、と思いますがね」

禿富が、皮肉な笑いを漏らす。

「どうした。気後れがしたか」

「そうじゃないが、好きこのんでトラブルを求めることもないでしょう」

「それは、向こう次第だ」

水間はためらったが、結局うなずいた。

「分かりました。だんなが、どうしてもとおっしゃるなら、お供しますよ」

二人は並んで、〈サルトリウス〉へ向かった。

歩きながら、禿富が言う。

「マスダに対抗するために、敷島と手を組もうと考えたことはないのか」

「ありませんね。敷島の連中は、ガキにスピードを売って金もうけをするような、極道の風上にもおけないやつらだ。ボスがうんと言いませんよ」

「ボスとは碓氷か、それとも谷岡か」

水間は言いよどんだ。

「両方です」

碓氷嘉久造に万一のことがあった場合、谷岡俊樹が従来のしきたりを守るかどうか、にわかに判断がつかない。

「だったら、敷島をこの街から追い出して、シマを横取りすればいい。そうすれば、マスダに対抗できるかもしれんぞ」

「今の渋六に、そんな余裕はありませんよ。マスダを食い止めるのに、手いっぱいでね」

「このままだと、先にマスダが敷島を取り込むだろう。指をくわえて、見ているのか」

水間は、口をつぐんだ。

禿富に言われなくても、それくらいは分かっている。

しかし今は、碓氷の現役引退による組織の弱体化を、最小限にとどめるのが先だ。〈みはる〉だけでなく、マスダは渋六興業の息がかかったあちこちの店で、同じように揺さぶりをかけている。

それをしのぐのに、精いっぱいだった。

店の前に立っていたドアマンが、水間を見て頰をこわばらせる。

「ちょっと、遊ばせてもらうぜ」

水間は声をかけ、禿富のあとから〈サルトリウス〉にはいった。

一昔前の、グランドキャバレーに毛の生えたようなクラブで、広いフロアをダンスのスペースにしている。一晩に二回、ダンスタイムがある、と聞いた。

風営法の改正で、ダンスを教える施設が風俗営業からはずされ、あちこちにダンス教室ができた。そのせいで、踊りたがる人間が増えたらしい。

ママの真利子は、店長をしている敷島組の幹部、諸橋征四郎の妻だった。

年は三十代の後半で、大柄な体をいつも渋い和服に包んでいる。水間とも、面識がある。

真利子は、二人の顔を見ると軽い驚きの色を見せたが、すぐに愛想笑いを浮かべた。

「いらっしゃいませ」

寄って来たホステスたちを遠ざけると、二人を奥の目立たない席に案内する。

ボーイを呼び、酒のセットを用意するよう命じてから、真利子は水間を横目で見た。

「それにしても水間さん、わざわざうちのお店へ足を運んでくださるなんて、どういう風の吹き回しですか」

「このだんなが、どうしてもママの顔を見たい、とおっしゃるのでね」

真利子は、禿富を見た。

「こちらは」

「神宮署、生活安全特捜班の、禿富警部補だ」

水間が紹介すると、真利子は一瞬表情を凍りつかせたものの、さすがに如才なく頭を下げた。

「いつも、お世話になっています。ママの真利子です。よろしくお願いします」

「ああ」

禿富は、言葉少なに応じて、店内を見回した。

ボーイが、セットを運んで来る。

「今日はご挨拶がわりに、わたしのボトルをあけさせていただきます」

真利子はそう言って、みずから水割りを作り始めた。

そこへ、ドアマンから二人の来店を聞いたのか、店長の諸橋征四郎がやって来た。

諸橋は、背丈こそ百七十センチに満たないが、分厚い胸板をした四十台半ばの男だった。薄くなった髪をスポーツ刈りにし、鼻の下に白いもののまじった髭を蓄えている。

そばに来た諸橋は、眉のあたりに警戒の色をにじませながら、水間に言った。

「来るときは、電話くらいしてくれ。こっちにも、用意ってものがあるからな」

水間は苦笑した。

「別に自分は、殴り込みに来たわけじゃないですよ、諸橋さん。神宮署の、禿富のだんながぜひのぞいてみたい、とおっしゃるから案内しただけでね」

諸橋は顎を引き、値踏みするようにあらためて禿富を見た。

気をつけをして、軽く頭を下げる。

「お初にお目にかかります。お噂はかねがね、うかがっています。敷島組の諸橋です。お見知りおきを願います」

諸橋が仁義を切るのに、禿富は足を組んでふんぞり返ったまま、横柄にうなずいた。

「禿富だ。よろしく頼む。すわってくれ」

そう言って、自分の向かいの席を顎で示す。

禿富よりはるかに年上の諸橋は、その横柄な対応に少しむっとしたようだったが、おとなしく腰を下ろした。

禿富の斜め前にすわった水間は、二人を左右に見るかたちになった。

真利子は、三人分の水割りをテーブルに用意すると、少し後ろの丸椅子に控えた。

さすがに、自分の立場というものを心得ている。諸橋がここまでになったのは、陰にこの女がいたからだろう、と水間は思った。

禿富は酒を一口のみ、唐突に諸橋に質問した。

「神宮署の、鹿内警部を知ってるか」

諸橋は、不意をつかれて戸惑いの色を浮かべたものの、しぶしぶという感じで答えた。

「知ってます。刑事課の、課長代理でしょう」

「そうだ。マルB（暴力団担当係）のベテランだ。世話になってるのか」

諸橋は無意識のように、舌の先で唇を湿らせた。

「世話、といいますと」

「付け届けをするかわりに、手入れ情報を流してもらったりする、あれだよ」

歯に衣着せぬ言い方に、諸橋は困ったように親指の爪を立てて、頭の天辺を掻いた。

「まいったな。そんな風にあからさまに言われると、答えようがありませんぜ」

時間を稼ぎながら、水間にちらりと目をくれる。

禿富と渋六興業の関係を、どの程度のものに考えたらいいか、迷っているようだった。

水間はとぼけて、目をあわせないようにした。

禿富が口を開く。

「宇和島が、だいぶ世話になったらしいじゃないか」

宇和島の名前を聞くと、諸橋の色白の頰にさっと朱が差した。

「あの野郎の話は、やめてもらいましょう」

禿富は、乾いた笑い声を立てた。

「宇和島が、敷島の盃をあっさり叩き返して、マスダに乗り換えたからか」

諸橋は、怒りを飲み込むように酒をあおり、ふうと息をついた。

「よくご存じだ。おっしゃるとおりです。マスダへくら替えするのに、あの野郎は神宮署に張った人脈を、そっくり持っていきやがった。あいつに任せきりにしていた、こっちにも落ち度はありますがね。それにしても、仁義にはずれた野郎だ」

「仁義にはずれているのは、神宮署の鹿内たちも同じだろう」

諸橋は、どう答えていいか分からないというように、一瞬絶句した。

気を取り直して言う。

「どっちにしても、いずれ落とし前をつけてやりますよ。ただ、今のところマスダを刺激するのは、あまり上策とはいえないんでね」

それから、いかにも負け惜しみではないと言いたげに、笑ってみせた。

水間は、さりげなく口を挟んだ。

「ついさっき宇和島は、うちのシマの〈みはる〉ってバーにちょっかいを出して、マスダにくら替えさせようとしやがった」

諸橋が、じろりと水間を見る。

「ほんとか」

「ええ。そこへ、たまたま禿富のだんなが行きあわせて、宇和島をぶちのめしてくれたんです。あれで少しは、こりたでしょう」

諸橋は眉を上げ、半信半疑の面持ちで、禿富に目を向けた。

「ほんとですか」

「ほんとうだ。ただし、宇和島はあれでこりるほど、利口じゃないだろうがね」

そのとき、ボーイの一人があたふたとやって来て、諸橋の耳に何かささやこうとした。

それを見た禿富が、いきなりテーブルを蹴りつけた。

ボトルやグラスが、やかましい音を立てて揺れ、酒がこぼれそうになる。

ボーイはびくりとして、はじかれたように体を起こした。

禿富は指を立て、ボーイと諸橋を交互に見ながら、強い口調で言った。

「おれの目の前で、ひそひそ話をするな。したけりゃ、どっかへ引っ込んでやってくれ。二度は言わないぞ」

諸橋は少しの間、禿富を睨みつけていたが、憮然として立ち上がった。

ボーイに顎をしゃくり、バーのカウンターの前まで移動する。

水間はそれを、目で追った。

ボーイは諸橋に顔を寄せ、緊張した顔で何か報告した。諸橋の頬が引き締まり、禿富と水間の方に視線が向く。

水間は目をそらし、そばに控えている真利子に合図して、酒のお代わりを作らせた。

禿富が、むら気で並はずれた癇癪《かんしやく》持ちだということは、これまでの付き合いで分かっている。

それにしても、敷島組の店で幹部の諸橋に注文をつけるとは、たいした神経だ。

諸橋がもどって来る。

水間は、禿富を見る諸橋の目が、それまでと違うのに気づいた。

諸橋は言った。

「今、うちの若い者から、報告がはいりました。宇和島が、二、三時間前に顔中を傷だらけにして、円山病院に転がり込んだそうです。確かにやつを、ぶちのめしてくれたようですね」

それを聞くと、禿富は暗い笑いを漏らした。

「ちょっと、派手にやりすぎたかな」

「わたしらも、これで少し溜飲が下がりました。筋違いかもしれませんが、うちからも礼を言わせていただきます」

諸橋はそう言って、律義に頭を下げた。

水間は口を開いた。

「この際、おたくとうちはいがみ合ってる場合じゃない、という気がしませんかね、諸橋さん。手を組もうとは言わないが、マスダの渋谷進出を水際で食い止めるためにも、敷島と渋六は休戦した方がいい、と思うな。少なくとも、対マスダという立場を考えれば、われわれはお互いに利害が一致しています。せっかくだから、今夜はそれを確認しておきませんか」

諸橋は、おもむろにうなずいた。

「その点は、おれもまったく同じ考えだ。マスダとのかたがつくまで、休戦することに異存はない」

「よかった。もどったら、社長にその旨報告します」

水間が言うと、諸橋も頰を緩めた。

「おれも、敷島にそう言っておく」

二人は乾杯した。

禿富が水間を見て、からかうように言う。

「これだけでも、おれがここへ誘った甲斐があったな」

控えていた真利子が、すかさずボーイを呼んで指示する。

「ドンペリをあけてちょうだい。それと、シャンペングラスを四つ、急いでね」

3

霧雨が、顔を濡らす。

御園隆輔は、湿ったレインハットのつばを押し上げて、〈サルトリウス〉の出入り口を見た。

ちょうどそのとき、山高帽をかぶったドアマンが内側からドアを押し開き、二人の男を送り出してきた。

店で借りたのか、二人とも白いビニールの小さな傘を、手にしている。

一人は、グレイのダブルのスーツを着た、額の広い男。

もう一人は少し若く、紺のプレーンなスーツに身を固めた、面長の男だった。

近くの、立て看板の後ろにひそんでいた鹿内将光が、小さく指を鳴らす。

「あれだ。背の低い方が、禿富だ。間違えるなよ」

御園はうなずき、質問した。

「もう一人は」

「渋六興業の、水間という野郎だ。まだ駆け出しのくせに、幹部づらをしていやがる。手出しをしてきたら、その場でワッパをはめろ」

「分かりました」

「それから、禿富を甘く見るんじゃないぞ。けっこう、手ごわい野郎だ」

御園はうなずき、帽子のつばを引き下ろした。

後ろに控える、玉村弘行と鯉沼貞男に、顎をしゃくって言う。

「行くぞ」

歩き出した三人の背中に、鹿内の低い声が響いた。

「うまくやれよ」

禿富、水間の二人は、〈サルトリウス〉の横手の道に曲がり、東急文化村につながる栄通りの方へ向かった。

御園は、トレンチコートのポケットに両手を突っ込み、二人のあとを追った。

玉村と鯉沼も、それに続いた。

この時間、盛り場をはずれた裏通りに人影はなく、二組の男たちの足音だけが響く。

御園は少しずつ、前との距離を詰めていった。

途中、鹿内が水間と呼んだ若い方の男が、ちらりと後ろを振り向いた。

御園は歩調を変えず、そのまま速足に歩き続けた。

水間はいくらか身長があるが、禿富の方は御園たち三人に比べれば、小柄といってもいいくらいの体格だ。

たいして、手間はかからないだろう。

右手に、街灯のついた小さな公園がある。蛍光灯の具合が悪いらしく、ちかちか点滅を繰り返している。

御園は玉村と鯉沼を振り向き、顎で前へ回るように合図した。

二人は御園のそばをすり抜け、禿富と水間をたちまち追い越して、行く手に立ちふさがった。

禿富と水間は足を止め、そろって御園の方に向き直った。

禿富が言う。

「なんの用だ。さっきから、あとをつけているようだが」

ほとんど見えない薄い眉の下から、黒曜石のように暗く固い目がのぞき、御園を睨みつけてくる。

御園は、右手をポケットから出して、拳銃をのぞかせた。

「二人とも、そこの公園にはいれ」

拳銃を見た水間が、頬をこわばらせて言う。

「おまえたち、マスダの連中か」

御園はそれに答えず、銃口で二人を促した。

二人は、申し合わせたようにビニール傘を投げ捨て、公園の入り口に向かった。

御園は、玉村と鯉沼を後ろに従えて、二人のあとから公園にはいった。

ブランコと狭い砂場、それにベンチがいくつかあるだけの、小さな児童公園だった。通りの側に、背の高い植え込みがあるため、外からは見通しがきかない。

「おまえは、そこに立って見物していろ」

御園は銃口で水間を押し、ベンチの脇にどかせた。

その間に、玉村と鯉沼が禿富の背後に回り、いつでも制御できる態勢をとる。

水たまりこそできていないが、公園の地面は霧雨のために水を含み、柔らかくなっていた。

御園は足場を確かめ、禿富の前に立ちはだかった。

「おまえが、ハゲトミか」

わざと、間違えて言う。

禿富の口元が、かすかに歪んだ。

「学のない、腕力一点張りのごろつきから、よくそう呼ばれるよ」

御園は、唇をなめた。

挑発したつもりが、逆に挑発に乗せられそうになり、そっと奥歯を嚙み締める。

「そこに立ってる若僧は、渋六興業のちんぴらだそうだな」

そう言いながら、横目でちらりと様子をうかがったが、水間はぴくりとも動かない。

二人とも、挑発には乗らないようだ。

禿富が言う。

「正体を知った上で、おれたちをここへ連れ込んだとすれば、どっちにしても無事ではすまないな」

御園は、それを無視した。

「生活安全課のデカのくせに、地回りのちんぴらと酒を飲み歩くとは、どういう了見だ。市民の安全を守るべき、警察官のすることか」

禿富が、せせら笑う。

「しゃれたことを言うじゃないか。そのどでかい体の、どこを押せばそんな高邁《こうまい》なご意見が、わいてくるんだ」

御園は、咳払いをした。

これまで、御園に見下ろされて怖じけづかなかった相手は、一人もいない。

しかしこの男は、たじろぐ様子さえみせない。口にするせりふも、こちらを挑発しようという意図より、頭から相手をなめてかかる無鉄砲さを感じさせる。

御園は、拳銃をコートのポケットにもどし、かわりに指にメリケンサックをはめた。

ゆっくりと手を出し、腕を両脇に垂らす。

「根性を叩き直す必要があるな」

その言葉が終わらないうちに、禿富の右腕がすっと伸びて来た。

反射的に、一歩下がる。

次の瞬間、禿富は伸ばした腕を体に引きつけると、つられて前へ乗り出そうとした玉村の脾腹に、猛烈な肘打ちを食らわせた。

玉村が悲鳴を上げ、地面に這いつくばる。

そのときには、禿富はすでに鯉沼の方に体を回転させ、顎を殴りつけていた。御園の方には、見向きもしなかった。

鯉沼が尻餅をつく前に、御園は禿富の顎にパンチを食らわせようと、後ろ襟をつかんで引き回した。

しかし、その反動を利用して跳ね上げた禿富の足が、ねらいすましたように御園の開いた胴を襲った。

御園は、バットで殴られたような衝撃を受け、横によろめいた。

かろうじて倒れるのだけは免れたが、体に似ない禿富のパワーとスピードに、ちょっと驚く。

甘く見るな、と言った鹿内の言葉が、耳によみがえった。

ベンチの脇で、水間がわれに返ったように体を動かし、御園の方へ向かって来ようとする。

禿富の、鋭い声が飛んだ。

「やめておけ、水間。手出しをするな。命令だ」

水間の動きが、ぴたりと止まった。

戸惑うように、禿富を見る。

禿富が何か言おうとしたとき、起き上がった玉村と鯉沼が禿富に飛びかかり、両腕を抱え込んだ。

御園は軽くフェイントをかけ、禿富がすばやく繰り出した蹴りに空を切らせて、腹にカウンターパンチを叩き込んだ。

その勢いに、玉村と鯉沼まで後ろへたたらを踏み、禿富と一緒に倒れそうになる。

玉村と鯉沼は体勢を立て直し、もう一度御園の前に禿富を引き据えた。

同じところへ、同じ重いパンチを食らわせる。

禿富は、腕を抱えられたまま前のめりになり、胃の中のものをそこに吐き出した。

水間の動く気配を感じて、御園はおもむろに向き直った。

「やるか、ちんぴら」

「汚いぞ、三人がかりで。タイマン張る度胸はないのか」

「だったら、おれとおまえで、タイマンを張るか」

御園は、メリケンサックをはめた指を、これ見よがしに突き出した。

「や、やめろ、水間。手を出すんじゃない」

禿富の口から、苦しげな声が絞り出される。

水間は、ちらりと禿富を見た。

「だんなを見殺しにしろ、と言うんですか」

禿富が、荒い息を吐きながら、なおも続ける。

「おまえが手を出したら、こいつらの思うつぼだ。ほうっておけ」

水間は拳を握り締め、御園を睨み返した。

「くそ。おまえら、何者だ」

「まあ、警察とヤクザの癒着を正す正義の味方、さしずめ〈警察の威信を守る会〉とでも言っておくか」

御園が応じると、また禿富が口を開く。

「こいつらは、お巡りだ。どこの署か知らんが、デカのにおいをぷんぷんさせてやがる」

水間はぎくりとして、御園の顔を見直した。

「ほんとか。あんたたちは、デカなのか」

御園はそれに答えず、無造作に禿富の方に向き直ると、同じところを殴りつけた。

禿富は声を上げ、また胃の中身を吐いた。しかし今度は、胃液が垂れただけだった。

玉村と鯉沼が、禿富のもつれる脚を蹴り飛ばして、無理やり立たせておく。

禿富の髪が乱れて、広い額に垂れ下がった。

水間が乗り出そうとすると、その気配を察したように禿富が口を開く。

「手を、手を出すな、水間。おまえが、こいつらの一人に、指一本でも触れたら、その場で逮捕されるぞ。公務執行妨害でな」

切れぎれに言うのを、水間ははねつけた。

「しかし、これは公務じゃない。ただのリンチですよ」

「公務だろうとなかろうと、調書はどうにでも作れる。手を出すんじゃない」

禿富は苦しい息の下から、くどく繰り返した。

御園は、半ばあきれていた。

自分のパンチを腹に三発も食らったあと、まだ口のきける相手に出会ったことは、これまでなかった。

しかも禿富は、こちらのねらいを的確に読んで、水間を制するだけの冷静さを保っている。

玉村と鯉沼に、うなずいてみせる。

「よし、放してやれ」

二人は乱暴な手つきで、禿富の体を御園の方に突き放した。

禿富は、腹を抱え込んだまま二歩、三歩と前へのめり出た。体をふらつかせながらも、なんとか二本足で立っている。

その根性に、御園は舌を巻いた。

鹿内が言ったとおり、なかなか手ごわい男だ。

顎のあたりに、致命的な一撃を見舞ってやりたかったが、鹿内から顔や手など目立つところを傷つけるな、と言われたことを思い出す。

御園は禿富の襟をつかみ、ぐるりと水間の方へ体を回した。

右腕を下から後ろへ跳ね上げ、禿富のあばらの真下あたりを目がけて、メリケンサックをしたたかにめり込ませる。

禿富の体は、両足を伸ばしたまま後ろへ吹っ飛ばされ、水間の腕に倒れ込んだ。

水間はその勢いを支え切れず、禿富を抱えたまま地面に尻餅をついた。

すぐに体を起こし、禿富の上半身を腕に抱える。

「しっかりしてください。だいじょうぶですか」

水間の呼びかけに、禿富は唸っただけで返事をしなかった。

それを見て、御園はようやく満足した。

メリケンサックをしまい、水間の背中に言葉を投げつける。

「運のいいやつだな、ちんぴら。今夜のところは見逃すが、そのうちおまえに後ろ手錠をかませて、たっぷり締め上げてやる。覚えておけ」

水間は振り向きもせず、禿富の体を揺さぶり続けている。

御園は首を振り、玉村と鯉沼を見た。

「行くぞ」

そう言い捨て、先に立って公園を出た。

4

水間英人は禿富鷹秋を抱き上げ、そばのベンチにすわらせた。

ちかちかする街灯の下で、禿富の顔はほとんど土気色に見えた。乱れた髪に、霧雨が小さな玉を作る。

「くそ」

禿富に止められたとはいえ、水間はなんの手出しもできなかった自分に腹を立て、思わずののしった。

あの大男が相手では、ましてあと二人仲間が控えていたことを考えると、万に一つも勝ち目はなかっただろう。

それでも、禿富を見殺しにした自分が許せず、水間は歯ぎしりした。

水飲み場でハンカチを濡らし、禿富の顔をふいてやる。泥だらけのスーツは、前の方が吐瀉物で黄土色に染まり、目も当てられない状態になっていた。

禿富が咳き込み、うっすらと目を開く。

「だいじょうぶですか」

声をかけると、禿富は体を折って喉をごろごろ言わせ、足元に唾を吐いた。唾には、赤いものがまじっていた。

水間はどうしていいか分からず、禿富の背中にそっと手を置いた。

「さっきのやつら、ほんとにデカなんですか」

「おれを、デカと承知で殴るやつは、デカ以外にいない」

禿富はそう言って、苦しげに喉を鳴らした。

「どこの署ですか。神宮署じゃないようだが」

「分からん。そのうち、しっぽを出すだろう」

考えるのもめんどうだ、という口調だった。

「しかし、なんだってデカがだんなをこんな風に、ぶちのめす必要があるんですか。まさか、ほんとに〈警察の威信を守る会〉ってわけでも、ないでしょう」

「あいつらが、正義の味方に見えるか」

「いや。ただのごろつきだな、あれは」

「法を背中にしょってるだけ、ごろつきよりたちが悪いよ」

水間が黙っていると、禿富はくっくっと自嘲めいた笑いを漏らした。

「まるでおれが、自分のことを言ってるようだ、と思ってるんだろう」

図星をさされて、ちょっと鼻白む。

水間は、さりげなく話を変えた。

「もし手を出したら、やつらはほんとにおれを、パクりましたかね」

「おれを名指しでねらったからには、おまえをぶち込む口実を求めていたことも、ほぼ間違いない。おまえがいなくなれば、マスダは仕事がやりやすくなるからな」

水間は、ぎくりとした。

「マスダですって」

「そうさ。宇和島の野郎が、おれにやられたことを神宮署の鹿内に、密告したんだ。さっきのやつらは、鹿内がよこした刺客ってとこだろう。これほど早く、動くとは思わなかった。おれの計算違いだった」

禿富はそう言って、また咳き込んだ。背中が激しく上下する。

水間は、肩に手をかけた。

「話はまたあとで、ゆっくり聞かせてもらいます。肩を貸しますから、病院へ行きましょう。円山病院なら、ここから五分もかからないし」

ついさっき、宇和島博は円山病院に転がり込んだと聞いたばかりだが、そんなことにかまってはいられない。宇和島が、まだ病院の中をうろうろしているようなら、四、五日入院させてやってもいい。

禿富は水間の手を、邪慳に払いのけた。

「病院なんか、行く気はない。ほうっておいてくれ。だいじょうぶだ」

「しかし、このままじゃ、体にさわりますよ」

禿富は、膝の間に深く頭を垂れたまま、じっと何かに耐えていた。

あの大男から、メリケンサックを腹に四発も食らって、だいじょうぶなはずがない。唾に血がまじっているところをみると、内臓が破れたのではないかと不安にもなる。

もう一度、声をかける。

「頼むから、言うことを聞いてください」

禿富は、膝の間から顔を上げた。

「くどいぞ。自分の体は、自分でめんどうをみる。おまえは事務所へもどれ。ここしばらくは、マスダの攻勢が露骨になるかもしれん。谷岡と野田に、敷島組と休戦したことを伝えて、善後策を講じるんだ。さっさと行け」

その激しい口調に、水間は説得をあきらめた。

「分かりました。気をつけてください」

ベンチを立ち、出口に向かう。

途中で振り向くと、禿富はふたたび膝の間に頭を垂れ、じっとしたままでいた。

水間はためらったが、一度言い出したらきかない禿富の性格から、これ以上そばにいても無駄だ、と考え直した。

公園を出て、表通りへ向かう。水間自身も泥だらけで、早くシャワーを浴びたかった。

点滅する街灯を浴びて、目の前にメリケンサックを突き出した、大男の顔が浮かんでくる。あの顔は、絶対に忘れない。

いつかきっと、落とし前をつけてやる。

5

最後の客を送り出すと、桑原世津子はドアの外の明かりを消して、洗い物をすませた。

突き出しに作った、レンコンの甘煮が少し残ってしまったが、一日おくと味がたっぷり染み込んで、さらにおいしくなる。

持って帰って、明日の朝食べようと思う。

世津子の住むマンションは、店から歩いて三分ほどのところにある。

京王井の頭線の神泉駅に近い、築二十五年をへた古いマンションだった。母親が残してくれたのは、このマンションと〈みはる〉の権利だけだが、世津子はそれで十分満足していた。

二十三歳のときに、母親の店のなじみ客だった男の紹介で見合いをし、求められるままに結婚した。

相手は中学校の教師だったが、複数の女生徒に性的ないたずらをしたのが発覚して、退職処分になった。結婚後、わずか七か月のことだった。

それがきっかけで、あっさり離婚した。あまり早くて、子供を作る暇もなかった。

その後、惚れたり惚れられたりした男も何人かいたが、どうしても性格の合う相手に巡り会えず、長続きしない。

結局ずるずると、独身で通すはめになった。

四十代も半ばに達した今、そうした色恋沙汰とはもう縁がなくなった、とあきらめている。

レンコンの甘煮をタッパーウエアに入れ、外へ出ようとカウンターの仕切りをくぐったとき、ドアに何か重いものの当たる音がした。

体が冷たくなる。

禿富鷹秋に痛めつけられ、店の外へ引きずりだされた宇和島博の姿が、頭に浮かんだ。

その宇和島が、もどって来たのではないか。

そう思うと、足がすくんだ。

世津子はとっさにドアに飛びつき、差し込み錠をロックした。

ドアは分厚い木でできており、破られる心配はまずない。

しかし、ほかに出入り口がないので、かえって袋の鼠になってしまった。

携帯電話で、渋六興業に救いを求めるか。

そう考えたとき、またドアに何かがぶつかった。不ぞろいな音だが、どうやらノックしているようだった。

世津子は、恐るおそるドアに耳を寄せた。

「どなたですか。お店は、もう終わりなんですけど」

外でだれかが、くぐもった声で何か言った。よく聞き取れなかった。

「あの、何かご用ですか」

もう一度声をかけると、今度はなんとか返事が聞き取れた。

「レンコンの甘煮」

世津子は驚いて、手にしたタッパーウェアを見た。

あわてて差し込み錠を抜き、ドアを引きあける。

同時に、ドアにへばりついていた禿富が、ずるずると世津子にもたれかかった。

世津子は動転しながらも、足を踏ん張ってその体を支えた。

土のにおいに、アルコールとすっぱいにおいのまじった悪臭が、ぷんと鼻をつく。

禿富の服は、冷たく湿っていた。

「どうしたんですか、刑事さん。具合でも悪いんですか」

「腹をやられた」

「まあ。レンコンの甘煮が、悪かったのかしら」

反射的に応じると、禿富は力なく笑った。

「違う。ちょっといざこざがあって、腹をこっぴどく殴られた。そうしたら、なぜかまたレンコンの甘煮が、食いたくなったんだ」

世津子は、自分の勘違いにあきれながら、確かめた。

「殴られたって、まさか宇和島じゃないでしょうね」

「違う。心配しないでいい。水を一杯くれないか」

世津子は、ちょっと流しを振り向いたが、三秒以上は考えなかった。

「だったら、わたしのマンションに行きませんか。歩いて三分ほどなんです。お水もあるし、横になる場所もあります。それに、レンコンの甘煮も」

もたれかかっていた禿富の体が、わずかな緊張を伝えてきた。

「いいのか」

「いいも悪いも、ここじゃ何もできませんよ。お洋服はどろどろだし、せめて汚れを落とさないと」

「すまん。きみの着物も、だいなしになってしまった」

「いいんですよ、どうせ安物なんだから」

世津子は、ハンドバッグとタッパーウェアを左腕に抱え、禿富の右腕を取って自分の肩に回すと、一緒に外へ出た。

ドアに鍵をかけ、暗い路地をマンションへ向かう。

なぜか分からないが、このとっつきにくい刑事のめんどうをみることに、心の高揚を覚えていた。

6

マンションは四階建てで、桑原世津子の部屋はその四階にある。

エレベーターがないので、世津子は禿富鷹秋に肩を貸しながら、階段をのぼった。

体を支えてみると、禿富の上半身は外見よりもはるかにたくましいことが分かり、がらにもなくどぎまぎした。親鳥の翼に包まれた、雛のような心境になる。

バー〈みはる〉から一緒に歩いて来る間、世津子は禿富ができるだけ体重をかけないように、気を遣っているのが分かった。階段をのぼるときも、その気配が伝わってくる。

汚れた服、体の動きや息遣い、顔色から、禿富が相当ひどくやられたことは、想像にかたくない。

にもかかわらず、肩を借りる相手に負担を与えまいとする禿富の心遣いに、世津子はちょっと感動した。いっそ、全体重をかけてきてもかまわないのに、とさえ思う。

しかし、それはいつもの悪い癖の、自分一人の勝手な思い込みかもしれない。

ひとたび男に惚れると、相手の言動をすべて好意的に解釈する傾向、というか弱点が世津子にはある。

そうなった場合はもう、相手にとことん尽くしてしまう。

その反動で、自分の思い込みが勘違いだったと分かったときは、底知れぬ失望と幻滅に打ちのめされる。

あげくは、いわゆるかわいさ余ってというやつで、徹底的に相手に当たり散らす。男はそれに辟易して、しだいに世津子を避けるようになる。

これまでの別れ話は、おおむねそうしたパターンだった。もっとも、ここ十年はそんな気持ちになったことがなく、自分でもすっかり忘れていた。

今、禿富ともつれ合って階段をのぼりながら、突然胸に灯がともるのを意識した。

出会ったばかりの、素性も人となりも知らない無愛想な刑事に、そんな気持ちを抱くのはおかしい、と分かってはいる。

年甲斐もなく、という言葉が浮かんでくる。相手はどう見ても、十歳は年下なのだ。たぶん、妻子もいるだろう。

考えてみれば、禿富をマンションに誘ったこと自体が、尋常ではなかった。

いくら急場を救われたとはいえ、初対面の男を自分の部屋に連れ込むなど、ふだんならありえないことだ。

いつもはうんざりするほど長い階段が、その日に限って短く感じられた。

整頓好きの世津子は、平生から部屋をきれいに片付けているので、急な来客があっても平気だった。

四〇四号室にたどりついたときは、さすがに息が切れていた。

世津子は、禿富を肩につかまらせたままバッグを探り、鍵を取り出した。

ドアをあけ、禿富を中に引き入れる。

明かりをつけたとき、禿富がしゃがれ声で言った。

「とりあえず、シャワーを使わせてもらいたい」

「はいはい」

世津子は、禿富の母親か世話女房にでもなった気分で、愛想よく応じた。

居間に通じる狭い廊下のとっつきに、洗面所とそれにつながる浴室がある。

世津子は、店から持って来たタッパーウェアとハンドバッグを廊下に置き、洗面所のドアをあけて禿富を中に入れた。

浴室に案内して、シャワーの使い方を教える。戸棚から、バスタオルを出した。

「おんぶにだっこで悪いが、上着を脱がせてくれないか」

「はいはい」

世津子は、母親が生きているころ〈はい〉は一度でいい、とよく叱られたのを思い出した。心がうきうきすると、つい〈はい〉を重ねる癖があるのだ。

禿富が緩慢な動きで、上着とワイシャツを脱ぐのを手伝い、畳んで籠に入れる。

どちらも、吐瀉物らしい染みと土でどろどろに汚れており、すぐにクリーニングに出しても、元どおりになるかどうか疑わしい。

ワイシャツの下は、素肌だった。

禿富の背中のあちこちに、点々と赤黒い傷痕がついているのを見て、どきりとする。何かとがったもので、めった突きにされたような傷痕だった。

よく見ると、別に出血はしていない。

さほど古い傷痕ではないが、少なくとも今夜つけられたものではないと分かって、世津子はほっとした。

あらためて見直すと、禿富の広い背中はサラブレッドのように鍛えられた筋肉がつき、むしゃぶりつきたいほどつやつやしていた。

そのまぶしさに、思わず目を伏せてしまう。

さらに、禿富が無造作にズボンを脱ごうとする気配に、あわてて背を向けた。

「あの、手当ての用意をしてきますから、上がったらそう言ってください」

「手当ては必要ない。シャワーだけで十分だ」

世津子は何も言わず、バッグとタッパーを取り上げて、洗面所から逃げ出した。

胸がどきどきしている。

別に、男に不自由しているという自覚はなかったが、久しぶりに男のにおいを身近にかいで、胸が騒いだのは事実だった。

居間の明かりをつけ、ハンドバッグとタッパーウェアを、キッチンのテーブルに置く。

タッパーの中には、朝作った突き出しの〈レンコンの甘煮〉の残りが、はいっている。

禿富はそれを、うまいと言ったのだ。

寝室にはいり、押し入れの天袋から衣装ケースを下ろして、衣類を引っ張り出した。

男ものの下着とズボン、カッターシャツ、ブルゾンなどが出てくる。

どれも十年前、最後に付き合ったプロ野球の選手のために、買い置きしたものだった。

幸か不幸か、使わないうちに別れるはめになった。その男は、世津子より二つか三つ年下で、引退したあとテレビキャスターに転身している。

世津子は衣服を広げ、ちょっと考えた。

シャツもブルゾンも、流行後れといえば流行後れだが、男ものだからあまり関係ないだろう。心配なのは、サイズが合うかどうかだった。前の男は、中継ぎ専門の軟投型のピッチャーで、野球選手としてはさほど大柄ではなかった。少し大きすぎるかもしれないが、なんとか着られるだろう。

洗面所へ引き返すと、禿富が脱いだものをまとめて横にどけ、新しい衣類を籠にそろえた。

ドア越しに、シャワーの音に負けないように、声を張り上げる。

「あの、新しいものをここに用意しておきましたから、ご遠慮なくどうぞ」

「すまん」

くぐもった、短い返事だった。

世津子は寝室にもどり、禿富の汚れが移った自分の和服を脱ぎ捨てて、洋服ダンスをあけた。

ふだん着を避けて、外出用のワンピースを身に着ける。

一瞬、ブローチに手を伸ばしかけて、さすがに思いとどまった。いったい、何を考えているのだろう。

居間へ出て、湯がはいったポットの再沸騰ボタンを押してから、救急箱をあけてみた。

ろくな薬が見当たらない。

バンドエイドやオキシフルでは、たいして役に立たないだろう。

いっそ、近所の病院にでも連れて行った方が、いいかもしれない。禿富は、意識こそしっかりしているものの、かなりひどい状態のように思える。

そわそわしながら待つうちに、シャワーを終えた禿富が居間にはいって来た。

禿富は、世津子が用意した衣服をそのまま、身につけていた。

サイズが一回り大きすぎると思ったのに、ほとんど違和感がないのでほっとする。ブルゾンの肩幅など、逆に窮屈そうに見えるほどだった。

顔色がひどく青いことと、動作がいくらか緩慢なことをのぞけば、禿富に変わった様子はなかった。

「だいじょうぶですか」

声をかけると、禿富はソファに腰を下ろした。

「だいじょうぶだ。めんどうをかけて、すまんな」

「いいんですよ。いったい、だれにやられたんですか。ほんとに、宇和島にやられたんじゃなければ、いいんですけど」

店で禿富にぶちのめされた腹いせに、マスダの幹部宇和島博が仕返しをしたのだ、と思った。禿富は否定したが、世津子は半ばそう信じていた。

宇和島は、やられたら絶対そのままにはしておかない、しつこいタイプの男だという直感がある。店の方にも、いつなんどき仕返しに来るか、知れたものではない。

世津子がお茶を入れようとすると、禿富が口を開いた。

「どうせなら、酒をくれないか」

「お酒といったって、安物のウイスキーしかありませんけど」

「なんでもいい。胃の中を、消毒したいんだ。出血したらしい」

世津子は驚いて、禿富の顔を見直した。

「ほんとですか。だったら、お酒なんか飲んじゃいけないわ。病院に行かないと」

「いいんだ。自分の体のことは、自分がいちばんよく知っている」

秃富の口調には、それ以上反論できないような響きがあり、世津子はあきらめた。

秃富は、自分の思うとおりに物ごとを進めないと気がすまず、実際そのとおりに進めてしまう意地を持つ、そういう男に違いない。

世津子は、サイドボードからバーボンを取り出し、ショットグラスに注いで秃富に渡した。

秃富は少しの間、黙ってグラスを見つめていた。

それから、まるで毒杯を仰ぐソクラテスのように決然と、一息に中身を飲み干した。

目を閉じ、歯を食いしばり、グラスをしっかり握り締めて、何かに耐えるようにじっとしている。

それを見ただけで、世津子は手に汗をかいてしまった。

実のところ、胃が出血しているところへ酒など飲んだら、消毒どころか命取りになるのではないか、と不安になる。

やがて秃富は目を開き、何ごともなかったように世津子を見た。暗く、鋭い光を秘めた瞳が、いくらか和らいだような気がする。

「ええと、洋服やなんかはクリーニングに出しておきますから、またお店の方へ取りに寄ってくださいな」

世津子はわざと明るい口調で言ったが、自分でもそれがひどく場違いなセリフに聞こえて、つい顔が赤らんだ。

しかし、禿富はいっこうに気にする風もなく、自分でグラスを満たした。

「例のやつを頼む」

それが、〈レンコンの甘煮〉のことと気がつくまでに、二秒ほどかかった。

世津子は、あわててキッチンのテーブルのタッパーウェアを取り、中身を小皿に移した。

割り箸を添えて、禿富の前に置く。

禿富は無造作に箸を割り、レンコンを口に運んだ。そこだけ大きい手の中で、箸が爪楊枝のように見える。

世津子も、向かいのソファにすわった。

禿富はレンコンを食べ、満足そうに目を細めた。どうやらお世辞ではなく、ほんとうにこの甘煮が気に入ったらしい。

禿富は酒を飲み、世津子を見た。

「この服は、おれにちょうどいい。パトロンがいるのか」

世津子は苦笑して、ワンピースの裾を指で引っ張った。

「パトロンなんて、そんな気のきいた相手がいるものですか。前に付き合っていた男のために、買っておいた服なんですよ。着せないうちに、別れちゃって。一度も、腕を通してませんから」

「そんなことは、気にしてない。今、男がいるのかどうか、それを聞いたんだ」

「だから、いないって言ったじゃありませんか。パトロンもだんなも、彼氏も恋人も」

禿富は、薄笑いを浮かべた。

「だったらおれが、たまにここへレンコンを食いに立ち寄っても、文句を言うやつはいないわけだな」

世津子は、あっけにとられた。

いきなり、そんなことを言い出されるとは、予想もしなかった。

「あの、それ、どういう意味ですか」

「言葉どおりの意味だ。たまに息抜きができれば、それでいい。こいつは、そのための経費だ」

秃富は、ブルゾンの内ポケットから財布を取り出し、中から一万円札を何枚か抜いて、テーブルに置いた。

それは確か、秃富が宇和島から巻き上げたものだと自分で言った、いわくつきの金ではなかったか。

世津子は当惑した。

「あの、こんなことされても」

「別に、パトロンになるつもりはないし、束縛する気もない。ただ、いつでも自由に船を繋留できる港がほしい、というだけのことさ」

世津子は、口をつぐんだ。

この男は、なぜ突然その気になったのだろう。気まぐれもいいところだ。

その夜、秃富が〈みはる〉へやって来てからの言動を、いちいち思い起こしてみる。

宇和島を叩きのめしたほかに、秃富をそのような気にならせる出来事なりやりとりが、何かあっただろうか。

思いつかない。レンコンの甘煮以外は。

世津子は、口を開いた。

「はっきり言いますけど、わたしはもう四十半ばのおばさんです。刑事さんより、十くらいは年上ですしね。そうでなくても今夜初めて会ったばかりで、お互いのことを何も知らないじゃありませんか。それなのに、いきなりそんなことを言われても、困ります」

秃富の目に、かすかに失望したような光が宿るのを、世津子は見た。

「そうか。いやなら、無理にとはいわない。忘れてくれ」

あまり簡単に引いたので、逆に拍子抜けがする。

秃富は、一息にグラスをあけた。

「じゃましたな」

ぶっきらぼうに言い、さりげなく腹を押さえて立ち上がる。見た目はなんともないようでも、まだ体にダメージが残っているようだ。

世津子も、急いでソファを立った。

「だいじょうぶですか、くどいようですけど」

「心配いらん。世話になった」

そう言い捨てて、ゆっくりとドアへ向かう。

その背中に、世津子はためらいながら声をかけた。

「あの、せめて今夜くらいは、ここで休んでいかれたら。おうちの方に、電話なさって」

「うちには、だれもいない。独り者でね」

あっさり言われて、世津子は言葉の接ぎ穂を失った。

秃富が向き直る。

「宇和島がいやがらせにやって来たら、遠慮なく言ってくれ」

世津子は、ドアの取っ手に伸ばされた秃富の腕を、反射的に押さえた。

「あの、なぜわたしなんかに、声をかけるんですか。わたしが、若いころは美人だったかもしれない、と思ったからですか」

秃富は、不思議そうに世津子を見返した。

「死んだおふくろに生き写しだ、とでも言えば気がすむのかね」

世津子は、顔が赤くなるのを意識した。

「だって、物好きとしか思えませんから」

「どうしても、理由が必要なのか」

「ええ。わたしの年になるとね」

秃富はふてぶてしく笑い、腕を広げて世津子を抱き寄せると、無造作にキスした。

少し贅肉のつきかけた世津子の体は、秃富の胸の中にすっぽりとはいってしまった。

ひるのようにぬめりのある唇と舌が、世津子の口の内外を丹念に蹂躙《じゅうりん》する。

世津子は抵抗するのも忘れ、そのみだらな感触に身をゆだねた。

実に久しぶりに、体に火がつくのを覚える。

第二章

7

だれかに、見つめられているような気がした。

そのバーは、フロアの中央に楕円形の島になったカウンターがあり、離れた周囲の壁際にテーブル席が並ぶ、かなりゆったりした造りの店だった。まだ時間が早いせいか、さほど込んではいない。

カウンターにすわった松国遊佐子は、モスコーミュールを口に運びながら、さりげなくあたりに視線を走らせた。

斜め向かいのカウンターで、水割りらしきグラスを手にした男の姿が、目に留まる。薄暗い照明に、広い額が光った。

視線が合うと、男はちょっとグラスを上げるようなしぐさをして、笑いかけてきた。

どうやら、見つめていたのはその男らしい。

遊佐子は目をそらし、その笑いを無視した。笑い返せば、一緒に飲んでもいい、と意思表示をしたことになる。

それが、この種のバーのしきたりだった。

むろん、遊び相手を求めて来たことは確かだが、安易に誘いに応じるつもりはない。選ばれるのはいやだった。男と下着は、自分で選びたい。

万が一にも、物欲しげに見えたりしないように、気をつけなければならない。ちょっと笑いかけられたくらいで、いそいそと応じる女だなどと思われたら、プライドが許さない。

このバーに来るのは二度目で、それも半年ぶりだった。

ハントバーはたくさんあるが、同じ店に三度以上は足を運ばないと決め、それも最低半年は間をあける。むろん、そのたびにファッションや髪形、化粧を変えて、覚えられない用心をしている。

ここは料金が高いので、酔っ払った安サラリーマンがくだを巻いたり、うるさい若者たちが出入りすることもなく、静かに酒を飲める利点がある。

カウンターは、手元だけがスポットライトで明るく照らされ、客の顔は薄暗い間接照明の中に沈むように、うまく配慮されている。

遊佐子はモスコーミュールを飲み干し、お代わりを頼もうとバーテンを見た。

バーテンは、ほかの客の相手をしている。

向こうのカウンターから、つい今しがた笑いかけてきた男の姿が、消えたことに気づいた。

ほっとしながらも、何か張り合いを失ったような気分になる。

遊佐子は、バーテンに声をかけようと、体を乗り出した。

「どこか別の店で、飲み直さないか」

突然声をかけられ、ぎくりとして振り向く。

いつの間にか、斜め後ろに男が立っていた。

向こうのカウンターにいた、例の額の広い男だった。年のころは遊佐子と同じ、三十代半ばというところか。

男が続ける。

「この近くに、うまいリブステーキを食べさせる店がある。そこへ案内しよう」

そのなれなれしい口調に、遊佐子は少しむっとした。ルールを知らないにも、ほどがある。

「けっこうです。食事はすませましたから」

そっけなく答え、顔をそむけた。

意識して肩をとがらせ、遊佐子はそれ以上の誘いをきっぱりと拒否しながら、あらためてバーテンに声をかけようとする。

男の声が響いた。

「こんな店で男漁りをしなければならないほど、不自由してるようには見えないがね」

大きくはないが、その声はビロードのようになめらかな艶があり、あたりによくとおった。静かなバーの中が、ひとときわしんとなる。

遠慮がちな視線が、いくつか二人の方に振り向けられた。

遊佐子は赤くなり、男を睨みつけた。

男は薄笑いを浮かべ、胸のポケットから無造作に一万円札を抜き出すと、カウンターの上に投げ捨てた。

そのままきびすを返して、さっさと出口へ向かう。

取り残された遊佐子は、振り上げた拳のやりどころをなくした感じで、一瞬途方に暮れた。今では、店中の視線が自分に集まったような気がして、いたたまれなくなる。

急いでハンドバッグを探ろうとすると、バーテンがカウンターに捨てられた札を目で示して、小さくうなずいてみせた。それで十分だ、という意味のようだった。

遊佐子はストゥールを滑りおり、できるだけ威厳を保とうと努力しながら、出口を目指した。男のあとを追うかたちになったが、それ以外にこの気まずい雰囲気から逃れる方法を、思いつかなかった。

店を出ると、半ば予期したとおり男が歩道に立って、待ち受けていた。

それを無視して、青山通りの方へ足早に歩き出す。

男が並んで来た。

「リブステーキといっても、ビーフじゃなくてポークなんだ。これが、抜群にうまい。気に入らなかったら、バーベキューソースの中に顔を突っ込まれても、文句は言わないよ」

遊佐子は返事をせず、さらに歩調を速めた。

男は、別に歩幅を広くする気配もないのに、悠々と遅れずについて来る。

「ただし量があるから、一人前を二人で食べてちょうどいいくらいだ。それと、たまねぎのフライが、これまた絶品でね。菊の花のような形に、切り開いて揚げるんだ」

こちらの気持ちにおかまいなく、とっくに話はついたとばかりしゃべり続ける男の態度に、遊佐子はほとほと呆れた。

足を止める。

すると、男は一歩行き過ぎた体をくるりと回して、遊佐子の前に立ちはだかった。

男は、ハイヒールをはいて百七十センチある遊佐子より、心持ち高いだけだった。

しかし、華奢な体つきにくらべてアンバランスなほど肩幅が広く、目の前に樫の木が生えたような威圧感がある。

遊佐子は、男を睨みつけた。

「つきまとうのは、やめてください」

「あのバーにはいったのは、喉が渇いてラムネを飲みたくなったから、というわけか」

「大きなお世話よ」

「男を探しにはいったのなら、男を連れて出て来なくちゃな」

「だとしても、相手があなたでないことだけは、確かね」

男は顎をのけぞらせて、さもおかしそうに笑い出した。薄い唇の間から、意外にそろった白い歯がのぞき、遊佐子はたじろいだ。

遊佐子はもともと面食いで、ことに背の高い男が好みだった。目の前にいる男は、そのどちらにも当てはまらない。しかし、なぜかわからないが、妙に心を引かれるものがある。

男は笑うのをやめ、急にまじめな口調で言った。

「さっきは悪かった。ああでもしないと、二人きりになれないと思ったのでね」

眉の下に引っ込んだ目が、不思議な光を帯びて遊佐子を見る。

遊佐子は、ラスプーチンに見つめられたアレクサンドラ皇后のように、体の芯が溶けるのを感じた。自分でも、どうしようもない感覚だった。

「リブステーキの店は、すぐそこなんだ」

男はそう言い捨て、先に立って歩き出した。

当然あとについて来る、と確信しているような迷いのない足取りだった。一度も振り返らず、すぐ先の角を左にはいる。

遊佐子は糸に引かれたように、あわてて男のあとを追った。
二、三歩歩いてから初めて、自分が男の誘いを受け入れようとしていることに気づき、わずかに躊躇《ちゅうちょ》する。
しかし、一度傾きかけた気持ちは、もうもとにもどらなかった。それ以上迷うのが、めんどうだった。

角を曲がると、少し先に〈ロングホーン〉と書かれた赤い電飾看板があり、その前に男が立っているのが見えた。

男は、遊佐子に向かってうなずき、店にはいった。

覚悟を決め、男のあとに続く。

西部劇を見たことはないが、アメリカ西部をイメージした造りのようだ。

幌馬車の車輪やカウボーイが使う投げ縄、ガンベルト、馬の鞍、革のズボンのようなものが、あちこちに飾ってある。

カントリーウエスタンが流れていたが、ボリュームを低く押さえているせいか、思ったほどうるさくない。客種はどちらかと言えば、若者より中年の男の方が多い。

ジーンズのシャツを着たボーイが、二人を車輪の下のボックスに案内する。

男はボーイを待たせ、遊佐子に酒の好みを聞いた。

それから、メニューの中身も説明せず、勝手に料理を注文した。

ボーイが行ってしまうと、男は親指と人差し指で拳銃の形を作った。

「ドクと呼んでくれ。きみはケートだ」

言いながら親指で自分を示し、人差し指で遊佐子を指す。

無神経な男だが、その場限りの名前で呼び合うというルールだけは、一応心得ているようだ。

それにしても、妙な呼び名ではある。

「ドクとケートね。どういう意味」

「別に意味はない。どうせ記号なんだ」

バーボンの水割りと、ジントニックが運ばれてきた。

グラスを合わせたあと、酒を口に含む。

少しきつめのジントニックだ。丸く削った氷を売り物にする店もあるが、ここはやや大きめのクラッシュアイスを使っている。

続いて、ボーイが運んできたたまねぎのフライに、遊佐子は驚いた。

ドクと名乗る男が言ったとおり、菊の花弁のような形に中身が開かれている。

自分が、料理を苦手にしているせいもあるだろうが、ちょっと見ただけではたまねぎをどこから、どういう風に切り分けたのか、見当がつかない。

食べてみると、いかにも揚げたてらしいかりっとした歯ざわりで、すっかり気に入ってしまった。

口臭が心配だったが、二人で食べればだいじょうぶだと思い直し、好きなだけ食べた。それだけで、腹がくちくなりそうだった。

メーンの料理を見て、また度肝を抜かれた。

直径三十センチもある皿に、両端がはみ出るほど大きなリブステーキが、マッシュポテトや温野菜と一緒に、載っているのだった。

香ばしいバーベキューソースのにおいが、ぷんと鼻をつく。

ビーフは何度か食べたことがあるが、ポークのリブステーキは初めてだった。

汚れるのもかまわず、指でもぎ取って食べる。ドクが請け合ったとおり、掛け値なしにおいしかった。

指をなめながら、ドクが言う。

「さっきも言ったが、あんな店で相手を探すほど男に不自由している、とは思えないね。これは別に、お世辞じゃなくて本音だよ、ケート」

まるで、アメリカ映画のせりふのような言い回しに、遊佐子はつい笑ってしまった。

「あとを引くようなお付き合いは、最初からしないようにしているの。そういうお相手を見つけるには、あの種のバーがいちばんだわ。どんなに気に入った男性でも、お付き合いするのは一度だけ。その方が、お互いのためにいいと思わなくて、ドク」

相手に合わせて、同じように応じる。

横文字の名前で呼び合うと、あたかも映画の一シーンを演じているような、不思議な感覚を覚える。

ドクが大きな手を伸ばし、遊佐子の油で汚れた指を無造作につかんで、ぎゅっと握り締めた。

その痛さの中に、ある種の快感がまじるのを意識して、遊佐子は唾をのんだ。

ドクが言う。

「むろん、一度だけさ。しかし今夜は、数ある一度だけの夜の中でも、忘れられない夜になるだろう」

ふだんなら、寒気を覚えるようなそのきざなせりふも、今夜にかぎってなんの抵抗もなく、遊佐子の緩んだ心の中に染み込んできた。

ドクは手を離し、遊佐子にじっと目を据えたまま、汚れが移った自分の太い指を、丹念になめ回した。

それを見ているうちに、遊佐子の下半身はしだいに落ち着きを失い始めた。

一時間後、遊佐子は渋谷のラブホテル街のはずれにある、目立たないホテルに連れ込まれた。

ふだん、シティホテルしか利用しない遊佐子は、ラブホテル街をうろうろすることに、強い反発を覚える。

しかし一方で、ブティックホテルと称する今どきのしゃれたラブホテルを、のぞいてみたいという気持ちもあった。

ドクの言いなりになったのは、そのせいだ。

この種のホテルに、長いことごぶさたしていたこともあって、驚くことばかりだった。

大きなスクリーンのついた、カラオケの装置がある。テレビの遊びチャンネルには、過激なポルノビデオが流されている。

ベッドは、ウオーターベッド。

バスタブは帆立て貝の形をしており、二人が横に並んでもまだ余裕がある。むろん、ジャグジーつきだった。

ドクは、冷蔵庫からリキュールとジンを取り出し、器用に怪しげなカクテルを作った。

それを飲みながら、しばらくカラオケを楽しんだ。やがてドクが、歌っている遊佐子のドレスに手を伸ばして、ファスナーを引き下ろす。

気がつくと遊佐子は裸にむかれ、ベッドカバーを広げたフロアに横たえられていた。

それから先のことは、あまりに刺激が強すぎてよく思い出せない。ドクの体は、それ自体が太い棍棒になったように、遊佐子をさいなみ続けた。

それは、夫とのセックスでは決して味わうことのできない、禁断の世界だった。

8

携帯電話のベルが、小さく鳴った。

野田憲次は受話口を耳に当て、送話口を手で囲って答えた。

「もしもし」

「もしもし。こちら、ケートですが」

緊張した男の声が、到着したばかりの団体宿泊客の喧噪を縫って、流れてくる。

野田はロビーの隅にある、電話コーナーの左端のボックスに、目を向けた。

黒っぽいスーツを着て、電話に話しかける男の後ろ姿があった。ずんぐりした肩と、丸く禿げた後頭部が見える。

合言葉も電話する場所も、指定したとおりだ。

「どうも、ドクです。そこで待っててください」

野田は通話を切り、電話をポケットにしまった。

周囲に目を配りながら、チェックインで込み合うロビーを横切り、電話コーナーに向かう。

そばまで行くと、今話をした男が目当てのボックスの中で向き直り、野田を見た。メタルフレームの眼鏡が、きらりと光る。

野田は男に軽く手を上げて、出て来るように合図した。

男は、緊張した顔をさらに固くして、ボックスから出て来た。

髪は薄いが、まだ四十代前半と思われる年ごろだ。眉の間にしわを寄せ、いかにも不機嫌な顔をしている。

野田が近づくのを待って、男は低い声で言った。

「いったい、どういうことですか。説明してもらいたいね」

「あとでします」

男は、長身の野田に気おされまいとするように、胸をそらした。

「あんたは、だれなんだ。ただ話をするのに、こんなめんどうな手続きが必要なのか」

「あとで説明する、と言ってるでしょう。部屋へ案内しますから、どうぞ」

男は不安そうに、眼鏡に手をやった。

「部屋というと」

「部屋を取ってあるんです。まさかホテルのロビーで、込み入った話もできないじゃありませんか」

「ドク、とはどういう意味だ。ほんとうの名前は、何なんだ」

男がしつこく質問するのに答えず、野田は先に立ってエレベーターホールへ向かった。

何も言わないように指示されているし、野田自身詳しい話はいっさい聞いていない。そもそもこの男の、正体すら知らないのだ。

エレベーターで、七階まで行く。

その間、男は物問いたげに何度か視線を送ってよこしたが、野田は無視した。

一〇一三号室に直行し、カードキーでドアをあける。

クロゼットの前を抜けて奥にはいると、そこはスイートルームのサロンになっていた。寝室のドアは閉じたままだ。

野田は、男にソファにすわるように合図し、自分も斜め向かいに腰を下ろした。

男が、口調を強めて言う。

「さっさと用件を言いたまえ。話によっては、ただではすまさんぞ」

野田は肩をすくめ、部屋の奥に目を向けた。

それが合図のように、寝室のドアが開いた。

男が驚いて、背筋を伸ばす。

寝室から出て来た禿富鷹秋が、後ろ手にドアを閉めた。

悠然と、二人のそばにやって来る。

しわ一つない、グレイのグレンチェックのスーツを着込み、臙脂《えんじ》系のペイズリのネクタイを締めている。

禿富は、警戒心のこもった男の目を気にする風もなく、向かいのソファにどかりとすわった。

高だかと脚を組み、男を見据える。

男は、野田を見た。

「この男はだれだ。あんた一人じゃなかったのか」

禿富が口を開く。

「用があるのは、このおれだ。こいつの役は、あんたを呼び出す手伝いをすることと、話の立ち会い人を務めることだけさ。これからは、もっぱらおれが相手をする」

その横柄な物言いに、男はむっとした顔をした。

おそらく、このような口のきき方をされたことが、一度もないのだろう。

「だったら、用件をさっさと言え。話によっては、ただではすまさんぞ」

男が、野田に言ったのと同じせりふを繰り返すと、禿富はせせら笑った。

「その覚悟ができてるなら、一人でのこのこやって来たりしないだろう。違いますかね、マックニケイシ」

野田は、たばこを探る手を止めた。

マックニケイシの意味が分からず、禿富の顔を見る。

禿富も、野田を見返した。

「紹介しよう。こちらのご仁は、五反田警察署警務課付の監察官、マックニテルヒコ警視殿だ。松竹梅の松に国、それに輝く彦と書いてテルヒコと読む」

それを聞いて、野田は頰がこわばるのを感じた。

まさかこの男が、現職の警察官とは思わなかった。

だいいち、警視といえば当の禿富より階級が二つ上だし、年も六つか七つ離れているだろう。

まして、監察官は警察官の不祥事を取り締まる、憲兵のようなものではないか。

それを考えると、禿富のものの言い方や態度はあらゆる意味で、はなはだ礼を失するものだった。

野田も、禿富のやり口には慣れているつもりだが、相手が警察官、まして監察官となると、話は別だ。

とんでもない男を、相手にしてしまった。めんどうなことにならなければいいが、とひそかに祈らずにはいられない。

ときどき禿富に、こうしたわけの分からぬ舞台に引っ張り出され、何かの片棒をかつがされるのが、野田の悩みの種だった。

しかしそれは、渋六興業がマスダや他の暴力団との縄張り争いに、勝ち抜くための投資でもある。社長の碓氷嘉久造が名誉会長に引いた今、組織を維持するためには禿富のバックアップが、どうしても必要だ。

どれだけ理不尽な頼みだろうと、禿富の言うことには従わざるをえない。

それにしても、この松国輝彦とかいう警視に自分の正体を知られたら、まずいことになる。携帯電話は、プリペイド方式のものを使ったので、番号から身元を探られる心配はないと思うが、相手が警察だけに油断はできない。

禿富は松国に目をもどし、野田を親指で示した。

「この男は、週刊ホリデーや週刊グラフに寄稿している、及川というライターだ。したがって、ここでの話がマスコミにそのまま流れる可能性も、十分にある。覚悟しておけ」

むろんそれは嘘で、ただのはったりにすぎない。松国が信じてくれるように、腹の中で念じるしかなかった。

松国が、ソファの肘掛けに爪を立てる。

「それより、あんたはいったいだれなんだ。人を呼び出しておいて、自分は名乗らない気か」

禿富は、薄笑いを浮かべた。

「名乗るほどの者ではない、と言いたいところだが、そうもいくまいな」

そう言って、名刺入れから名刺を一枚抜き取り、テーブルの上を滑らせた。

体を乗り出し、それを手に取って見た松国の顔が、たちまち赤くなる。

松国は目をむき、禿富を睨みつけた。

「神宮署生活安全課の警部補だと。偽刑事か」

嚙みつくように言うのを、禿富が鼻で笑ってかわす。

「あいにく、本物の刑事だ。名前は、トクトミと読む。ハゲトミなどと読んだら、そこの窓からほうり出すぞ」

怒りのあまり、松国はとっさには言葉が出ないようだったが、ようやく声を絞った。

「いったい、何さまのつもりだ。きみが本物の警察官なら、上級者に対する口のきき方を、知らぬはずはあるまい」

禿富はせせら笑った。

「説教はやめてくれ。今日は別に、仕事の話で呼び出したわけじゃない。あんたのかみさんについて、意見を交換する必要があると思ったから、声をかけただけだ。プライベートな面談に、上級も下級もあるものか」

松国は顎を引き、眼鏡に手を触れた。少し、冷静さを取りもどしたようだ。

「わたしも、家内について内密の話があるというから、わざわざ出向いて来たんだ。さっさと用件をすませてもらおう。これでも、忙しい体だからな」

「それは、承知している。どっちにしても、来たのが無駄になることはないだろう」

松国は、気持ちを切り替えるように軽く腰を浮かして、すわり直した。

「それで、家内について、どんな話があるんだ」

声に、不安が交じっている。

「呼び出しに応じたからには、いくらか心当たりがあるんじゃないか」

禿富は、そう言って内ポケットに手を入れ、白い角封筒を取り出した。

フラップを開くと、中から写真が何枚か滑り落ちる。

禿富はそれを二つに分け、一組を松国の前に投げた。もう一組を、野田に手渡す。

写真を一目見た野田は、いささか途方に暮れた。

それは、男女のベッドシーンをカラーで写した、一連のポルノ写真だった。

デジタルのカメラかビデオから、静止画を専用の印画紙にプリントしたものらしく、やや解像度が甘い。

女は色白で毛深く、豊満な体つきをしている。

野田が当惑したのは、相手の男が禿富だということだった。禿富は裸のまま、顔をそむけるでもなく野放図に女とからみ合って、カメラの方を向いている。

その特殊な体位から、女の顔もはっきり見えた。化粧が少し濃すぎるが、なかなかの美人といってよい。

ただし、視線が微妙にずれているところから察すると、女はレンズの存在に気づいていないようだ。隠し撮りされたものに違いない。

野田は目を上げ、松国の様子をうかがった。

写真を持つ手が、細かく震えている。頰の筋がぴくぴく痙攣し、体が彫像のように固まってしまった。

見ているのが野田の写真と同じで、しかも写っている女が実際に松国の妻だとすれば、確かに尋常一様のショックではあるまい。

野田自身、気分が悪くなった。

松国が、しゃがれ声で言う。

「正気なのか、きみ。こんな汚いまねが、よくできるな。それでも警察官か」

その反応からすると、松国が妻の秘密に気づいていた様子は少しもない、と思われた。それだけに、衝撃も大きいだろう。

野田は松国に、同情の念を覚えた。

禿富が目を細め、唇を歪めて応酬する。

「正気の人間なんか、この世のどこにも存在しない。しかも、おれより汚いことをやっているやつらは、はるかにたくさんいる。警察にも、警察以外の世界にもな」

松国は、何かに耐えるようにしばらくじっと考えていたが、やがて写真をテーブルにほうり出した。

「いくらだ。金がほしいんだろう、言ってみろ」

「買うつもりか、かみさんのスキャンダルを」

禿富に問い返されて、松国はちょっと詰まった。

「途方もない金額でなければ、応じる用意はある」

「おれを恐喝罪で逮捕して、かみさんを離縁する手もあるぞ」

「そうしてほしいのか」

禿富は、とげのある笑いを漏らした。

「あんたに、それだけの根性があるとは思えん。あれば、かみさんもあんな風には、ならなかっただろう」

松国が、拳を握り締める。

「大きなお世話だ。早く条件を言え」

「かみさんの様子では、ここ何年も抱いてもらってなかったに違いないな」

松国の顔から、いっそう血の気が引く。

野田は、禿富が目の前で松国をいたぶるのを見て、へどが出そうになった。

そもそも、同じ警察官の妻を籠絡してこっそり写真を撮り、それをネタになんらかの取引を持ちかけるとは、やくざにも劣る卑劣漢だ。

「禿富さん。早く条件を言って、楽にしてやろうじゃありませんか」

野田が口を開くと、禿富はじろりと睨んできた。

「おまえは黙っていろ。口を出すんじゃない」

さすがに、むっとする。

「用がすんだのなら、おれはこれで失礼しますよ」

野田はそう言って、腰を上げようとした。

禿富はすばやく手を上げ、野田の胸元に指を突きつけた。

「動くな。そこにすわってるんだ。用はまだ、すんじゃいない」

その、断固とした口調と眼光にあうと、逆らう気力が失せる。

野田は不承不承、すわり直した。

あらためて、禿富が松国に言う。

「五反田署の生活安全課に、久光章一という巡査部長がいるだろう」

その名前を聞くと、松国の表情がわずかに動いた。

「いる」

「久光は、管内の賭博ゲームの店やカジノ業者から賄賂《わいろ》を取って、手入れ情報を流していた。知らせを受けた店は、その日だけ裏賭博をやめたり臨時休業にしたりして、摘発を免れるという寸法だ。それがばれて、久光は今署内に身柄を拘束されたまま、あんたたち幹部から事情聴取を受けている」

そこで、禿富が言葉を切る。

野田は、松国の喉が動くのを見た。

「それがどうした」

「本庁の警務部には、まだ報告してないだろう。むろん、警察庁にも」

松国は、握り締めていた拳を開いて、そっと肘掛けに載せた。

「それがどうした」

続けて二度、同じ言葉を吐く。

「署長もあんたも、その一件を本庁に上げるつもりはないのだろう。署内でもみ消して、久光には依願退職のかたちを取らせる。事件を、闇に葬るわけだ。違うか」

松国は、禿富の真意を探るように目を光らせ、テーブルを指で示した。

「それがこの写真と、どんな関係がある」

「質問に答えろ。例によって、不祥事はいっさい外へ出さないように、画策するつもりだろう」

松国は眼鏡を押し上げ、虚勢を張るように胸をそらした。

「それを心配しているなら、ここではっきり約束しよう。久光の一件は、わたしが責任をもって本庁に報告し、しかるべき措置を取るつもりだ。むろん、マスコミにも発表する。そうでなくても警察は今、不祥事続きで袋叩きにあっている。もみ消しを図って、万が一にもあとで外に知れたりしたら、今度こそ命取りになる。現場の指揮にも影響するからな。わたしがかならず、納得のいく処分をする」

自分の演説を補強するように、力強くうなずいてみせる。

禿富は、それに心を動かされた様子もなく、ぶっきらぼうに続けた。

「勘違いするな。おれが頼みたいのは、その反対だ。久光の一件を重い金庫の奥にしまって、海へ投げ込んでもらいたい」

松国は、自分の耳が信じられないというように、ぽかんと口をあけた。

野田もその申し出に驚き、禿富の顔を見た。

禿富が続ける。

「もう一度言うぞ。この写真を公にしない条件は、久光の一件を闇に葬ることだ。依願退職もなし。そのまま、勤務を続けさせる。五反田署で持てあますというなら、どこか別の署へ飛ばしてもいい。とにかく、久光をやめさせるな」

松国はすわり直し、ネクタイに指を触れた。

「それはしかし、昨今の警察を取り巻く状況を考えると、あまり得策ではないと思うが」

「昨今の状況など、くそ食らえだ。おれは久光を、警察から追い出されないようにしてやる、と約束した。約束は、守らなきゃならん」

「あんたと久光は、どういう関係なんだ」

「なんの関係もない。会ったこともない」

松国は、わけが分からないというように、ちらりと野田を見た。

ちんぷんかんぷんなのは、野田も同じだった。禿富のやることといったら、いつもこの調子なのだ。

松国が、ためらいながら言う。

「われわれがそう思っても、賄賂を渡した業者の口から情報が漏れる、ということもありうる。そうなったら、マスコミが黙っていないだろう」

「業者も今は事情聴取の段階で、まだ逮捕されていないはずだ。贈賄を見逃してもらえると分かれば、自分たちの罪状をぺらぺらしゃべることもないだろう。そのあたりの根回しも、あんたたちの仕事だ」

「しかし、署長がなんと言うか」

松国が言うと、禿富はふんと鼻で笑った。

「あんなキャリアの若僧一人、丸め込めないでどうする。ここで、署内から縄付きを出したら、やつの出世はこの先ないも同然だ。もみ消しには、諸手《もろて》を上げて賛成するさ」

松国は、そわそわと上着の襟にさわったりしながら、思い切ったように言った。

「あんたはこの一件を、業者の筋から頼まれたのか」

野田も、同じことを考えていたのだ。

だとすれば禿富は、渋六興業だけでなく他区の風俗営業店や暴力団とも、付き合いがあることになる。

なんとなく、おもしろくない気分だった。

禿富は、松国の質問に答える気がないらしく、勝手に話を続けた。

「あんたも署長も、内心ではこの不祥事をなかったことにして、自分のキャリアを守りたいはずだ。とすると、渡りに船じゃないか。おれに脅されて、不承不承事件を闇に葬るわけだから、良心も痛まないだろう。そして、かみさんのスキャンダルも、表沙汰にならずにすむ。めでたし、めでたしだな」

そう言って、からからと笑う。

松国は毒気に当てられたように、言葉もなく禿富を見つめている。

禿富は笑うのをやめ、ひときわ厳しい目で松国を睨んだ。

「ただし、久光のことがどんなかたちにせよ公になったら、かみさんの写真が週刊ホリデーに載るもの、と覚悟しておけ。人違いだ、などという説明は、通用しないぞ。一緒に写っているおれが、間違いなくあんたのかみさんだ、と証言するからな」

野田は背筋に、ぞくりとするものを感じた。

禿富が、ポルノ写真で臆面もなく顔をさらしたのは、そこまでの覚悟があることを示すためだったのだ。

松国にも、それが分かったらしい。

肩をがくりと落とし、力なくうなずいた。

「分かった。やってみる」

9

ホテルのラウンジは、さほど込んでいなかった。

それに、ボックスの間がゆったりしているので、人に話を聞かれる心配もない。

野田憲次と禿富鷹秋は、窓際の眺めのいい席に案内された。ボーイに、スコッチの炭酸割りを頼む。

「忘れないうちに、カードキーをよこせ」

禿富に言われて、野田はそれを渡した。今夜は、ここへ泊まるつもりらしい。もっとも宿泊代は、渋六興業が持つことになっている。

金は惜しくないが、ほかの組織のために自分が利用されるのは、がまんならない。

野田は言った。

「一つ、聞かせてください。だんなは、ほんとうにゲーム賭博やカジノの業者に頼まれて、今度のもみ消しをやったんですか」

禿富は、窓の外の夜景に目を向けたまま、関心のなさそうな声で応じた。

「だったら、どうだというんだ」

「それだったら、おれなんかじゃなくてその業者の手の者に、手伝いをさせてください。うちの会社がからんでるなら、おれはいくらでも手を貸しますがね」

憮然として言うと、禿富は乾いた笑いを漏らした。

「けつの穴の小さいことを言うな。おれは今のところ、ほかの組織とつるむ気はないよ。その点は、安心していい。今回の仕事は、内部からの依頼だ」

「内部、というと」

「警察内部の、互助組織だ。今度のように収賄の事実がばれたり、借金づけで首が回らなくなったり、未成年の女の子に猥褻《わいせつ》行為で訴えられたり、婦人警官を妊娠させてしまったりと、警察官もいろいろトラブルや悩みを抱えている。そういう連中は、監察の査問を受けて譴責《けんせき》、減給、へたをすれば懲戒免職に追い込まれる。そんなときに救いの手を差し伸べる、〈くれむつ会〉という非公式の組織があるのさ。監察を含む幹部連中は、自分たちの保身を図ることに汲々として、現場の警察官のことなど考えもしないからな」

「くれむつって、どういう意味ですか」

「さあな。夕方の〈暮れ六つ〉かもしれん」

酒がきた。

乾杯して、質問を続ける。

「全国組織ですか、その〈くれむつ会〉は」

「いや、今のところは警視庁管内だけだ。しかしそのうち、全国に広がる可能性もある。ノンキャリアで、非管理職の警察官の労働組合、というかたちでな」

野田は顎を引いた。

「労働組合。警察官に組合を作る権利は、ないんじゃないですか」

「法律上はそうだ。しかし、これだけキャリアが自分たちの保身のために、現場の警察官をないがしろにする風潮が広まれば、こっちも黙っているわけにいかない。組合か、それに代わる組織を作って、対抗するしかないだろう」

初めて聞く話だ。

〈くれむつ会〉はともかくとして、警察官が労働組合を結成するなどということが、可能なのだろうか。

「だんなは、その〈くれむつ会〉のメンバーなんですか」

禿富は、肩を揺すった。

「メンバーじゃないが、パートタイムで仕事を請け負っている」

「それじゃ、今度の仕事も」

「そうだ。久光章一のかみさんが、〈くれむつ会〉の窓口に泣きついてきた。それで、久光を助ける仕事が、おれに回ってきたわけさ」

野田は酒を飲み、少し考えた。

「しかし、さっきの話を聞いたかぎりでは、その巡査部長は懲戒免職になってもしかたがない、という気もする。現に、悪いことをしたわけでしょう」

禿富が、じろりという感じの視線を、野田に送ってくる。

「おれも、おまえたちから金を召し上げて、おまえたちのために便宜を図っているぞ。おれも懲戒免職の口か」

野田は、まずいことを言ったと思い、下を向いた。

「だんなは、話が別です。まあ、はたから見れば同じかもしれないが、だんなは違う」

「どこから見ても、収賄は収賄だし、贈賄は贈賄だ。いいか。おれたちは、法律を破ってるんだぞ。自分たちだけ特別だ、などと思うな」

禿富の言うとおりだ。

「それはまあ、分かってますが」

「いや、分かってないな。もう一度言うが、おれたちは法を破っている。問題は、法と個人の利益と、どちらを優先させるかだ。利口な人間は、個人の利益を優先させる。おまえたちも、それを頭に叩き込んでおけ。そうすれば、いざというときに迷わずにすむ」

野田は酒を飲み、眼下に広がる夜景を見た。

はしなくも禿富は、自分の行動倫理を漏らしたのだ。

いったい、何が禿富をそうさせたのかは分からないが、とにかく問わず語りに心の中をのぞかせた。

禿富にしては、珍しいことだった。

禿富が続ける。

「おまえたち渋六の連中は、考え方が古すぎるんだ。ボスの碓氷が引退したのを機に、もっとあくどいシノギを考えろ。けちなみかじめ料で、満足しているばかがどこにいる」

ビデオショップ〈アルファ友の会〉の、会費のことを言っているのだ。

「あれはただ、若い者の小遣いを稼ぎ出すだけの、おまけみたいなもんですよ」

「あの程度の金で、店の安全を守りますなどとうたうのは、おこがましいぞ」

「何かあったら、どんなことがあっても店を守りますよ、おれたちは」

「だとすれば、それは慈善事業だな。やくざなんかやめて、ボランティア協会でも設立しろ」

野田は苦笑した。

「しかし、だんなだって久光巡査部長を助けるために、ボランティアをしてるじゃないですか。文字どおり、体を張って」

禿富は肩を揺すり、ソファの背に肘を載せた。

「ボランティアだと。冗談じゃない。おれが好意で、見も知らぬ間抜けなデカを助ける、とでも思ってるのか。おあいにくさまだ。おれは、〈くれむつ会〉が積み立てた共済基金の中から、ちゃんと報酬をもらっている。ただ働きをするほど、お人好しじゃない」

自慢げに言う禿富に、野田は苦笑を禁じえなかった。

話を変える。

「それにしても、同じ警察官の奥さんをたらし込んで写真を撮るとは、ちょっとやりすぎじゃないですか。取引するにしても、別のやり方があったでしょう」

禿富は眉を上げ、横目で野田を見た。

「ほう。もしあるなら、教えてほしいものだな」

「かみさんを巻き込まなくたって、あの監察官自身の女性問題とか、金銭上のトラブルとか、何かネタがあるはずだ」

禿富が首を振る。

「松国は、第二方面本部管内の警察官の中でも、指折りの堅物なんだ。仕事一点張りで、女の噂もなければ、借金もない。それが逆目に出て、女房の男遊びという思わぬかたちで、つけが回ってきたのさ。おれはやつの女房を、十分に楽しませてやった。だから、だれに恨まれる覚えもない。松国もこれにこりて、少しは女房に目を向けるようになるだろう」

その自分勝手な論理に、野田はほとほと呆れた。

酒を飲み干したとき、禿富が体を起こして野田の背後に目を向け、手を上げた。

振り向くと、和服姿の小柄な女がボーイに案内されて、やって来るのが見えた。見覚えのある女だ。

禿富は、女を自分の横のソファにすわらせ、野田に言った。

「知ってるだろう。〈みはる〉のママだ」

女が、おずおずと頭を下げる。

「お世話になっています。〈みはる〉の世津子です」

言われて、すぐに気がつく。この女の店には、〈アルファ友の会〉の会費を何度か集めに行ったことがある。

「ああ、知ってるよ。桑原世津子だろう」

「世津子さん、と言え。〈アルファ友の会〉の、れっきとした会員だぞ」

野田は、耳の後ろを掻いた。

「失礼。桑原世津子さんでしたね」

「はい。でも、呼び捨てにしていただいて、かまいませんから」

世津子はそう言って、丸みのある肩をすぼめた。

瓜実顔の、若いころは人並み以上の美人だったに違いない、と思わせる目鼻立ちの持ち主だ。しかし、もういい年だろう。四十半ばにはなっており、体の線も崩れ始めている。

「水間にも言ったが、マスダの宇和島というちんぴらがこいつの店に、ちょっかいを出そうとしている。何かあったら、助けてやってくれ」

敷島組から、マスダに鞍替えした宇和島博のことなら、水間英人から聞いている。

「分かりました。気をつけるようにします」

二人がどういう関係か、聞くまでもなかった。世津子は、すわったときから禿富の太ももに手を置き、うっとりした顔をしている。

二人の年の差を考えると、物好きだという気がしないでもない。

しかし男女の仲に関するかぎり、年齢差など問題にならないのがこの世の常で、少なくとも他人が口を出すことではなかった。

おそらく世津子は今夜、禿富とこのホテルに泊まっていくのだろう。

野田は引き際だと思い、腰を上げた。

「それじゃ、おれはこれで失礼します」

「帰るのか。もう少し付き合えよ」

世津子の手を握った禿富の手が、意味ありげな動きを見せたので、その言葉が社交辞令にすぎないことが、すぐに分かった。

「いや、遠慮しておきます。請求書は、事務所の方へ回してください」

やれやれ、と思いながら野田はきびすを返して、出口へ向かった。

10

ドアがあき、桑原世津子は目を上げた。

「いらっしゃいませ」

反射的に言い、はいって来た男を品定めする。

初めて見る顔だった。

眉が太く、髭のそり跡の濃いがっしりした体格の男で、こざっぱりしたチェックのスーツを着ている。年は三十代の半ば、というところだろう。

まだ店をあけたばかりで、ほかに客はいない。景気が悪いせいか、このところ客足が落ちている。

男は、カウンターの中ほどのストゥールに、どかりとすわった。

「まだ、雨になりませんか。だいぶ、雲が出てきたようですけど」

お愛想を言うと、男はカウンターにぺたりと両手をくっつけた。

「まだ降ってないけど、夜半には降り出すと言ってたね、ラジオでは」

世津子は、袋を破って熱いおしぼりを広げ、男に差し出した。

「はい、どうぞ」

男はおしぼりを受け取り、手をふきながら世津子の体をちらちらと盗み見した。

顎の張った、なかなかハンサムな顔立ちの男だが、油断のならない目つきをしている。世津子は、なんとなく素足でなめくじを踏みつけたような、落ち着かない気分になった。

商売柄、客がどんな仕事をしているかを当てるのは、うまい方だ。

しかし、この男の場合は迷ってしまう。やくざではないようだが、かといってまともな会社員にも見えない。不動産関係か、それとも風俗関係か。

ふと、不安に襲われる。

万が一この男が、マスダの構成員だったらどうしよう。

宇和島博は、禿富鷹秋にぶちのめされて以来、姿を現していない。しかし相変わらず、あれであきらめるような男ではないという、確信のようなものがある。

かりにこの男が宇和島の手下で、店の様子を見に来たのだとしたら、どうしよう。

手遅れにならないうちに、カウンターの下に置いた携帯電話の短縮ボタンを押して、渋六興業に連絡しなければならない。

男はおしぼりを裏返し、二度と使いものにならないくらい丹念に、顔や首筋をふいた。

世津子はまともに目をあわさず、気配をうかがいながら声をかけた。

「お一人で飲むことが、多いんですか。それも、飛び込みのお店で」

「いや、めったにないね。店もだいたい、決まってるし。ただ今日は渋谷で、あまり土地鑑がないから、あてずっぽうにはいったんだ。いい店じゃないか」

「ありがとうございます。お酒は、何になさいますか」

男は、おしぼりを置いた。

「そうだな、水割りをもらおうかな」

「銘柄の方は」

「オールドでいいよ」

世津子は水割りを作り、突き出しのキンピラと一緒に、男の前に滑らせた。

男は箸を割り、たった二口でキンピラを食べてしまった。

それから、水割りをぐっとあおる。ビールでも飲むような飲み方だった。

世津子はタッパーをあけて、小皿にキンピラを入れ足した。

「お客さん、初めてですよね。渋谷でないとすると、どのあたりにお勤めですか」

「新宿の方だ。たまには、違った空気を吸いたいと思ってね」

男は、またキンピラを二口で平らげ、水割りを飲み干した。やけにピッチが速い。

男の指示で、新たな水割りを作る。

男は酒を飲み、やぶからぼうに言った。

「ところで、どこか遊べるとこはないかな」

虚をつかれたかたちで、世津子はとまどった。

「とおっしゃいますと。キャバレーとか、カジノクラブとかですか」

男は熱っぽい目で、世津子を見つめた。

「そうじゃない。はっきり言えば、女の子と遊びたいんだ」

世津子は当惑した。

「さあ、そういうのはちょっと、このお店では」

言葉を濁すと、男は媚びるようににっと笑った。

「ママには迷惑かけないから、どこへ行ったらそういう遊びができるか、教えてくれないかな。いや、ちょっと会社でいやなことがあってね、憂さ晴らしがしたいだけなんだ。酒飲んでくだ巻くのもいいけど、ママに迷惑かけるのも気が引けるしなあ」

そう言って、わざとらしく頭を搔く。

世津子はこめかみに指を当て、もっともらしく考えるしぐさをした。

「公衆電話のボックスに、デートクラブとかホテトルっていうんですか、いろんなカードが置いてあるでしょう。試してみたらどうですか」

「ああいうのは、ちょっと怖いんだよね。ヤクザがからんでることも多いし。女の子を紹介してくれるラブホテルとか、どっか心当たりはないかな。ひもつきじゃなくて、フリーでやってる女の子なんかいれば、最高なんだけど。一回こっきりだし、金はいくらかかってもいいんだ」

見かけはともかくとして、あまり遊び慣れていないようだ。

世津子はふと、大森マヤのことを思い出した。

マヤは、渋谷駅前の〈フラグスタフ〉という大型スーパーで働く、二十八歳になる女だった。何度か店で買い物をして、賞味期限切れや計算違いを指摘したりするうちに、口をきくようになった。

百七十センチもある背の高い女で、〈みはる〉にも二度ほど顔を出したことがある。

そうしたおり、マヤは一年間アルバイトをして二百万円貯め、リヒテンシュタイン公国で一年間暮らすのが夢だ、と世津子に打ち明けた。

そのために、体を張って資金を稼ぐつもりでいるが、年も年なのでソープランドはきつい。だれか、自由恋愛という名目で遊び相手を探す男がいたら、紹介してほしい。サドでもマゾでも、たいていのことはがまんする。

そう言われていたのだ。

まともに取り合う気もなく、そのときは適当に聞き流したのだが、男からしつこく話を持ちかけられて、それが頭に浮かんだ。

「一人、心当たりがいますけど、気に入るかどうか」

水を向けると、男の目が期待に輝いた。

「気に入るも何も、おれはぜいたくは言わないよ」

「ちょっと年はいってますけど、背の高い美人ですよ」

「いくつくらいだ」

「二十八って言ってましたけど」

「だったら、まだ若いうちだ。当たってみてくれないか」

「今すぐですか」

「向こうさえよければね」

そう言って、目をきらきらさせる。

世津子は、カウンターの下から携帯電話を取り出し、マヤの番号を押した。早番だと、もう店を引けてしまった恐れがあるが、遅番ならまだつかまるだろう。

四回目のコール音で、マヤが出てきた。

「よかった。〈みはる〉の世津子です」

「あら、どうも。こんにちは」

「お仕事中なら、あとでかけ直すけど」

「休憩中だから、だいじょうぶですよ」

「それじゃ、用件だけ。あなたの、リヒテンシュタイン計画に協力してくれそうな人が、お店に見えてるの。今夜もし体があいてたら、お付き合いしてみない」

「ほんと。どんな人ですか」

その質問には、ちょっと答えあぐねる。

「今ここに、いらっしゃるのよ。話してみる」

マヤは、ちょっと考えた。

「その人、携帯を持ってるかしら。もし持ってるんだったら、名前と番号を聞いてくれますか。あとでこちらから、かけ直しますから」

男に確認すると、持っているという。世津子は、名前と番号を聞いた。

男は鈴木と名乗り、番号を暗唱した。

それをマヤに告げ、電話を切る。

「あとで、電話するそうです。マヤっていう子ですから」

世津子が言うと、鈴木と名乗った男は好奇心をあらわにして、質問した。

「リヒテンシュタイン計画って、なんのことだい」

「リヒテンシュタインという国へ行くために、資金を稼がなくちゃならないんですって」

「ははあ。するとおれは、そのスポンサーの一人になる、というわけだ。いくらくらい、出せばいいのかな」

「さあ。それは電話があったときに、二人で決めればいいんじゃないですか」

「そうだな。それじゃ、その前にちょっと腹ごしらえをしてくるか」

男は水割りを飲み干し、内ポケットから財布を出した。

一万円札を抜き、カウンターに置く。

「これで、足りるかな」

「二千六百円ですから、今お釣りを出します」

「安いんだな。だったら、釣りはいらないよ」

世津子は、小型金庫の蓋を開いたまま、男を見た。

「それじゃ、いくらなんでもいただきすぎになります」

「女の子の紹介料だよ。おかげで、楽しい夜になりそうだ」

世津子は躊躇したが、固辞するのも角が立つと思い、頭を下げた。

「それじゃ、ありがたくちょうだいします」

札を金庫にしまい、あいたグラスに手を伸ばす。

その手をいきなり、男がむずとつかんだ。

「桑原世津子。売春防止法違反の現行犯で、逮捕する」

世津子は手をつかまれたまま、あっけにとられて男を見返した。

「なんですって」

なぜこの男は、名前を知っているのか。

「聞こえたろう。売防法違反の現行犯で逮捕する、と言ったのさ」

男は、もう一方の手で黒い手帳を出し、無造作に中を開いた。

「新宿中央署刑事二課の鯉沼だ。よく見ろ」

世津子は動転しながら、示された身分証明書を見た。

確かに、本物の警察官らしい。

鯉沼貞男という字が、目の前でかすむ。さっき、鈴木と名乗ったのは偽名と察しがついたが、まさか私服刑事とは想像もしなかった。

世津子は腕を振り放し、抗議した。

「あんまりじゃありませんか。わたしは、何もしてませんよ」

「売春の周旋をしたじゃないか。それも、マージンを受け取ってな。りっぱな、売防法第六条違反だ」

そう決めつけるのに、世津子はなおも食ってかかった。

「だってそれは、お客さんが女の子を紹介してほしいってしつこく言うから、教えてあげたんじゃありませんか。刑事さんがこんな手を使うなんて、フェアじゃないわ。断然、抗議します」

「売春と麻薬は、おとり捜査が許されるんだ。さあ、一緒に来い」

鯉沼が手を伸ばすのを、世津子は振り払った。

「いやです。だいたいここは、渋谷区ですよ。新宿中央署の管轄じゃないじゃないの」

「売防法違反に、管轄もくそもあるか。おとなしく同行しないと、公務執行妨害罪もつくぞ」

そのとき、ドアがあいた。

救いを求めて目をむけると、それはマスダの宇和島博だった。

ショックのあまり、足元がふらつく。

宇和島が、わざとらしく言った。

「どうしたんですか、鯉沼さん」

「この女を、売防法違反の現行犯で、逮捕した。これから、しょっぴくところだ」

宇和島は、脂ぎった顔に下卑た笑いを浮かべ、世津子に話しかけた。

「そりゃまあ、お気の毒に。どうだ、この店を明け渡す気があるなら、おれが鯉沼のだんなに頼んで、話をつけてやってもいいぞ」

世津子は、唇を嚙み締めた。

この二人は、示し合わせてこれを仕組んだのだ。

鯉沼という刑事は、マスダに飼われている犬に違いない。罠にはめられてしまった。

助けを求めなければならない。

「大きなお世話ですよ」

世津子は言い返し、和服の袖に隠して取り上げた携帯電話のボタンを、押そうとした。

それに気づいた宇和島が、カウンターの上に勢いよく体を乗り出して、携帯電話を奪い取る。

その拍子に、アイスボックスやピッチャーが倒れ、床に砕け落ちた。

鯉沼は、カウンターの上げ蓋を開いて、世津子の手をつかんだ。

宇和島がグラスをつかみ、後ろの酒棚に並ぶボトルを目がけて、投げつける。

たび重なるいやがらせにかっとなり、世津子は宇和島につかみかかろうとしたが、鯉沼に引きもどされた。

「こんなことして、ただじゃすみませんからね。分かってるの」

金切り声を上げると、宇和島がせせら笑った。

「渋六を、あてにしてるのか。それとも、ハゲタカか。だったら、おあいにくさまだ。あの野郎も、鹿内のだんなには手も足も出ないんだよ」

必死に抵抗したが、世津子は鯉沼に強く手首をつかまれたまま、店の外へ引きずり出された。

11

水間英人はその様子を、〈みはる〉の前で見ていた。

二人の前に立ちはだかり、ごつい体をした男に指を突きつける。

「その手を離せ」

そう言いながら、男の顔を前にどこかで見かけたような、そんな気がした。

桑原世津子が、つかまれた腕の苦痛に顔を歪めながら、救われたように水間を見る。

「水間さん、助けて」

その間にも、宇和島博が狼藉を働いているらしい物音が、店の中から響いてくる。

「分かってる。心配するな」

水間が応じると、そばにいた野田憲次は男の逃げ道を塞ぐように、さりげなく路地の横手へ回った。

男が、世津子の手をつかんだまま油断のない目で、二人の顔を見比べる。

「なんだ、おまえら」

「渋六興業のものだ。このあたりで、マスダのちんぴらにうろうろされると、目障りなんだよ。さあ、ママを離してやれ」

水間が言ったとき、男の後ろから宇和島が出て来た。

宇和島は、二人を見てちょっとたじろいだ表情を見せたが、すぐにふてぶてしい笑いを浮かべた。

「なんだなんだ、雁首をそろえやがって。何か、文句があるか」

野田が、横合いから口を出す。

「おまえを見かけて、ずっとあとをつけて来たんだよ。まさか、ここが渋六の縄張りだってことを、忘れたわけじゃあるまい。こんなことをして、ただですむと思ってるのか」

宇和島は挑発するように、顎を突き出した。

「でかい口をきくんじゃねえ。この店の権利は、たった今マスダに移ったんだ。肝腎のママが、売防法違反の現行犯で逮捕されちまったからな」

水間は驚き、世津子を見た。

「どういうことだ」

世津子が、言葉を絞り出す。

「この人に、引っかけられたの。女がほしいって言うから、親切に渡りをつけてやったら、突然逮捕だなんて。ひどすぎるわよ」

水間は、ごつい体の男を見た。

「だれなんだ、あんたは」

宇和島が得意げに、その質問を引き取る。

「新宿中央署刑事二課、マルB担当の鯉沼巡査部長殿だ。じゃまをすると、おまえたちも公務執行妨害で、逮捕されるぞ」

鯉沼と呼ばれた男は、勝ち誇ったようにうなずいた。

それを見たとき、突然記憶がよみがえった。

三週間ほど前、円山町の小公園で禿富鷹秋を痛めつけた三人の中に、確かにこの男がいた。

リーダー格の男が鉄拳を振るう間、この男はもう一人の仲間と一緒に両脇から、禿富の腕を押さえつけていたのだ。

新宿中央署の巡査部長か。

あとの二人も、同類に違いない。

禿富が言ったとおり、やはりあの男たちは警察官だったのだ。

その一人が、今目の前にいる。

鯉沼も、水間の顔を見忘れることはないはずだが、それをおくびにも出す様子はなかった。

水間は、拳を握り締めた。その鯉沼が、なぜここに顔を出すのだ。

いつの間にか、すっかり日が暮れた。通りがかりのやじ馬が何人か、怖いもの見たさにそれとなく足を止め、その場の様子をうかがっている。

それを意識して、水間は食いついた。

「この街は、新宿中央署の管轄じゃない。おとり捜査は認められないはずだ」

かまをかけると、鯉沼は分厚い唇を歪めた。

「黙れ。現行犯に、管轄もくそもない。さあ、そこをどけ」

世津子の腕をねじり上げ、盾にするように水間の方へ押して来る。

水間は、一瞬迷った。

この田舎芝居が、マスダの露骨ないやがらせであることは間違いないが、本物の刑事がからんでいるとなると、うかつに手を出せない。

宇和島が前に出て、水間の肩をこづく。

「どけと言われただろう。それとも、公務執行妨害でぶちこまれたいか」

水間は歯を食いしばり、ちらりと野田を見た。

野田が水間の視線をとらえ、小さく首を振る。手を出すな、という合図だ。

水間はあのとき、禿富がリーダー格の男にぶちのめされながら、手を出すなとくどく繰り返したのを、思い出した。

確かに、へたに現職の刑事にちょっかいを出せば、うむをいわさずぶち込まれるのは、目に見えている。理由はあとから、いくらでもつけられる。

水間は体の力を抜き、悔しさに胃を焼かれるような思いをしながら、脇へどいた。

宇和島が、その肩を肩で押しのけて、通り抜けようとする。

「待て」

そう声をかけたのは、水間でもなく野田でもなかった。

やじ馬を押しのけて、男が二人進み出て来る。

前に立つ男を見て、水間は思わずため息をついた。

それは、禿富鷹秋だった。

禿富の後ろにいる、背の高い男には見覚えがない。男は背が高いだけでなく、横幅もたっぷりある巨漢だった。

鯉沼の顔色が変わった。

うろたえた口調で、巨漢に呼びかける。

「ヒサミツさん。こんなところで、何してるんだ」

ヒサミツと聞いて、水間はすぐに野田から二、三日前に受けた報告を、思い出した。

禿富が五反田署の監察官を脅して、久光章一という名の悪徳警官の罪状をもみ消した、というのだ。

禿富の後ろに立っているのは、どうやらその久光らしい。

久光は、のそりと前へ出た。

それに気を取られた鯉沼が、反射的に世津子の腕を離す。

よろめく世津子を、禿富はすばやくそばに引き寄せると、水間の方へ押してよこした。

水間は世津子を支え、声をかけた。

「だいじょうぶか」

「ええ。すみません、お手数をかけて」

形勢が変わったのを、宇和島は敏感に察したらしい。

隙があれば逃げ出そうとするのを、禿富が抜け目なくフェイントをかけて牽制する。

宇和島の顔に、汗が浮かんだ。

久光は、ほかのことにまるで関心がないように、鯉沼に話しかけた。

「おまえ、まだこんな古い手を使って、点数を稼いでるのか」

「いや、これにはその、いろいろとわけがあるんだ。見逃してくれ」

さっきまで強気だった鯉沼の態度が、蛇に睨まれた蛙のように卑屈になってしまった。よほど久光に、頭の上がらぬ事情があるらしい。

禿富が、水間に言う。

「ここは、おれたちに任せろ。おまえと野田は、やじ馬を追い払え」

水間は野田に合図して、路地をふさいでいるやじ馬たちに声をかけ、その場を離れるように言った。

あたりに人けがなくなると、禿富はいきなり足を飛ばして鯉沼の下腹部を蹴った。

鯉沼が倒れないうちに、こめかみにナックルパンチを食らわせる。

鯉沼は声を上げて、路上に転がった。

それを見て、宇和島は逃げようとした。

水間が動く前に、久光は体に似合わぬすばやさで宇和島の襟首をつかみ、力任せに引きもどした。

宇和島が、がまがえるが鳴くような声を出して、尻餅をつく。

久光は、大きな靴で宇和島の腹や背中を踏みつけ、最後にはへどを吐かせた。

一方の鯉沼は、なんとか禿富をつかまえて反撃しようとするが、相手の体の動きについていけない。水間と野田が見守る前で、禿富にさんざんに叩きのめされた。

禿富のやり方は執拗で、あの小公園でのリンチの恨みを晴らすように、鯉沼を徹底的に痛めつけた。水間が、もう十分と考えるよりはるかにしつこく、いたぶり続ける。

思い余った水間は、世津子のめんどうを野田に任せて、禿富を引き止めた。

「もういいでしょう。相手も同じ、警察官じゃないですか。あまりやりすぎると、あとでめんどうなことになりますよ。ほかに、仲間もいることだし」

禿富は、長ながと路上に伸びた鯉沼に最後の一蹴りをくれ、ネクタイを締め直した。

「かまうものか。こいつはおれにやられたなどと、口が裂けても言えんはずだ。久光に、弱みを握られているからな。久光の機嫌をそこねたら、鯉沼は警察にいられなくなるどころか、コンクリートの靴をはいて、海の底を歩くことになる。不慮の事故にあって、しばらく休養するというかたちをとるしか、方法がないんだよ」

水間は呆れて、深呼吸した。

どうやら禿富は、鯉沼に報復するために久光の身柄を請け出し、ここへ連れ出したとみえる。禿富のやることには、とうていついていけない気がした。

久光が、禿富に話しかける。

「このちんぴらを、どうしますか。ワッパをかけて、神宮署へ連行しますか。器物損壊罪で、ぶち込めますよ」

禿富はかがみ込み、宇和島のポケットから財布を取り出して、はいっていた一万円札を全部抜いた。

それを世津子に渡して、久光に言う。

「これでいい。こんなちんぴらに、法律を適用する必要はない。今度、このあたりに立ち回ったら、二度とお日さまを拝めないようにしてやる」

倒れた宇和島の体が震えたのは、禿富のせりふが耳に届いたからに違いない。

水間と野田は、それぞれ鯉沼と宇和島を円山病院まで引きずって行き、門前にほうり出した。

それから、二人は禿富と久光が待つ〈みはる〉へ、引き返した。

第三章

12

ハンドバッグの中で、小さく電子音が鳴った。

松国遊佐子は口金をあけ、携帯電話を取り出した。

画面表示に、相手の番号はない。だれだろう。

ちょっとためらったが、思い切ってボタンを押す。

「もしもし」

「もしもし、ケートか」

「は」

相手の言う意味が分からず、遊佐子は言葉を途切らせた。

「ケートだろう。こちらは、ドクだ」

ドク。

遊佐子は驚いて、バッグを膝から落としそうになった。

つい三週間ほど前、南青山のハントバーで誘いをかけられ、ベッドをともにした男の顔がよみがえる。

そのとき男はドクと自称し、遊佐子をケートと呼んだ。

どうせ一夜限りの付き合いだから、互いに偽名に使ったり架空の名で呼び合うのが、そうした遊びのルールなのだ。

ともかく、遊佐子はあのときドクと名乗った男に、携帯電話の番号を教えた記憶はない。同じ男とは二度と顔を合わせない、という原則を守るためにも連絡先を聞かず、自分の方も教えなかったのだ。

それなのに、なぜあの男はこの番号を知ったのだろう。

「そういう人は、知りませんけど」

そっけなく突っぱねると、相手は小さく笑いを漏らした。

「警戒する必要はないよ、ケート。きみだって、もう一度会いたいと思ってるんだろう」

遊佐子は、あたりを見回した。

ふだんは込み合うこの喫茶店も、日の暮れかかった中途半端な時間帯にかかり、閑散としていた。遊佐子の電話に、迷惑そうな顔をする者もいなければ、むろん聞き耳を立てる者もいなかった。

「なんのことですか。番号を間違えたんでしょう」

「おっと、切らないでくれよ。そんなことをしたら、祐天寺の自宅へ押しかけることになるぞ。松国警視が、どんな顔をするかな」

遊佐子は、心臓が止まるほど驚いた。

男の口から、自宅の場所や夫の名前が出るとは、夢にも思わなかった。

ハントバーへ行くときは、身元が知れるようなものを何も持たずに、外へ出る習慣をつけている。

あの日も運転免許証、キャッシュカード、クレジットカード等、すべて家に置いて来た。ハンドバッグを、ドクの面前に放置しないように気をつけたし、かりに中を探られても身元を明らかにするものは、何もはいっていなかったはずだ。

「あなたは、どなたですか」

聞き返す声が、われ知らず震える。

「ドクさ。そして、きみはケートだ。それでいいじゃないか」

「わたしに、なんの用なの」

「これから、時間を作ってもらいたい。予定がある、などという言い訳は通用しない。どうせ今夜も、ハントバーへお出ましなんだろう」

図星だったが、小ばかにしたようなその口調に、遊佐子はいらだった。

「大きなお世話よ。用があるなら、さっさと言いなさいよ」

目の隅に、カウンターの前で自分を見つめる、ウエートレスの姿が映る。

つい、大きな声を出したことに気づき、遊佐子は体の向きを変えた。

「これからきみは、南麻布の〈ホテル天王〉へ行くんだ。場所を知ってるか」

「知らないし、知りたくもないわ。どうしてそんなところへ、行かなきゃいけないの」

「この間のことを、亭主に知られてもいいのか」

唇を嚙み締める。

その脅し文句を聞いたとたん、ドクと名乗る男の心底が分かった。

あの男は、最初から何かの目的があって、自分に接近したのだ。

目の前が暗くなり、危うくグラスの水をこぼしそうになる。

「何しに行くの」

ようやく声を絞り出すと、ドクは乾いた笑い声を立てた。

「よしよし、それでいい。〈ホテル天王〉の場所だが、そのあたりから車に乗って、ひとまず明治通りへ出るんだ。出たらそこを右折して、天現寺橋の方へ向かえ」

体が冷たくなる。

「そのあたりって、わたしが今どこにいるのか、知ってるの」

「恵比寿ガーデンプレイスの中の、喫茶店だろう」

遊佐子は、あわてて店内を見回した。

まばらな客の中に、ドクらしい男の姿はない。

ガラス越しに、外の広場に目を向ける。今度は人が多すぎて、見分けがつかなかった。

あとをつけられ、ずっと見張られていたかもしれないと思うと、どっと冷や汗が出る。

「いったい、どういうつもりなの。ほうっておいてよ」

「きみさえ言うことを聞けば、何も問題はない。亭主に知られることもないし、きみもそれなりに人生を楽しめる」

遊佐子は携帯電話を持ち替え、汗ばんだ手をおしぼりに押しつけた。

「どうすればいいの」

「先を続けるぞ。明治通りをしばらく走ると、天現寺橋の広い交差点にぶつかる。そこをまっすぐ突っ切って、二百メートルほど行った左側に、〈ホテル天王〉がある。午後六時までに、そこのロビーのカフェテリアに来い。中庭に面した、しゃれたカフェテリアだ」

「行ってどうするの」

「コーヒーでも飲んで、待ってるんだ。こっちからコンタクトする」

通話はそこで、唐突に切れた。

遊佐子は、のろのろと携帯電話をバッグにしまい、生温かくなったおしぼりで額を押さえた。

脱力感に、体が震える。

トラブルを起こさないように、細心の注意を払って遊んできたつもりなのに、とんでもない男に引っかかってしまった。

松国輝彦と結婚して、まもなく十年になる。

松国とは、やはり警察官だった父親の紹介で、知り合った。

妻に先立たれた父親は、遊佐子にずっと家のことをやらせてきた。しかし、そのままでは婚期が遅れると思ったらしく、松国に目をつけて家へ連れて来たのだ。

遊佐子は、松国に対して特別好意を抱いたわけではないが、相手が自分に夢中になってしまったこともあり、父親がそれで安心するならと割り切って、結婚を決めた。

皮肉なもので、その父親は二人が結婚して一年もしないうちに、暴走族の車にはねられて死んだ。

松国は、いわゆるキャリアでも準キャリアでもない、ただの大卒の警察官にすぎない。

しかし、勤務成績は優秀で熱心な勉強家でもあったから、三十代後半で警視に昇進した。このままいけば、ノンキャリアには数少ない四十代の警視正が生まれる可能性も、ないではない。

松国は、仕事一筋で家庭を顧みないところが、死んだ父親とよく似ていた。

結婚と同時に、会社勤めをやめてしまった遊佐子は、すぐに退屈した。子供でもできれば気がまぎれるのだが、そうした兆しもみられなかった。

というより、松国は最初から夫婦の行為そのものに淡泊で、年数がたつにつれてますます間遠になった。そのため、欲求不満が募った。

むろん、悪いのは自分だ、と自覚している。

ハントバーにはまり込んだ責任を、夫だけに押しつけるつもりはない。しかし、もう少し夫が自分に目を向けてくれていたら、という思いがあるのも事実だった。

ただ、この一、二週間松国の様子がおかしいのが、気になるといえば気になる。

帰宅時間が、妙に早くなった。

急にやさしくなったと思うと、わけもなくふさぎ込んだりする。ときどき、様子をうかがうようにじっと自分を見つめる、暗い視線を感じることもある。

まさか、遊佐子がときどきハントバーへ繰り出して、男遊びをしていることに気づいたはずはない、と思う。その方面には、いたって鈍感な男なのだ。

仕事上のトラブルなり、何か妻に言えない悩みでも、あるのだろうか。

どちらにしても、松国が遊佐子のベッドに潜り込んでこない点は、以前と変わらなかった。

また今さら挑まれても、すでに禁断の木の実をいくつも食べてしまった身には、かえって白けてしまいそうな予感がある。

ことに、前回のドクとの夜を経験したあとでは、ほかの男とのセックスがままごと遊びだったように感じられて、どうしようもなくなった。

この日は、たまたま警察庁主催の監察官の研修会があり、松国は都内の合宿所に泊まることになっていた。それで遊佐子は、久しぶりに街へ出て来たのだ。

はっとわれに返り、腕時計を確かめる。

すでに、五時四十五分になろうとしていた。早くしないと、六時までに〈ホテル天王〉に行けなくなる。

遊佐子は急いで勘定を払い、外へ出た。すでに夕闇が迫っている。

広場を横切って、ホテルのタクシー乗り場へ向かった。

さりげなく周囲に目を配り、ときどき背後を振り向いて見る。ドクにせよ、ほかのだれかにせよ、自分をつけて来る者がいるかどうかは、分からなかった。

タクシーの運転手は、〈ホテル天王〉を知っていた。

遊佐子はシートにもたれ、胃の底に熱い鉛を飲み込んだような気分で、あれこれ考えを巡らした。

ドクの狙いは、何なのだろう。

ドクは、遊佐子の家が目黒区の祐天寺にあることも、夫の職業が警察官であることも知っていた。

つまり、二人のことをきちんと調べ上げた上で、遊佐子に接近してきたのだ。

それにしても、警察官の妻を脅して何かをたくらもうとは、大胆不敵ではないか。いったいドクは何者で、何を目的にしているのだろう。

もう一度、遊佐子との逢瀬を楽しみたいというだけなら、応じる用意がないでもない。ルールには反するが、しばらく付き合いを続けてもよい気がする。場合によっては、その方がハントバーで不特定多数の相手を探すより、安全で確実かもしれない。

そうであってくれればいいが、と遊佐子は痛切に思った。

ドクとの一夜は、それほど強烈な印象を与えたのだ。

13

梶井良幸は、車のところへもどった。

助手席に乗り込み、ハンドルを握った阿川正男に言う。

「あのタクシーだ」

すでにエンジンをかけ、いつでも発進できる用意をしていた阿川は、松国遊佐子が乗ったタクシーのあとを追って、車をスタートさせた。

「彼女、あの喫茶店で何をしてたんだ。だれかと会ったのか」

阿川に聞かれて、梶井は首を振った。

「いや、会わなかった。コーヒーを飲んだだけだ。ただ、出る前に携帯電話がかかってきて、しばらく話し込んでいた」

「男と連絡を取り合ったのかな」

「かもな。あとをつければ、いずれ分かるさ」

タクシーは、プラタナス通りと呼ばれる道を、北へ走り出した。

明治通りに出ると、そこを右折して天現寺橋の方へ向かう。

ほどなく外苑西通りとぶつかったが、タクシーはそのまま直進した。すぐ左手の、〈ホテル天王〉と表示されたゲートの中へ、滑り込んで行く。

「ここで落ち合うのかな」

阿川が言い、梶井はうなずいた。

「たぶん、そうだろう。ここはシティホテルの中でも、密会の穴場だからな」

「密会か。言うことが古いぞ」

阿川は笑い、タクシーから少し離れた一般車両の駐車スペースに、車を停めた。

梶井は、ドアをあけた。

「しばらく、ここで待機してくれ。携帯で連絡する」

そう言い残して、遊佐子のあとを追う。

遊佐子は、回転ドアの手前で足を止め、ドアボーイに声をかけた。

ドアボーイが、館内に向けた指を左右に動かして、何か説明する。

遊佐子が回転ドアを抜けるのを待ち、梶井もあとを追ってロビーにはいった。

人の数は少なく、ベルボーイが暇そうに天井を眺めている。

遊佐子はロビーを足速に横切り、エレベーターホールの方へ歩いて行った。

梶井も遅れないように、十メートルほどあけてついて行く。梶井自身、このホテルを何度か利用したことがあるので、館内の様子は分かっていた。

遊佐子はそのまま、エレベーターホールを抜けた。

入り口に観葉植物の鉢が置かれた、分かりにくい洗面所の前を通り過ぎて、その奥にあるカフェテリアへ向かう。

そこは京風の庭園に面した、だだっ広いカフェテリアだった。

遊佐子はボーイに案内されて、入り口に近い禁煙席にすわった。

梶井は別のボーイに声をかけ、それより奥の喫煙席へ案内してもらった。

ちょうど遊佐子を、斜め後ろから眺める格好になる。声が聞こえるほど近くはないが、相手が来た場合は顔がよく見える位置だった。

梶井はコーヒーを注文し、運ばれてきた段階で精算した。

ホテルで飲み食いすると、税金やらサービス料で金額が細かくなり、勘定に手間取ることが多い。その間に、尾行の相手を見失いでもしたら、仕事にならない。

遊佐子も、コーヒーを飲んでいる。

しきりに腕時計を眺めたり、携帯電話を取り出したりするところをみると、だれかを待っているに違いない。ここにチェックインするかどうかは、相手が来るまで分からないだろう。

車で待つ阿川に、今の状況だけでも知らせておこう、と思う。

梶井は席を立ち、出口へ向かった。

レジの横に立つマネージャーに、まだ出るわけではないことを伝えるために、わざわざ洗面所の場所を確認する。

梶井は、洗面所の入り口に置かれた観葉植物の陰に回って、携帯電話を取り出した。カフェテリアの出口は一つしかないので、遊佐子が出ようとすればすぐに分かる。

そのとき、エレベーターホールの壁の前に立っていた男が、体を起こして梶井の方へやって来た。

百七十センチそこそこの梶井より、いくらか背が高いだけの痩せた男で、仕立てのいいグレンチェックの、ダブルのスーツを着ている。

極端に眉毛が薄く、しかも奥に引っ込んだ目の持ち主なので、表情がよく分からない。口の両脇がそげているせいか、頬骨がやけにとがって見える。唇は血の気がなく、鉛筆で線を引いたように薄い。

梶井が、通話を聞かれまいと背を向けると、いきなり肩を叩かれた。

振り向くと、男が無表情に言う。

「すみませんが、館内での携帯電話の使用は、ご遠慮いただいております」

ホテルの関係者らしい。

梶井は、その無愛想な口調に少しむっとした。

「わざわざ、カフェテリアから出て来たんだ。ここなら、迷惑にならないだろう」

男は表情を変えなかった。

「規則でございますので」

「そんな規則は、聞いたことがないな。いったい、どこでかければいいんだ」

男は無造作に手を上げ、洗面所の入り口を指で示した。

「トイレの中ならかまいませんよ」

梶井は抗議しようとしたが、こんなところで時間を無駄にしたくないと思い直し、黙って洗面所にはいった。

だれもいなかった。

携帯電話のボタンを押そうとすると、鏡の中に今話したばかりの男が映った。

「まだ何か、文句が」

そこまで言ったとき、男がずかずかとそばへやって来て、体に何か押しつけた。

梶井は、雷に打たれたような強い衝撃を受け、一瞬意識を失った。


体が、ぐらぐら揺れる。口をあけようとしたが、なぜか開かなかった。

ようやく意識がもどり、梶井は目をあけた。自分が、どこで何をしているのか、とっさには思い出せない。

　だれかが、足にさわっている。

　顔がぼんやりと見え、少しずつ記憶がよみがえった。

　さっきの男がいきなり、体に何か押しつけてきたのだ。

　スタンガンだ。そう、思い当たった。

　梶井も一度だけ、仕事で使ったことがある。そのとき、相手の男は二分か三分、気を失ったままだった。

　すると自分も、それくらいは意識をなくしていたことになる。

　洗面所のタイルの上に、転がされていることが分かった。男が紐か縄のようなもので、梶井の足首をきつく縛る。

　それが、自分のズボンから抜かれたベルトだと知って、梶井は思わず上体を起こそうとした。起きられなかった。

　手首にガムテープが巻きつけられ、その端をごていねいにも腹のところで、体ごと二回りさせてある。身動きが取れないわけだった。

　やめろ、と言おうとしたが、唸り声だけに終わった。口も、ガムテープでふさがれているらしく、鼻からしか息ができない。

　男が、縛ったベルトをつかんで、梶井の足を持ち上げる。

　梶井は、そのままタイルの上を引きずられ、個室の一つに連れ込まれた。抵抗しようにも、まだ体にしびれが残っていて、力が出ない。

男は、梶井の足を抱えて逆立ちさせるように持ち上げ、ドアの内側に取りつけられたフックに、縛ったベルトを引っかけた。

梶井は、便座の蓋に頭と肩を載せる形で、逆さ吊りにされた。

男が、梶井の顔をのぞき込む。

「暴れると、便座から落ちてますます苦しくなる。助けが来るまで、おとなしくしてろ。もっとも、清掃中の札を立てておいたから、しばらくはだれも来ないだろうがな」

そう言って、またスタンガンを取り出すと、梶井の腹に押しつけた。


徐々に、意識がもどる。

梶井は、頭に血が下がって息苦しくなり、唸り声を上げた。

どれくらい時間が過ぎたのか、まったく見当がつかない。個室の外に人けがないところをみると、まだそれほどはたっていないように思える。

それにしても、あの男は何者なのだ。

真っ先に浮かんだのは、遊佐子の浮気の相手なのではないか、という考えだった。

しかし、今それを詮索しても始まらない。この状態から抜け出すのが先決だ。

梶井は苦しい姿勢のまま、フックに引っかけられたベルトを引きつけ、足を抜こうとした。きつく縛られていて、ちょっとやそっとでは抜けそうもない。

それをあきらめ、両腕を締めつけてくるガムテープを、はがしにかかる。

肘を何度か、張ったり緩めたりするうちに、少しずつ腕が動くようになった。体に巻きついたテープから、手首の部分をようやく抜き取り、口のところへ持ってくる。

貼られたテープをはがし、ようやく息をついた。

今度は歯で、手首にぐるぐる巻かれたテープの端を、嚙み切る。

力任せに手首を広げると、テープが裂け始めた。それを何度か繰り返すと、やっと手首が自由になった。

まとわりつくテープを全部はがし、便座に手を当てて体を持ち上げる。

フックに引っかかったベルトがはずれ、梶井は個室の狭いフロアに転げ落ちた。

「くそ」

思わずののしり、苦労して便座の蓋にすわり直す。

まず、足首のベルトをほどいた。

それを腰にもどし、念のため上着のポケットを調べる。

財布と手帳、名刺入れ、キーホルダーがなくなり、小銭入れだけが残っていた。携帯電話と腕時計もない。

一瞬、流しの強盗のしわざかという考えが、頭をよぎった。

いや、あんな強盗がいるわけがない。あれは、こっちの正体を知って襲った、いわば確信犯のしわざだ。

梶井は拳を固め、ドアを思い切り殴りつけた。

財布には運転免許証、クレジットカード、キャッシュカードなど、だいじなものが全部はいっていた。再発行手続きの繁雑さを考えると、はらわたが煮えくり返る。

男は、仕切りを乗り越えて逃げたらしく、ドアには内鍵がかかっていた。

梶井は個室を出て、まず顔を洗った。

上着を脱ぎ、タイルの上を引きずられた汚れを払ったが、幸い破れてはいなかった。

身じまいを整え、洗面所を出る。

男が言ったとおり、入り口に清掃中の札が立っていた。まったく、ホテルの警備員は何をしているのだ。役立たずめ。

念のためカフェテリアをのぞくと、案の定、松国遊佐子の姿は消えていた。

フロントに寄って、被害を訴えようかと一瞬思ったが、やめることにした。どうせ無駄なことだ。

現金はたいして持っていなかったし、カードの紛失届さえすぐに出せば、実害はないだろう。

そもそもあの男が、それを目当てにしていたとは思えない。

梶井は、そのままきびすを返してロビーを抜け、ホテルを出た。

阿川の乗った車は、影も形もなかった。

ロビーへもどり、公衆電話のコーナーへ直行する。

小銭入れの十円玉を使って、阿川の携帯電話にかけた。

「おれだ、梶井だ。今どこにいる」

「どこにいるって、あんたが電話で裏手へ回れって言うから、裏の搬入口で待機してるんじゃないか。あんたこそ、どこで何してるんだ。もう二十分も待ったぞ」

梶井は、受話器を握り締めた。

「ばかやろう、その電話はおれじゃない。おれの声が分からんのか」

「あんたじゃないって、そりゃどういうことだ。声をひそめてたから、てっきりそういう状況だと思ったのに」

当惑して言う阿川に、梶井はため息をついた。

あの男は、梶井はもちろん阿川の名前まで、調べ上げたらしい。奪った携帯電話で、阿川の番号に自動発信すれば、簡単につながる。

それで阿川は、一杯食わされたのだ。

ただの浮気相手にしては、やり口が水際立っている。そもそもスタンガンを使うなど、とうてい素人とは思われない。

いったい、何者だろうか。

「もういい。車を正面へ回してくれ」

梶井は受話器を叩きつけ、額に手を当てた。

松国輝彦に、どう報告したらいいか。

頭が痛くなった。

14

松国輝彦は、頬の筋をぴくぴくさせた。

「失敗したって。どういうことだ」

梶井良幸は、テーブルに額をぶつけんばかりにして、平身低頭した。

「申し訳ありません。このとおり、おわびします」

「昨日今日の素人じゃあるまいし、まさかまかれたわけじゃないだろうな」

「もちろん、まかれたりはしません。実は、とんだじゃまがはいったものですから」

梶井はそう言って、松国の様子をうかがった。

「じゃまというと」

梶井は、〈ホテル天王〉でのいきさつを、詳しく報告した。

聞いているうちに、松国の顔色が変わってきた。

話が終わると、松国は固い声で言った。

「きみが、そんなに簡単にやられるとは、信じられないな。内神田署に在職中は、あれだけ逮捕術の成績がよかったのに」

「面目ありません。スタンガンを使うとは、予想もしなかったものですから」

負け惜しみに聞こえないように、さりげなく言ってのける。

しかし、かりに素手で渡り合ったとしても、あの男に勝てるかどうか自信がない。なぜか、太刀打ちできないような気がする。

松国は、いらいらしたように言った。

「どんな男なんだ。きみをそんな風に、子供みたいに扱ったのは」

「仕立てのいいスーツを着た、ごく普通の体格の男です。眉が薄くて、目がやけに奥に引っ込んでいて、ハイエナみたいな感じがするやつでした」

実物のハイエナを見たことはないが、きっとあの男のような印象に違いない。

松国の顔が、まな板のようにこわばったのに気づいて、梶井は続けた。

「もしかして警視に、お心当たりがおありですか。年齢は、ざっと三十代半ばから後半、というところですが」

松国は、あわてたように首を振った。

「いや、別に心当たりはない」

梶井はためらったが、しかたなく続けた。

「その男が奥さんの浮気の相手、と考えていいんじゃないでしょうか。もう一度チャンスをいただければ、間違いなく正体を突きとめてみせますが」

松国は顎を引き、ソファの背にもたれた。

「わたしが、きみに家内の尾行調査を依頼したのは、浮気を疑ってるからじゃない。とにかく、きみはなんの予断も抱かずに家内を尾行して、見た事実を客観的に報告してくれれば、それでよかったんだ」

梶井には、それが強がりのように聞こえたが、反論するのをやめた。

「この次に奥さんが、夜にかけて外出する可能性が出てきたときは、早めに連絡してください。今度は人数をふやして、事故のないように万全を期します。むろん今日の埋め合わせに、経費の方はサービスさせてもらいます」

「今日のようなことがあると、家内もまたしばらくは行動を慎むだろう。当分、きみの出番はないな」

梶井は、上着の袖の塵を払うふりをして、話を変えた。

「あのあと、奥さんは〈ホテル天王〉のカフェテリアから、姿を消したままなんです。尾行されたことが分かったら、ふつうはそこであとの予定を取りやめて、自宅にもどるんですがね。相手の男が、相当図太いんでしょう」

「もどってない、とどうして分かるんだ」

「阿川に、ご自宅を見張らせてるんです。奥さんがもどられたら、すぐに事務所へ電話を入れるように、言ってありましてね。いまだに連絡がないのは、もどっておられないということです」

松国は目に焦燥の色を浮かべたが、ふと思い出したように腕時計を見た。

「そろそろ、宿舎へもどらなきゃならん。また、わたしの方から連絡する」

梶井は、もう一度頭を下げた。

「お忙しいところ、ご足労をおかけして申し訳ありません。この埋め合わせは、かならずさせてもらいますから」

松国は何も言わずに、事務所を出て行った。

梶井は、冷蔵庫から缶ビールを出して、蓋を開いた。

あのハイエナは、遊佐子の浮気相手かもしれないが、それだけではない気がする。元警察官の梶井を、赤子の手を捻るようにあしらったあの手際は、どう考えてもただ者ではない。

気になるのは、梶井が男の人相や外観を告げたとき、松国の表情がこわばったことだった。

あれは、心当たりがある証拠だ。

しかも松国は、それを隠そうとした。何か裏に、事情があるに違いない。

松国には、内神田署に勤務していたころ阿川ともども、かわいがってもらった恩義がある。松国は、きまじめすぎるのが難点だったが、後輩のめんどうみはよかった。

梶井と阿川は酒好きで、しばしばはめをはずして懲罰を食らうところを、松国に何度も助けてもらった。

松国が他の署へ配転になってから、二人は歯止めがきかなくなって事件を起こし、退職するはめになったのだ。松国がそばにいたら、やめずにすんだかもしれない。

その松国に、こうした人に言えない悩みや秘密があるとは、思いもよらなかった。

それだけに、なんとかしてやりたかった。

そのためには、ほんとうのことを話してもらわなければならないが、人に弱みを見せたがらない松国のことだから、急には無理だろう。

次の連絡を待つしかない。

梶井はビールを飲み干し、缶をくしゃくしゃに握りつぶした。


カンダ調査事務所を出た松国輝彦は、タクシーを拾って上野へ向かった。

その日は、警察庁が主催する関東管区全警察署の監察官の研修会があり、上野不忍池文化会館がその宿舎になっていた。

カンダ調査事務所は神田司町にあったが、社名は別に地名から取ったわけではない。梶井と阿川の頭文字をＡＮＤでつなげて、〈Ｋ・ＡＮＤ・Ａ〉と読ませる趣向らしい。

梶井も阿川も、松国が内神田署の刑事課長を務めていたころ、目をかけてやった後輩だった。

とかくトラブルを起こしがちな二人を、何かとかばってやったものだ。

しかし、松国が内神田署を出てからは、それもできなくなった。

二年ほど前、梶井と阿川は非番のときにキャバレーで遊んで泥酔し、乗ったタクシーの運転手と大立ち回りを演じた。

運転手は二人にぼこぼこにされ、打撲傷や裂傷などで全治二週間の傷を負った。

その結果、梶井と阿川は二人仲良く、懲戒免職処分になった。

しばらくして、二人は内神田署の近くにカンダ調査事務所を開き、私立探偵まがいの仕事を始めた。それを知った松国は、ときどき失踪人調査などの仕事を回して、めんどうをみてきた。

遊佐子の行動調査を頼んだのも、そういう縁があったからだった。

神宮署の禿富鷹秋に、遊佐子とのベッドシーンの衝撃的な写真を見せられ、不本意な取引に応じてしまった。

五反田署生活安全課の巡査部長、久光章一を収賄の罪で処分するところだったのに、禿富に強要されて無罪放免にするはめになった。

もしこれがマスコミにばれたら、致命的な汚点になる。

しかし、あとで冷静に考えてみると、あの写真が間違いなく遊佐子だという証拠は、何もないことに気づいた。

顔が似ていたのは確かだが、いつも見慣れた遊佐子より化粧が濃かった。

そもそも、デジタルのカメラやビデオで撮影した写真は、パソコンで簡単に合成処理することができる、とも聞く。むろんその写真が、遊佐子であってほしくないという希望的観測から、そんな気がするだけかもしれなかった。

遊佐子に問いただす度胸もなく、松国は何ごともなかったように振る舞いながら、こっそり妻の様子をうかがい続けた。

疑わしいといえば疑わしいし、ふだんと変わらないと思えば、変わらないようにも見えた。

どんどんストレスがたまり、仕事にも影響が出るようになった。

カンダ調査事務所に、思い切って遊佐子の行動調査を依頼したのは、そういういきさつからだった。気心の知れた梶井と阿川以外に、こんな仕事を頼める相手はいない。

それでも、二人に詳しい事情を打ち明けることができず、靴の上から足を掻くような頼み方になってしまった。自分の妻が、ポルノ同然のベッドシーンを撮られた、などとは口が裂けても言えない。

しかし調査の結果は、ますます疑惑を深くしただけだった。

遊佐子の尾行に気づき、梶井をホテルのトイレに閉じ込めた男というのは、禿富鷹秋に違いない。梶井が説明した男の外見は、この間会った禿富のそれとほとんど一致する。

だとすれば、やはりあの写真に写っていた女は遊佐子だ、とみてよい。

しかし、それはあくまで推定にすぎず、はっきりした証拠がない。

そのもどかしさに、松国は自分の膝を思い切り、殴りつけたいほどだった。

もっとも、あの写真の女が遊佐子だと確認されたところで、どうしたらいいのか分からない。

遊佐子に突きつけて、責めればいいのか。

何も言わずに、離婚話を持ち出せばいいのか。

仕事にかまけて、このような事態になるとは一度も考えたことがなく、頭が混乱するばかりだった。

自分なりに充実した人生だ、となんの疑問もなく思い込んでいた。

それが、実ははかない映画の一幕にすぎず、目が覚めてみると白いスクリーンしか、残っていなかった。

松国は、腕時計を外の光にかざした。

ため息が出る。

午後十時からのミーティングで、自分が手がけた直近の監察事例を発表し、他のメンバーの批判を仰がなければならない。

久光章一の一件を、どう説明すればいいのだろうか。

15

松国遊佐子は、あとからはいって来たドクにせかされて、カフェテリアを出た。

部屋へ上がるのか、と思ったらそうではなかった。

ドクは、遊佐子をロビーの外へ連れ出し、またタクシーに乗った。何がなんだか分からず、あれよあれよと言う間の出来事だった。

運転手に池袋、と伝えるドクの声を聞いて、遊佐子はやっと気を取り直した。

「どこへ行くつもりなの」

「池袋だ」

「それは聞こえたわ。池袋の、どこなの」

「行けば分かる」

相変わらず、何も説明しようとしない。

遊佐子は、運転手の耳を気にしながら、低い声で詰問した。

「何が狙いなの。南青山で声をかけてきたのも、偶然じゃないんでしょう。最初から、知っていたのね。わたしが」

一度言葉を切り、さらに声をひそめる。

「松国の妻だ、ということを」

「知っていた」

ドクがあっさり認めたので、遊佐子は逆にたじろいだ。

どう話を進めようかと迷っていると、ドクは携帯電話を出してボタンを押した。

「ああ、おれだ。今、天現寺橋の〈ホテル天王〉を、出たところだ。明治通りが込んでなければ、二十分か二十五分で行ける。そっちはどうだ。うん。そうか。もし、池袋からどこかへ移動するようなら、電話をくれ」

通話を切る。

ドクがだれとなんの話をしたのか、遊佐子にはまったく分からなかった。

「あなたは、どこのだれなの。わたしの身元を知っているのに、自分の正体を隠すのはフェアじゃないわ」

「これは別に、ゲームじゃないんだ」

ドクはにべもなく言い、通り過ぎる外のネオンに目を向けた。

「わたし、こういう強引なやり方は嫌いなの。自分のペースでやりたいわ。今日は、帰らせていただきます」

「帰ったって、だんなは研修会で家にいないぜ」

遊佐子は驚き、シートの上ですわり直した。

ドクにかかると、なんでもお見通しのように思えてきて、気分が悪くなる。

「そんなこと、関係ないわ」

「きみはおれに、借りがあるんだ」

「借りなんかないわ。お互いに、対等なはずよ」

「そうかね。今日、あとをつけられていたのに、気がつかなかったか」

ぎくりとする。

「わたしが。だれに」

「私立探偵にさ。だんなが雇ったんだ」

血の気の引くのが、自分でも分かった。

「嘘よ。主人が、そんなことするはずがないわ」

「あれだけハントバー巡りをして、気づかれないと思う方がおかしい。だんなの目も、節穴じゃない」

そう指摘され、あらためて最近の夫の様子がおかしいことを、思い出さないわけにいかなかった。

しかし、今そのことで、議論をする気はない。

「その、あとをつけていた私立探偵とやらは、どこへ行ったの。別の車で、このタクシーを追跡中、というわけ」

「いや。今ごろは〈ホテル天王〉の洗面所で、自分のベルトを腰にもどそうとして、やっきになっているはずだ」

意味が分からなかったが、ドクがその尾行者をうまく始末したことは、なんとなく察しがついた。

「それがほんとうなら、やはりすぐに帰った方がいいわ。主人が様子を見に、家にもどって来るかもしれないし」

「研修会を抜け出して、上野と目黒を往復する時間はない。近場なら二、三十分は抜けられるだろうが、目黒では無理だな」

この男は、研修会が上野で行なわれることも、ちゃんと承知している。

それで、ふと思い当たった。

「あなた、もしかして警察官なの」

ドクの横顔を、かすかな笑いがよぎる。

その質問に答える気はないらしく、十分に間をおいてドクは言った。

「今夜は、きみに力を貸してもらう。それが終わったら、おれとの縁も切れる。きみが、だんなとよりをもどそうと、またハントバー巡りを始めようと、おれの知ったことじゃない」

ドクが、自分に何をさせようとしているのか、見当がつかない。

「いったい、どう力を貸せばいいの。できることと、できないことがあるわよ」

「どちらかといえば、できないことに近いだろうな。しかし、どうでもやってもらう。池袋に着いたら、説明する」

ドクはそれきり口をつぐみ、遊佐子が何を話しかけても返事をしなかった。

明治通りは比較的すいており、二十分ほどで池袋に着いた。

ドクは、駅にぶつかる手前を左折するように言い、車は大きなガードをくぐって、反対側へ抜けた。

遊佐子は、池袋をほとんど知らない。

車は、前に一度だけ来たことがある、〈ホテルメトロポリタン〉の前を通り過ぎ、次の信号を右へ曲がった。東京芸術劇場の横を抜けて、西口五差路と表示の出た複雑な交差点の先を、また右折する。

最初の角で、ドクはタクシーを捨てた。

遊佐子の肘を取り、〈ロマンス通り〉とネオンの出たにぎやかな道を、奥へはいって行く。

五十メートルほど歩いて、〈ローズ会館〉というビルの角に達したとき、立て看板の陰から出て来た男が、ドクに手を上げた。

ドクと同年代か、いくらか年若に見える背の高い男で、水色のカッターシャツに臙脂のネクタイを締め、黒っぽいスーツを着ている。

一見すると、エリート臭い銀行員のような格好だが、それにしてはかなり目つきが鋭い。堅気の人間ではない、というのが遊佐子の第一印象だった。

男はドクにどうも、と短く声をかけてから、遊佐子に目を移した。

男の目は鋭いだけでなく、一種独特の知的な光を帯びており、遊佐子はちょっと気後れした。

ドクが男に言う。

「中にはいって、どれくらいになる」

「四十分くらいです。まだ二、三十分はかかるでしょう。好き者らしいから」

「よし。これから手順を決める。これがケート、こっちがビリーだ」

いきなり紹介されて、遊佐子はとまどいながらも相手の男と、目礼を交わした。

いったい、何が始まるのだろう。

東池袋署、生活安全課の巡査部長平石誠は、急いで喫茶店を出た。

携帯電話を耳に当てる。

「もしもし、平石です」

「禿富だ。待たせて悪かったな」

悪かったもないものだ。

牛丼屋、パチンコ店、喫茶店を三軒はしごして、すっかり待ちくたびれてしまった。これで、時間外手当もつかないことを考えると、文句の一つも言いたくなる。

しかし、相手が借りのある禿富鷹秋なので、平石はぐっとこらえた。

「いや、いいんです。お手伝いなら、遠慮なく言ってください」

「手伝いをするのはおれだ。今夜はおまえに、手柄を立てさせてやる。西口トキワ通りの、〈ホテルロワール〉の前まで来てくれ」

そこで通話が切れた。

平石は携帯電話をしまい、喫茶店へもどって金を払った。

トキワ通りへ向かって歩きながら、手柄を立てさせてやると言った禿富の言葉を、頭の中で反芻する。

そのまま鵜呑みにしていいかどうか、不安がないでもない。

禿富は、平石が一年前まで勤務していた北上野署の、生活安全課の先輩だった。

横柄で横着な、どちらかといえば付き合いたくないタイプの男だが、なんの因果か組んで仕事をすることになった。もっとも、禿富は平石と一緒に行動することはめったになく、いつも一人で勝手に動き回った。

そのため、緊急のミーティングなどで上から召集がかかったとき、探すのにいつも苦労させられた。

携帯電話にかけても、電源が切られていてまったくつながらず、連絡することができない。心当たりのバー、居酒屋、パチンコ店などに電話しても、つかまらない。いったい、どこで何をしていたのか。

今考えても、よく分からないのだ。

そのくせ、地元の暴力団にはマルB担当の刑事よりも、はるかに恐れられていた。

禿富は、相手が暴力団ならなおさらのことだが、堅気の相手に対しても何かと難癖をつけ、喧嘩を吹っかける傾向があった。

街頭で、許可を取らずに大道芸を見せたり、楽器演奏で小銭を稼いだり、アクセサリーを売ったりする連中に行きあうと、ものも言わずに商売道具をひっくり返す。間違って抵抗でもすると、ガードレールや舗道の縁に頭を叩きつけて、徹底的にぶちのめす。近ごろの暴力団も、あそこまではやらない。

平石は、一度覚醒剤の売人を現行犯検挙したとき、隠し持っていたスピードの粉末をごく少量だが、ネコババしたことがある。少しずつためておき、何かのときに新たに発見したように見せかけて、点数を稼ぐつもりだった。気のきいた保安係の刑事なら、だれでもやっている姑息な手口だから、さして罪悪感はなかった。

それをビニールにくるみ、自分のロッカーに突っ込んであった靴箱の、古靴の中に隠しておいた。ところが、それを禿富に見つかってしまった。

現物を突きつけられると、他人のロッカーを無断で調べたことに抗議しても、はなはだ迫力に欠けるものがある。

禿富は、それが警察官としていかに不届きな行為であるかを、とくとくと述べ立てた。禿富にだけは言われたくない、と思ったが口にはできなかった。禿富は、ふだんの自分の言動など、思い出しもしないようだった。

そのあげく、監察に報告するのは勘弁してやると言って、ビニール袋を没収した。

それからほどなく、禿富は半分追い出されるようなかたちで北上野署から、渋谷の神宮署へ配置転換になった。

平石は、もしかして禿富がイタチの最後っ屁のように、ネコババの一件をばらして去るのではないか、とはらはらした。

しかし禿富は、何も言わずに北上野署を出て行った。

それ以来、この夕方突然電話をもらうまで、禿富とはまったく接触がなかった。

前触れもなく、今夜体をあけておいてくれと言われたときには、てっきり例の古証文を持ち出して、何かやばい仕事の手伝いをさせる気に違いない、と確信した。

それが逆に、手柄を立てさせてやる、という。

にわかには、信じがたいものがある。うかつに甘い話に乗らないよう、気をつけなければならない。

トキワ通りにはいり、〈ホテルロワール〉の方へ足を向けた。

このホテルは、もともとビジネスホテルとしてオープンしたのに、今では九割方ラブホテルとして利用される。それは、入り口が通りそのものに面しておらず、細い道をはいった目立たないところにあって、人目につきにくいためだった。

向かい側に立っていた男が、平石が近づくのを見て道路を渡り、合流した。

禿富だった。

「どうも、ご無沙汰してます。どうですか、神宮署の居心地は」

「可もなし、不可もなしだ。おまえも、元気そうじゃないか」

相変わらずの、おまえ呼ばわりだ。

「ええ、なんとかやってます。ところで、わたしに手柄を立てさせてくださるとは、どういう風の吹き回しですか」

皮肉に聞こえない程度に、ていねいに質問する。

禿富は、ホテルの入り口がある路地に向かって、顎をしゃくった。

「中にはいって話そう。おもしろい事件になるぞ、今夜は」

そう言って、さっさと路地にはいって行く。

平石は、まだ若干の不安を引きずりながら、しかたなく禿富のあとを追った。

16

玉村弘行は、もう少しで射精しそうになり、急いで体を引いた。

危ないところだった。

腰のあたりにあいた小さな穴から、厚ぼったい唇ととがった舌がのぞき、未練がましげにうごめく。

玉村はジッパーを上げ、千円札を丸めてその唇に突き立てた。唇はすぐに引っ込み、穴が閉じられる。

欲情をやり過ごすために、たばこに火をつけた。

まったく、おもしろいことを考えるやつがいる。

目の前に液晶の小さなスクリーンがあり、そこに十分程度のポルノビデオが映る。むろんぼかしははいっているが、かなり過激なしろものだ。

客はそれを見ながら、ちょうど腰のあたりにあけられた穴に、自分の一物を挿入する。するとと、穴の向こうにいる女がそれをていねいに消毒し、くわえたりしゃぶったりして、いかせてくれるという寸法だ。二十代の若者なら、ひとたまりもないだろう。

しかし、玉村くらいの年になると想像力が衰え、あまり興奮しなくなる。だいいち、相手の顔が見えないから、フェラチオをしてくれる女が若いかどうか、また美人かどうかも分からない。もしかすると四十、五十の大年増、あるいは棺桶に片足を突っ込んだようなばあさんが、しゃぶっているのかもしれない。

いや、女ならまだいい。病気持ちのおかまが、アルバイトでやっている可能性も、ないとはいえない。

それを考えると、急に気分が冷えてしまう。

それにしても、今夜の相手はなかなかのしゃぶり上手だった。もう少し、ご祝儀を奮発してやればよかった。めったにないことだが、そのまま射精してもいいと思ったほどだ。

とはいえ、それはあとの楽しみに、取っておかなければならない。そろそろ、仕上げにかかるとするか。

この〈ローズ会館〉は、こうした生フェラサービスを含めて、全館セックスサービスを売り物にする、個室の集まりだった。

ガラス越しに、すけすけのネグリジェを着た若い女と、送話器を通じてみだらな会話を楽しむ〈テレフォンセックスルーム〉。

仕切りの板の穴から、向こう側に突き出た薄いゴム手袋に腕を突っ込み、そこに横たわる女の体をいじくり回す、〈お医者さんごっこルーム〉。

そうしたコーナーがいくつも、全部のフロアにちらばっているのだ。代金は、フロアごとに先払いしなければならないが、どのコーナーも五千円から一万円程度で、そこそこに遊べる。

玉村は月に一度、だいたい給料が出てから数日のうちに、ここへ立ち寄ることにしている。最上階から、各フロアでいろいろな遊びを試しながら、一階までおりて来る。

勤務先は葛飾区の立石署だから、顔見知りとばったり出くわす心配もないし、心おきなく遊べる。ここで気分を盛り上げておいてから、なじみのホテルへ行って本番に応じる女を呼ぶのが、いつものコースだった。

最近はいささかマンネリ気味で、何か新しい刺激がほしい気もする。来月あたりは、別の場所へ足を延ばしてみようか。

そんなことを考えながら、玉村はたばこを消して外へ出た。

軽く喉を潤そうと思い、表通りの方へ向かう。

そのとき前方から、道を広がって歩く酔漢たちの間を縫って、女が一人小走りに駆けて来るのが見えた。

後方に目を向けると、女のあとから険しい顔をした背の高い男が、大股に追いかけて来る。

女は一度振り向き、さらに足を速めようとした。

とたんにバランスを崩したらしく、女は前のめりになってその場に這いつくばった。パンプスが脱げて、そっぽに転がる。

手を離れたハンドバッグが、玉村の足元まですべってきた。

玉村は反射的に、それを拾い上げた。

長身の男が女の腕をつかんで、乱暴に引き起こそうとする。

女はそれを振り放し、玉村の足にすがりついた。

「すみません、助けてください」

それほど若くはないが、顔立ちの整ったいい女だった。

玉村は、瞬間ためらった。

たとえ警察官でも、プライベートな時間をよけいなことでつぶしたくない、という意識が働いたのだ。

しかし、必死に見上げる女の美しさに、つい心が動いた。

玉村は、アスファルトにすわり込んだ女の前へ回り、男と向き合った。

「乱暴はやめろ」

長身の男は、玉村のがっちりした体を見下ろし、唇を歪めた。

「引っ込んでろよ。こっちはその女に、貸しがあるんだ。口出しするんじゃねえ」

その口調から、堅気の人間ではないことが分かる。

珍しくインテリ臭い男だが、所詮は日常玉村が捜査四係で相手にしている、ばかなちんぴらたちと変わりがない。

「やめとけよ、若いの」

玉村は、内ポケットから警察手帳を取り出し、男の鼻先に突きつけた。

男はたじろぎ、一歩下がった。

たかり始めたやじ馬の手前、黙って引っ込むわけにいかない様子だったが、結局警察官では相手が悪い、と判断したらしい。

玉村の背後にいる女に、捨てぜりふを投げつけた。

「これですんだと思うなよ。貸しはかならず、取り立てるからな」

くるりと背を向け、表通りの方へ歩き去る。

やじ馬の中にいた学生らしい娘が、脱げたパンプスを拾って女に渡した。

女は礼を言い、それをはこうとした。

体が震え、片足では立てない様子なので、玉村は女を自分の腕につかまらせ、はき終わるのを待った。

「すみません」

頭を下げる女に、ハンドバッグを返してやる。

そのまま行ってしまうこともできたが、上等そうなチェックのスーツの膝が汚れているのを見ると、ほうっておくわけにもいかなくなった。

「だいじょうぶですか」

「はい」

うなずいたものの、女は軽く顔をしかめながら体を折り、膝に手を触れた。

その拍子によろめき、また玉村の腕にすがる。

偶然のように、乳房が肘にぶつかった。

意外に豊かなその感触に、玉村は急に喉の渇きを覚えた。

そうだ、軽く一杯やるつもりだったのだ、と思い当たる。

すでにやじ馬が散ったのを確かめて、玉村はさりげなく言った。

「そのあたりで、何か飲みませんか。軽くやると、気分が落ち着きますよ」

「はい、お願いします」

女は緊張していたが、ためらう様子もなく誘いを受け入れた。

見れば見るほどいい女で、あっさり別れるのは惜しい気がする。

玉村は女の肘を取り、目の前の横丁にはいった。

自分が警察官だということは、とりあえず黙っていることにしよう。男を追い払ったとき、女は玉村の真後ろに隠れていたから、警察手帳は見えなかったはずだ。

ときどき利用する、〈座馬〉というバーの扉を押す。ママの説明によれば、ザ・バーをもじった名前らしい。

カウンターはいっぱいだったが、壁際の造りつけになった二人用のテーブル席が、あいていた。

女はカンパリオレンジを頼み、玉村はソルティドッグを注文した。

ママからグラスを受け取り、自分でテーブルに運ぶ。

二人は乾杯した。

「わたしは、玉村といいます。あなたは」

女がためらうのを見て、玉村は付け加えた。

「いいんですよ、下の名前だけでも」

女はうつむき、小さな声で言った。

「ユキコ、ということにしておいてください」

「いいですとも。何か事情がありそうですね、ユキコさん。なんですか、さっきのちんぴらは」

ユキコは、恥ずかしそうに身を縮めた。

「サラ金の取り立て屋です。十万円借りたのが、一年間で利子ともども、五十万円になってしまって」

「そりゃひどい。まるで泥棒だ。警察に相談した方がいいですよ」

そう言ってから、念のため補足する。

「その、もちろん地元の警察に、という意味ですが」

ユキコは顔を上げ、早口に言った。

「警察には、相談できません。夫や義母に知られたら、こっぴどく叱られます」

「十万円くらい、サラ金に借りるまでもなかったでしょう。ご主人に相談すればよかったのに」

ユキコは肩を落とした。

「そうできない事情があったんです。聞かないでください」

「失礼。わたしの悪い癖でね」

つい、警察官の習慣が出て、根掘り葉掘り聞いてしまう。考えてみれば、玉村には関係ないことだった。

ユキコが、ふと思いついたように言う。

「あの、すみません。さっきの人、外で待ち伏せしていないかどうか、見て来ていただけないでしょうか」

「だいじょうぶですよ。もどって来る心配はありませんよ」

あの男も、警察官が一緒と承知で女につきまとうほど、ばかではあるまい。

それでもユキコは、しつこく繰り返した。

「お願いします。そうしないと、帰れませんし」

玉村は、しかたなくストゥールをおりた。

「分かりました。ちょっと、見てきましょう」

店を出て、横丁の様子をうかがう。

さっきの男は、どこにもいなかった。〈ローズ会館〉の通りまで足を延ばしたが、やはり姿は見当たらない。少なくとも、今夜はあきらめたようだ。

店へもどる。

「だいじょうぶ、どこにもいませんよ。心配なら、駅かタクシー乗り場まで、送って行ってあげましょう」

「ありがとうございます」

ユキコは礼を言ったが、急に思い詰めたような顔になって、玉村にささやいた。

「あの、今夜わたしを二万円で、買ってもらえないでしょうか」

17

玉村弘行はぎくりとして、女の顔を見直した。

「それは、その、どういう意味ですか」

ユキコは下を向き、少し間をおいて言った。

「さっきの取り立て屋に、一度に全額返済が無理なら二万円ずつ、分割払いで返してもらってもいい、と言われたんです」

「分割払いって、何回の」

「三十六回です。返済総額は、さらに増えますけど」

「三年間で、七十二万になるな。まったく、とんでもないやつらだ」

それにしても、こんな主婦からけちくさい取り立てをするとは、最近の暴力金融もスケールが小さくなった。

ユキコが、蚊の鳴くような声で言う。

「あした初回分を支払えば、あとはなんとかなると思うんです」

玉村は酒を飲み、念を押した。

「その初回分を、わたしに払ってほしいというわけですか。つまり、あなたの、というかあなた自身を、かたにして」

焦燥のあまり、言葉が詰まってしまう。

女は顔を上げ、媚びるように玉村を見た。

「それくらいの価値はある、と思います。口で言っただけでは、分かっていただけないでしょうけど」

玉村は、唇をなめた。

グラスの縁にまぶした塩のせいか、それとも使ったグレープフルーツが古いのか、ふだん飲むソルティドッグと味が違う。

実のところユキコの説明を、全面的に信じたわけではない。どうも、肝腎のところがぼやけていて、全体に作り話めいた印象がある。

また酒を飲み、考えを巡らした。

もしかすると、これは新手の主婦売春ではないのか。

だとすれば、さっきの男もぐるかもしれない。

しかし、男は玉村が警察官だと分かったはずだから、女を一人おいて逃げ出すわけがない。逃げても、女が口を割ればすぐに手配が回ることくらい、見当がつくだろう。もしぐるならば、女に合図して一緒に逃げるはずだ。

この女一人だけなら、それほど警戒することもない、と思う。かりに、不測の事態が起こったとしても、なんとか対処できるだろう。

玉村は、今どきの騒々しくて小便臭いギャルが嫌いで、電話で遊び相手を呼ぶときは若くても三十前後、へたをすると四十歳近い女を頼んでしまう。さすがに容色衰えた女が多いが、その前にローズ会館で下地をきかせているので、役に立たないことはない。

それを考えると、ユキコは年齢こそ三十代半ばに達しているが、その美貌と立ち居振る舞いの素人っぽさは、十分に魅力にあふれていた。最近マンネリ気味だっただけに、この機会を逃す手はない、と決めた。

「いいですよ、ユキコさん。二万円で買いましょう」

ユキコはほっとしたように、口元を緩めた。

「もし、あの、もしですけど、今夜気に入っていただけたら、来月以降もお願いできないでしょうか」

あとはなんとかなる、と言った口の先から次の支払いを心配する様子に、案外ほんとうの話なのかもしれない、と玉村は思った。

「それは、あとで相談しましょう。お互いに、相性がありますからね」

ユキコはもっともだ、という風にうなずいた。

「そうですね。それじゃ、乾杯」

そう言って、カンパリオレンジを飲み干す。

玉村も、あまりうまくないソルティドッグを、一息に干した。

勘定をすませ、店を出る。

斜め前のドラッグストアを見て、ユキコが足を止めた。

「すみません、ちょっといいですか」

「買い物ですか」

ユキコが言いよどむ。

「ええと、あの、あれを買おうと思って」

玉村は、すぐにコンドームのことだと察して、口をつぐんだ。

いつもは、相方になる女が持って来るので、自分では持ち歩かない。それに、なじみのホテルは一応ビジネスホテルだから、部屋に避妊具など置いてない。

店の前で待っていると、ユキコはすぐに買い物をすませて出て来た。

小さな紙袋を、玉村に渡す。

「すみません、持っていてくださいますか」

玉村はそれを受け取り、無造作に上着のポケットに突っ込んだ。

「それじゃ、行きましょうか」

そう言ってユキコの腕を取り、〈ローズ会館〉の前を通り抜けて、トキワ通りの方へ向かった。

〈ホテルロワール〉は、入り口が表通りをはずれた横の道に面しているので、出入りするときに抵抗がない。電話で女を呼んでも、黙って部屋へ上がるのを許してくれるし、料金もこのあたりとしては安い。

玉村は、ホテル周辺の通行人が途切れるのを待って、入り口につながる横手の道にはいった。

つかんだ女の腕が、かすかに震えるのが伝わってきた。


携帯電話を切った禿富鷹秋が、低い声で言う。

「そろそろ、こっちへやって来るぞ」

どうやら仲間がいて、だれかの動きを見張っているらしい。

平石誠は緊張して、汗ばんだ手を上着にこすりつけた。

「間違いないんですか、禿富さん」

「だいじょうぶ、間違いない。ずっと見張っていた女なんだ」

平石は、道を挟んだホテルの門灯の向かいにひそみ、じっと息を殺した。

いくら禿富がだいじょうぶと請け合っても、この目で確かめないうちは信用できない。もし見込み違いだったら、だれが責任を取るのだ。

そのとき、トキワ通りの方から男と女が二人、寄り添うようにはいって来た。

禿富がささやく。

「あれだ。おれは、女を押さえる。男は、おまえに任せた」

平石は、近づいて来る男のがっちりした体を見て、ちょっとひるんだ。

つい、弱音を吐く。

「てこずるかもしれませんよ」

禿富はそれに答えず、静かに呼吸を図っている様子だったが、二人がホテルの門をはいろうとしたとき、ずいと前へ踏み出した。

「二人とも動くな。覚醒剤取締法違反の容疑で、逮捕する」

男も女も、ぎくりとしたように足を止め、二人を見返した。

「なんだと」

男が口を開いたとたん、禿富はものも言わずにそばへ近づくと、飛び跳ねるようにして足を蹴り上げた。

平石の目には、靴の先が男の喉元に炸裂したと見えるほど、すさまじい蹴りだった。

男は、ダンプに轢《ひ》きつぶされた犬か猫のような声を発し、棒のように後ろへ倒れた。

道に大の字になったまま、ぴくりとも動かない。

禿富は、何ごともなかったように平石を振り向き、低い声で言った。

「所持品を調べてみろ。おれは女を追う」

気がつくと、女は男が倒れると同時に身をひるがえし、表通りの方へ走っていた。

平石は、女を追って駆け出した禿富を見送ったが、すぐにわれに返った。

一瞬どうしようかと迷ったものの、とにかく言われただけのことはしようと思い直し、男の脇にひざまずいた。

手袋をはめ、上着のポケットに手を入れると、紙包みが指先に触れた。

引っ張り出し、中をあらためる。門灯の明かりで、コンドームの箱だと分かった。

蓋を開いて、平石は驚いた。

コンドームに交じって、白い粉を包んだ平べったいビニール袋が二つ、そこに収まっていた。

留めたホッチキスをはずし、手袋の指先に粉をつけてなめてみる。

覚醒剤に、間違いなかった。

気を失ったままの男に、目を向ける。

顎の下の喉元に、赤黒いあざができていた。思わず、ぞっとする。

禿富は、まさにそこへ跳ね上げた靴の先を命中させ、男を吹き飛ばしたのだ。男は脳震盪《しんとう》を起こしたらしく、急には息を吹き返す気配がない。

平石は、ぐったりした男の両腕を取り、手錠をかけた。

内ポケットを探ると、黒い手帳が出てきた。

息が詰まるほど驚く。

それは、警察手帳だった。

平石はあたりを見回し、気持ちを落ち着けようとした。まさかこの男が、警察官だとは思わなかった。

震える手で、中を開く。

玉村弘行。

葛飾区、立石署。正真正銘の、警察官だ。

平石は、途方に暮れた。これは、何かの間違いではないのか。

携帯電話が鳴り出し、あわてて耳に当てる。

「おれだ。ちゃんと手錠をかけたか」

禿富の声だった。

「ええ、かけました。それより禿富さん、こいつは立石署のデカですよ。何かの間違いじゃないんですか」

「デカだと。まったく、警察官のモラルも地に落ちたものだ」

そう言って、乾いた笑い声を立てる。

「どうしましょう」

途方に暮れて相談すると、禿富は厳しい声にもどった。

「いいか、へたな小細工はするなよ。おまえの手柄には、違いないんだからな」

「しかし相手がデカとなると、まず最初に監察官に報告する必要が」

「やめておけ。おっつけ、サツ回りのブン屋がそこへ駆けつける。〈ホテルロワール〉の門前で、捕り物があると密告しておいたからな。その男は、デカだろうとそうでなかろうと、間違いなく女からヤクを買ったんだ。逃れようがない」

平石は、携帯電話を持ち直した。

「そう言えば、女はどうしました。つかまえましたか」

「逃げられた。逃げ足の早い女だ」

あっさり言う禿富に、平石は拍子抜けがした。

「ヤサは分かってるんですか」

「いや、知らない。これから、心当たりを当たってみる」

「だったら、とりあえずもどって来てください。署へ同行して、事情を説明してもらわないと、わたしが困ります」

「あしただ、あしたにしてくれ。その間に、そいつを厳しく取り調べろ。むろん、尿検査もするんだ。どんな説明をするか、見ものだぞ」

平石が何か言う前に、通話が切れた。

そのとき、トキワ通りの方から乱れた足音がして、人影が二つか三つ駆けて来た。

禿富が言った、サツ回りのブン屋らしい。

平石は唇を嚙み、立ち上がった。

これで、この玉村という刑事にどんな事情があるにせよ、覚醒剤を持っていたという事実だけは、隠しようがなくなった。


野田憲次はハンドルを切り、明治通りを渋谷方面へ向かった。

「それにしても、相手がデカならデカと、最初に言っておいてくださいよ」

隣の助手席で、禿富鷹秋が応じる。

「おまえの驚いた顔が、芝居に見えないように黙っていたんだ」

野田はあきれて、首を振った。

「まったく、だんなの考えることは、おれにはさっぱり分からない。いったい、あのデカになんの恨みがあるんですか」

「あいつは、この間水間の目の前でおれを痛めつけた、三人組の一人さ」

その件は、水間英人から報告を受けた。

十日ほど前、禿富が同じ三人組の一人をさんざんに叩きのめした、という話も聞いている。

「一人ひとり、血祭りに上げるわけですか」

「そうだ。おれは借りができたら、きちんと返す性分でね」

まったく、律義な性分だ。それが禿鷹の掟、というわけか。

「しかし、さっきみたいな見え透いた罠に、かかる方もかかる方だ。筋書きどおりに、運びますかね。あのデカが、ちゃんと女とのいきさつを説明すれば、監察官も引っかけられたことを納得するんじゃないですか」

「まず無理だな。あいつは立石署でも、ずば抜けて評判の悪い男だ。尿検査で反応が出たら、逃れようがないだろう。あんな、だれが聞いても作り話としか思えない説明で、警察が納得するわけがない」

そのとおりだと思う。

「それにしても、さっきの女はなかなかの役者ですね。いったい、何者ですか」

一緒に狂言を打った女を、池袋駅まで送って落としたばかりだった。

「気がつかなかったか。写真を見たことがあるはずだぞ」

「写真」

おうむ返しに言って、野田は絶句した。

もう一度、女の顔を思い浮かべる。

唐突に、禿富と女がベッドでからみ合っていた、みだらな写真を思い出した。

「まさか、あの女じゃ」

ないでしょうね、が喉の奥に引っかかった。

「そうだ。五反田署の監察官、松国警視の奥方だ」

野田は、言葉を失った。

松国を脅して、悪徳警官を一人無罪にしたばかりでなく、その妻にまたでっち上げの片棒をかつがせるとは、たいした神経の持ち主だ。どこまでしゃぶれば、気がすむというのだろう。

禿富が続ける。

「人間、必死になるとくそ度胸がすわって、なんでもやる。いくら事前に教えられても、デカの飲む酒に覚醒剤を混ぜ込むなどという離れわざは、そうはできないものだ」

野田は女のくそ度胸よりも、禿富の徹底した冷酷さに感嘆した。

この男のやり口に比べれば、渋六興業のシノギなど慈善事業のようなものだ。

「それにしても、あのデカもトウシロウじゃないはずだ。酒の味が変だとは、思わなかったのかな」

野田が疑問を呈すると、禿富は鼻で笑った。

「そんな余裕はなかっただろう。あいつは、年増好みの変態野郎だ。あの女の年で、あれほどのプロポーションに恵まれた美人は、めったにいない。あいつからすれば、天女に誘われた気分だったに違いない。だれでも、理性を失うだけの弱みが何かある、ということさ」

いかにも悟り切ったような口調に、野田はつい皮肉を言いたくなった。

「だんなにも、弱みがあるんですかね」

禿富が、とげとげしく笑って、言い捨てる。

「ない。そもそもおれには、失うべき理性がないからな」

野田は黙って、運転に専念した。

早く一人になって、シャワーを浴びたい気分だった。

第四章

18

御園隆輔は、短くなったたばこを投げ捨て、丹念に踏みにじった。

サンシャインシティを横目に見ながら、東池袋署の階段をのぼる。

署内の勝手は、だいたい頭にはいっている。若いころここの刑事課に、二年ほど勤務したことがあるのだ。

玄関ホールには、記者会見を待つ新聞記者やテレビのカメラマンが群がり、署の広報担当官とやり合っている。

担当官は、本庁の監察官が来ないうちは会見できない、と頑固に繰り返した。

人だかりの脇を抜けて、階段を二階に上がる。

かつては〈防犯課〉と呼ばれていた、生活安全課のフロアにはいった。

課長席から顔を上げた、半白の髪の男とまともに目が合う。

課長の名前が、坂東茂孝だということは、すでに調べてきた。ノンキャリアの警部で、警部補の御園より三つ四つ年上の、四十代前半だと聞いている。

御園は軽く目礼し、在席する課員たちの好奇の視線を受けながら、まっすぐ課長席に行った。

「立石署刑事課、捜査四係長の御園です。このたびは、うちの玉村がご迷惑をおかけしまして、申し訳ありません」

そう言って、頭を下げる。

御園の大きな体に、坂東はちょっと気後れしたように顎を引き、椅子の肘かけをつかんだ。

それから、ことさらむずかしげな表情を作って、おもむろに立ち上がる。

「坂東です。どうぞ、そちらへ」

御園は、デスクの横の応接セットのソファに、坂東と向き合ってすわった。

坂東はたばこに火をつけ、さも困ったと言わぬばかりのため息と一緒に、煙を吐き出した。

「ただでさえ、世間の風当たりが強いこの時期に、とんでもないことをしてくれましたよなあ、おたくの巡査部長は。しかも、当人は反省するどころか、容疑を頑強に否定している。神妙にするなら、それなりに扱うんだが」

「わたしも、玉村が覚醒剤に関わっていたなどという話は、とても信じられんのです。毎日顔を合わせていて、そんな気配は毛ほどもありませんでしたからね」

御園はそう言って、ことさら深刻な顔をした。

「それは要するに、おたくの管理不行き届きでしょうが。現に、玉村は覚醒剤を所持していたばかりか、尿検査をしたら陽性反応が出た。つまり、実際にやっていたことになる。これじゃ、言い訳ができんだろう」

坂東は皮肉な口調で言い、スリッパをはいた足を組んだ。

「当人は、なんと言ってるんですか」

「女にはめられた、と言い張ってるんだな、これが。もう少し、ましな弁解を考えればいいものを、見も知らぬ女にだまされたじゃあ、お話になりませんよ」

坂東は、また煙を吐き散らした。

御園は、その煙を手で払って、体を乗り出した。

「玉村を立石署に、引き渡していただけませんか。差し支えなければ、わたしが今ここで請け出しますが」

坂東は目をむき、組んだ足をもどした。

「冗談じゃない。この件はマスコミにも知れちまったし、もう内輪でかたがつく問題じゃないんだ。玄関ホールの騒ぎを、あんたも見たでしょうが。処分はそちらの方でするとしても、事件の捜査とマスコミへの経過発表は、東池袋署がやる。身柄を移したら、またもみ消しを図っているなどと、痛くもない腹を探られるだけだからね」

「うちの署長から、こちらの署長へ電話をさせてもいいんですがね」

御園が言うと、坂東は薄笑いを浮かべた。

「おたくの署長は、夜が明けないうちにかけてきましたよ。しかしうちの署長も、あたしと同じ考えだ。まだ、取り調べが始まったばかりだし、当分引き渡しは無理だろうね」

「事情聴取は、だれが担当しておられるんですか」

あえて、取り調べという言葉を避ける。

「玉村を逮捕した、うちの平石巡査部長だ」

御園は少し口調を強めて、気になっていたことを聞いた。

「なぜマスコミに、知られたんですか。まさか、立石署に連絡する前に記者発表した、というわけじゃないでしょうね」

坂東が、急いで首を振る。

「そんなことは、してませんよ。逮捕現場にいち早く、サツ回りのブン屋が駆けつけたものだから、隠しようがなかったんだ」

御園は、それを聞きとがめた。

「逮捕現場に。そんなにタイミングよく、ブン屋が駆けつけられますか」

「タイミングが悪く、と言うべきじゃないかね、きみ」

坂東に指摘されて、御園はいらだった。

「たまたまですか、それとも通報があったんですか」

「そのあたりは、平石がよく承知しているはずだ」

「では平石巡査部長と、話をさせていただけますか。それと、もちろん玉村とも」

うむを言わさぬ調子で頼み込むと、坂東はわざとらしく腕時計を見た。

「昼前には、本庁から警務部付の監察官が、事情聴取に来る。それより前に、立石署の署員と会わせたことが分かると、まずいんだがね」

「わたしは玉村の、直接の上司ですよ。実際に玉村がやったのなら、おっしゃるようにわたしの管理不行き届きですから、それなりの処分を覚悟しなければならない。しかし、かりに玉村がだれかにはめられたのだとしたら、濡れ衣を晴らしてやる義務があります」

坂東が失笑する。

「はめられた、だって。昨日今日の駆け出しじゃあるまいし、ベテランの刑事課の巡査部長が、そう簡単にはめられるはずがないでしょう。逆に、実際はめられたのだとしたら、それはそれでとんでもない恥さらしだ。どっちにしても、玉村はもう終わりだね。送検された段階で、懲戒免職だろう」

御園は唇を引き締め、坂東を睨みつけた。

確かに、玉村は女好きで欠点の多い男だが、自分の子飼いの部下だ。そうあっさりと、切り捨てるわけにはいかない。

坂東は、御園の険しい顔つきに恐れをなしたのか、急に態度を変えた。

「まあ、どうしてもというなら、平石と話をするのは認めましょう。監察官がやって来ないうちに、さっさとすませてほしいね」

「玉村については」

坂東は、たばこをもみ消した。

「その判断は、平石に任せる。あたしは、知らないことにする」

責任を逃れるつもりらしい。

それならこちらも、思ったとおりやるだけだ。

「取調室は、どこですか」

「廊下の奥の、第一取調室だ」

御園は礼を言って立ち上がり、あとも見ずに部屋を出た。

あちこちから、視線が背中に突き刺さるのを感じたが、歯牙にもかけなかった。

19

第一取調室の前で、若い巡査が立ち番をしていた。

御園隆輔は、巡査に所属と名前を告げ、平石巡査部長を呼び出してくれ、と頼んだ。

わざと戸口からはずれ、中にいるはずの玉村弘行から、姿が見えないようにする。

ドアから顔をのぞかせたのは、まだ三十代の前半と思われる、ただし額の両脇がだいぶ後退した、小太りの男だった。

いぶかしげに、御園を見上げて言う。

「平石ですが」

御園は、名刺を差し出した。

「立石署刑事課、捜査四係の御園です。このたびは、玉村がごめんどうをおかけしまして、申し訳ありません」

自分の方が年長で、しかも一階級上だと分かっているが、とりあえずていねいな口調で挨拶する。

平石は、あわててドアを後ろ手に閉めると、名刺を取り出して御園に渡した。

「申し遅れまして。平石です」

名刺には生活安全課保安一係、巡査部長平石誠とある。

「取り調べの最中に恐縮ですが、事件の経過をざっと聞かせてもらえませんか。署へもどって、署長に報告しなけりゃならんのでね」

少し高飛車に出ると、平石は一瞬とまどいの色を浮かべた。

それを見て、押しかぶせるように続ける。

「坂東課長には、了解をもらいましたよ」

平石は、ほっとしたようにうなずいた。

「分かりました。そちらの取調室で、ちょっとお待ちいただけますか」

空き室の表示が出た、隣の第二取調室のドアを指す。

御園は中にはいり、デコラのテーブルを挟んだ窓側の椅子に、腰を下ろした。

平石が、隣の部屋で何か言う声が、耳に届く。立ち会いの刑事に、休憩の指示でも出したのだろうが、内容は聞き取れなかった。

ほどなく平石が、第二取調室にはいって来た。

ドアを閉じて、向かいの椅子にすわる。

御園は、平石が口を開かないうちに、先制した。

「玉村がシャブをやるなんて、どうにも信じられなくてね。何かの、間違いじゃないんですか」

平石は、椅子の上で尻をもぞもぞ動かし、組んだ手をテーブルに置いた。

「わたしも、そうであってほしいと思ったんですが、玉村巡査部長は実際にシャブを所持していたし、尿検査にも反応が出ました。状況はきわめて悪い、と言わざるをえません」

「本人は、なんと言ってるんですか」

平石は、一度唇をへの字に結んで、説明を始めた。

「巡査部長の話では、昨夜十一時ごろ池袋西口の飲み屋街で、サラ金の取り立て屋に追いかけられた女を、助けてやったそうです。それから、その女と近くのバーにはいることになって、一緒に酒を飲んだ。そこからして、ちょっと話がうますぎるんですがね」

御園は、首を振った。

「いや、玉村は女好きですから、それくらいはやりかねないでしょう」

平石は肩をすくめ、話を続けた。

「しばらくして、取り立て屋が外で待ち伏せしてないかどうか見てきてくれ、と女が頼んだそうです。巡査部長は、あたりを一回りして取り立て屋がいないことを確かめ、店にもどりました。それから酒に口をつけると、味がちょっと変わったような気がした。巡査部長によれば、店を出ている間に女がシャブを混ぜたに違いない、というんですがね。要するに、サラ金の取り立て屋もぐるだった、と言いたいらしい」

御園は、顎の先をつまんだ。

いくら玉村が女好きでも、そんな姑息な手に乗るだろうか。量にもよるが、覚醒剤は苦い味がするから、すぐに分かるはずだ。あとで直接、本人に確かめる必要がある。

別の質問をした。

「玉村はシャブを、どこに隠してたんですか。靴の中ですか、ベルトの裏ですか」

平石は、困ったような顔をした。

「それがその、コンドームの箱の中でしてね」

「コンドームの。そんなものを、持ってたんですか」

玉村が、ふだんコンドームを持ち歩くなどという話は、聞いたことがない。

「巡査部長は、その女からサラ金に返す金を稼がせてほしいと持ちかけられて、話に乗ったというんです。バーを出たところで、女は前のドラッグストアでコンドームを買って、巡査部長に預けた。そのときに、あらかじめシャブを仕込んだ箱のはいった紙袋と、すり替えて渡したに違いない、というのが彼の主張です」

女好きの玉村のことだから、ほんとうにそういう話を持ちかけられたとすれば、乗った可能性はある。

その詮索はあと回しにして、話を先へ進める。

「肝腎なことを、聞かせてもらいたい。いったい玉村は、どういう状況でつかまったんですか。だれかの密告で、あなたが玉村を見張っていた、とでも」

平石は拳を丸め、わざとらしく咳をした。

「というか、わたしはほかの署の刑事に応援を頼まれて、〈ロワール〉というラブホテルの前で、一緒に待機してたんです」

御園は、平石を見直した。

「応援を頼まれたって」

「ええ。その刑事は女の売人を追って、池袋までやって来たんですがね。女が、だれかにシャブを売るのを確認して、逮捕するという手筈になったわけです」

平石の説明は、どうも歯切れが悪い。

「その買い手になったのが、玉村だったということかね」

御園が念を押すと、平石は軽く眉をひそめた。

「ええ。わたしも、まさか相手が現職の刑事とは、思いもしませんでした」

御園はたばこを出し、火をつけた。

「その女は、どうしたんだ」

「〈ロワール〉の前で、玉村巡査部長を逮捕している間に、逃げられました」

それを聞いて、御園は煙にむせた。

咳払いをして言う。

「逃げられたって。追わなかったのか」

「わたしは、玉村巡査部長にかかり切りだったもので、手が離せなかった。応援を頼んできた刑事が、一人で逃げ出した女を追いかけたんです。結局逃げられてしまった、とあとで連絡してきました」

御園は、テーブルに拳を叩きつけた。

「ばかな。女に逃げられるなんて、そんなとんまなデカがいるか。どこの、なんという刑事だ」

平石は唇をなめ、あまり気の進まない口調で答えた。

「神宮署、生活安全特捜班の、禿富鷹秋という警部補です」

「禿富」

御園はおうむ返しに言い、そのまま絶句した。

禿富鷹秋。

神宮署刑事課の課長代理、鹿内将光警部の指示でついこの間ヤキを入れた、あの刑事か。

玉村弘行、鯉沼貞男の二人に手伝わせ、さんざんに叩きのめしてやったのだが、あの男がこの事件にからんでいるとは、どういうことだろう。

平石が言う。

「御園警部補は、禿富警部補をご存じですか」

「ああ、名前と評判だけはね。それにしても、彼はなぜあんたに応援を頼んできたんだ」

御園が聞き返すと、平石はもじもじした。

「以前北上野署で、彼とコンビを組んだことがあるんです」

「そうか。あの男が相方じゃ、気苦労が絶えなかっただろう」

「ええ、まあ」

平石は目を伏せて、言葉を濁した。

御園は、たばこの灰を床に叩き落とした。

ふと、鯉沼のことが頭に浮かぶ。

先々週、新宿中央署に電話をしたところ、同僚の刑事から鯉沼は二日前から休んでいる、と言われた。

酔って、渋谷の裏通りを歩いているとき、転んで怪我をした。それで、休養も兼ねて三日間休暇を取った、というのだった。

もう署に復帰しているはずだが、鯉沼からはなんの連絡もない。

何か、いやな予感がする。

なめくじのようなものが、背筋に貼りついたようだ。あの鯉沼が、酔って転んだくらいで三日も休むほどの、怪我をするだろうか。

御園は、たばこを灰皿でもみ消した。

もしかすると、鯉沼は禿富にやられたのではないか。

もしそうだとすれば、今度の玉村の一件も禿富が仕掛けたもの、という疑いが濃厚になる。はめられた、という玉村の言葉に嘘はないのかもしれない。

手にじわり、と汗が浮いてきた。

平石が、居心地悪そうに言う。

「あの、もういいでしょうか」

御園はテーブルに乗り出し、平石に半分のしかかった。

「玉村と、差しで話をさせてもらえないか」

平石は、御園の巨体に威圧されたように、身を引いた。

「それは、ちょっと。まだ取り調べが終わってませんし、本庁から監察官も来ることになってますので、そのあとでしたら」

「ほんの十分でいいんだ。坂東課長も、少しの間ならかまわない、と言ってくれた」

坂東は、平石の判断に任せると言っただけだが、知ったことではない。

平石は手を上げ、よれよれのネクタイの結び目をつまんで、ゆがみを直した。

なおもためらいながら、しぶしぶという感じでうなずく。

「でしたら、十分だけということで」

御園は平石について、廊下に出た。

平石は第一取調室のドアをあけ、御園には見えない角度にいるだれかに、顎をしゃくった。

手にノートを持った、立ち会いの刑事らしい若い男が出て来た。

平石が言う。

「立石署の、御園警部補だ。玉村巡査部長と二人きりで、十分ほど話をしたいとおっしゃっている。湯沸かし室で、お茶でも飲んでこよう」

二人は、立ち番の警官をその場に残して、廊下を歩き去った。

20

御園隆輔が、取調室にはいって来た。

声が聞こえた段階で、すでに椅子を立っていた玉村弘行は、深ぶかと頭を下げた。

「すまんです、お手数をかけちまって」

顔を上げた玉村を見て、御園が眉をぴくりと動かす。

「どうした、そのあざは」

玉村は眉をしかめ、指先であざに触れた。まるで、自分の顎ではないように、はれ上がっている。しゃべりにくくて、しかたがない。

「禿富の野郎に、蹴りつけられたんです」

それも、立ったままやられたのだ。

顎の先で、爆弾が破裂したかと思ったほどの、すさまじい一撃だった。脳震盪だけですんだのが、不思議なくらいだ。普通の顎の持ち主なら、骨が折れていただろう。

御園は、玉村にすわるように合図して、自分も腰を下ろした。

「とんだ災難だったな。ハゲタカのやつに、はめられたのか」

「ええ、間違いありません」

御園がいらいらしたように、大きな体をテーブルにのしかからせる。

「どういうことだ。平石の説明じゃ、まるで話が飲み込めないんだ。分かるように、説明してくれ」

玉村は、サラ金の取り立て屋に追われていた女を助けてやり、一緒に〈座馬〉というバーにはいったいきさつを、詳しく説明した。

ユキコと名乗る女に、取り立て屋がうろうろしていないかどうか確かめてくれ、と言われて一分ほど外へ出たこと。

もどって酒を飲んだら、妙な味がしたこと。

「おれがいない間に、女がシャブを混ぜやがったんです。取り立て屋と女は、ぐるだったに違いありません」

玉村が言うと、御園は苦い顔をした。

「おまえのようなベテランが、いったいどうしたんだ。酒の味が変わったことで、すぐに怪しいと気づいても、よさそうなものだぞ」

「ソルティドッグを飲んでいたので、塩の味と混じっちまったんです。いつもの塩と違うな、という気はしたんですが、怪しいとまでは思わなかった」

「それだけじゃないだろう」

御園に突っ込まれて、玉村は頭を搔いた。

「相手の女が、めったにお目にかかれない美人だったものですから、つい気持ちが上ずってたのかもしれません」

「どんな女だ。年格好や服装は」

「けっこう年を食ってて、三十半ばにはなっていたと思います。しっかり化粧をして、値の張りそうなスーツを着てました。ただし、水商売って雰囲気じゃないですね。少なくとも、シャブに縁があるようには見えませんでした。しゃべり方も、素人っぽかったし」

「ふりをしてただけじゃないのか」

「おれの目に、まず狂いはないと思います」

御園の口元に、皮肉な笑いが浮かぶ。

「おまえは、女にだけは目がきくからな」

玉村は首をすくめて、下を向いた。

「それを言われると、返す言葉がありません」

御園は、たばこに火をつけて続けた。

「それからどうした」

「その女が、サラ金の返済に当てるから自分を二万で買ってくれ、と言い出したんです。おれが警察官だってことを知ってたら、そんな商談を持ちかけてくるはずがないから、罠だなどとは考えもしなかった。それでつい、話に乗っちまって」

「外へ出たら、ドラッグストアがあったのか」

「ええ。女がコンドームを買って、紙袋をおれに預けたわけです。そのとき、シャブを仕込んだやつと、すり替えたに決まってます」

御園はいらいらしたしぐさで、たばこの灰を床に叩き落とした。

「それでおまえは、その箱を後生大事にポケットにしまって、ホテルへ向かったわけだ」

「ええ。面目ありません」

「よく使うホテルか」

玉村は、鼻をこすった。

「まあ、池袋で遊ぶときは、ですが」

「それからどうした」

「露地をはいって、ホテルの入り口まで来たとき、突然ハゲタカが物陰から飛び出して来て、覚醒剤取締法違反の容疑で逮捕する、とどなったんです。あっけにとられていると、あの野郎がいきなりおれの顎を蹴り上げやがった」

また、怒りと苦痛が込み上げてきて、玉村は唾をのんだ。

御園が、表情を変えずに続ける。

「それからどうした」

「気がついたら、平石にワッパをはめられて、地面に転がってました。二分か三分、気を失ったようです。なぜかまわりを、ブン屋が囲んでいやがった。まだ面パト（覆面パトカー）も来ないうちに、ですよ。ハゲタカが、手を回したに違いない」

「そのときには、もうやつはいなかったんだな」

「いませんでした。あとで聞いたら、女を追いかけて行ったそうですが、つかまるわけがありませんよ。あの野郎が仕組んだ、お芝居に決まってるんだから」

玉村は自嘲して、拳を握り締めた。

御園が、話をもどす。

「ところで、その女を追いかけて来たというサラ金の取り立て屋は、どんな男だ」

「紺のスーツを着た、やけに背の高い男でした。係長と、いい勝負だった。もっとも係長ほど、がっちりしてはいませんがね」

「ヤクザか」

そう聞かれて、玉村は考え込んだ。

「そう思ったんですが、今はなんとも言えませんね。目つきとか、しゃべり方はヤクザなんですが、服装はふつうのサラリーマン風だったし、顔もインテリくさかった。ヤクザにしても、ただのちんぴらじゃないと思います」

御園は指先で、頬の線をなぞった。

「もしかすると、渋六興業のやつかもしれんぞ。あそこの連中は、どうもふつうのヤクザとは違う、すかした野郎が多いからな」

そう言えば、御園や鯉沼と一緒に禿富を痛めつけたとき、その場にいた水間とかいう渋六興業の組員も、そうしたタイプの男だった。

もし、渋六興業が禿富に手を貸したのなら、ただではおかない。

御園が、念を押すように言う。

「その取り立て屋にも、ユキコと名乗った女にも、見覚えはないんだな」

「ありません。二人とも、あのハゲタカに手を貸すように命令されて、一芝居打ったんですよ。ことにあの女、今度会ったらただじゃおかねえ。こけにしやがって」

玉村はののしり、手のひらを拳で叩いた。

少し間をおいて、御園がまた口を開く。

「ところで、十日ばかり前鯉沼が三日ほど署を休んだのを、知ってるか。酔っ払って、渋谷の裏通りを歩いているときに転んで、怪我をしたというんだが」

初耳だった。

「いえ、聞いてません。鯉沼とは、あれから連絡を取ってないんです。しかし、酒豪のあいつが酔っ払って転ぶなんて、考えられないな。しかも、怪我をするほど」

玉村は、そこまで言って口を閉じた。

ふと思い当たって、御園の顔を見直す。

「まさか鯉沼のやつ、ハゲタカにやられたんじゃないでしょうね、係長」

聞き返すと、御園はたばこを床にすて、靴で踏みにじった。

「分からんが、おれもそんな気がしてきた。あとで鯉沼に、聞いてみるつもりだ」

何か得体の知れぬものが、足元から這いのぼって来るような気がして、玉村はすわり直した。

言いたくなかったが、言わないわけにいかない。

「ハゲタカの野郎、渋谷でおれたちに痛めつけられたのを根に持って、仕返しをしようとしてるんですかね」

御園は不機嫌そうに、そっぽを向いた。

「分からんと言っただろう。とにかく、鹿内警部に相談してみなきゃならん」

「お願いします。それと、早くおれの濡れ衣を晴らして、無罪放免にしてくれませんか。留置場が、あんなに居心地の悪いものとは、思わなかった」

玉村がこぼすと、御園は冷たい目を向けてきた。

「それは、期待しない方がいいな」

冷水を浴びせられたようになる。

「どういうことですか、係長。おれがはめられたことは、今の話で分かってもらえたと思ったのに」

「おれは、おまえの話を信じるさ。しかし、お偉がたがどう思うかね。おまえのポケットに、シャブがはいっていたのはまぎれもない事実だし、尿検査にも反応が出たわけだからな」

「ですから、それは」

言いかけるのを、御園は大きな手で制した。

「これだけ証拠がそろっていて、おまえを無罪放免なんかにしたら、マスコミが納得しない。また警察が、なあなあで身内をかばった、と書かれるのがおちだ」

玉村はテーブルに、ぺたりと両手をついた。

「だっておれは、実際にやってないんですよ」

「実際にやってるかやってないかは、この際問題じゃない。時期が悪すぎるよ。逆に禿富は、いい時期を選んだものさ。マスコミのやつらが鵜の目鷹の目で、警察の不祥事をかぎまわってる最中だからな」

玉村は体の力が抜け、椅子の背にもたれた。

「おれを見捨てるんですか、係長」

「もう手遅れだよ、玉村。本庁の監察官が、なぜこんなにぐずぐずしてると思うんだ。こうした不祥事が起きたら、朝一番で吹っ飛んで来るのがあたりまえだろう。それが、のんびり昼前に事情聴取にやって来ます、ときた。おまえの話なんか、聞く気はないのさ。処分をどうするかで、小田原評定をしてるに違いない」

むらむら、と怒りが込み上げてくる。

「それじゃ、ハゲタカの思うつぼだ。おれは監察官に、ハゲタカのことも含めて、洗いざらいしゃべりますぜ。こんなでっち上げが、許されるわけがない」

御園が、鼻で笑う。

「おまえだって、これまで似たようなでっち上げを、やってきたじゃないか」

玉村は、ぐっと詰まった。

確かにちんぴらを相手に、点数を稼いだことはある。

しかし、これほどひどいことはしなかった。

御園は乗り出した。

「おまえの身柄を、送検しないですむ方法が、一つだけある。おまえは、たまたま池袋でユキコと名乗る女から、シャブと売春の話を一緒に持ちかけられた。それで、ユキコを逮捕するためおとり捜査を行なった、ということにするのさ」

玉村は、ぽかんと口をあけた。

「おとり捜査ですって」

「そうだ。おまえは、ユキコの犯意を確定するため、話に乗ったふりをした。ホテルにはいったところで、覚醒剤取締法違反、売春防止法違反で逮捕するつもりだった。そこへ、事情を知らない禿富が突然割り込んで来て、ことをぶちこわしたという話にするんだ」

玉村は、唇をなめた。

「そんな筋書きが、通用しますかね」

「通用するかどうかは、考えなくていい。頑強に、そう言い張るんだ。おとり捜査なら、たとえシャブを持っていても、不思議はないからな。尿反応が出たのも、ユキコを信用させるためにちょっとなめたからだ、とか言えば理屈は通る。とにかく、それで押し通せ」

多少の説得力はありそうだが、まだ全面的に不安は消えない。

「検察に送られたら、支え切れない気がしますがね」

「書類送検だけですむように、おれがなんとかする。しかし、どちらにしてもおまえはもう、警察にはいられないぞ。かりに不起訴、起訴猶予になっても、マスコミが灰色疑惑を書き立てるからな。おまえには、やめてもらうしかない」

がっくりくる。

「やめるって、懲戒免職ですか。そうなったら、退職金も出ないし、年金も出ない。まだ家のローンも、残ってるというのに」

「依願退職になるように、おれが手を回してやるさ。それから、再就職先も鹿内警部に相談すれば、紹介してもらえるだろう。心配しなくていい。逆に、もしよけいなことをしゃべったりしたら、今後の支援はないものと思えよ」

玉村は、頭を抱えた。

これまで、鹿内や御園の尻にくっついて甘い汁を吸ってきたが、最後にこんなはめになるとは思わなかった。

それもこれも、ハゲタカのせいだ。

玉村は、顔を上げた。

「ハゲタカは、どうなるんですか。まさか、おとがめなしじゃないでしょうね」

御園が返事をする前に、いきなり背後のドアが開いた。

「おれがとがめられるいわれが、どこにあるんだ」

そう言いながら、ずいと取調室にはいって来た男の顔を見たとたん、玉村は凍りついたようになった。

そこに立ちはだかったのは、当の禿富鷹秋だった。

21

平石誠は、禿富鷹秋の背にくっつくようにして、第一取調室にはいった。

禿富を見た玉村弘行が、血相を変えて立ち上がる。

「この野郎」

御園隆輔も振り向き、驚いたように腰を上げた。

「なんだ、いきなり。ノックもせずに、はいってくるやつがあるか」

御園がどなりつけたが、禿富は毛ほどもたじろぐ様子を見せず、静かな声で言った。

「平石に聞いたが、あんたが玉村と話す時間は、十分の約束だろう。しかし、もうとっくに十五分を越えている。それを知らせに来たのさ」

平石も、そのとおりだという顔をこしらえて、御園にうなずいてみせる。

しかし、御園は平石に目もくれず、肩をいからせて前に出た。ゆがんだ鼻と、奇妙な形につぶれた右の耳が、憎しみに赤く染まっている。

「おい、だれに向かって口をきいてるんだ、禿富。はっきり言ってやるが、おれはきさまより何年も、年次が上なんだ。話すときは、ていねいな口をきけ」

禿富は、御園の大きな体をまっすぐに見上げ、一歩も引かずに応じた。

「年次がどうした。おれとあんたは、上下関係にあるわけじゃない。それに階級も、同じ警部補だ。ひとを、きさま呼ばわりするようなやつに、だれが頭を下げるか」

平石は、玉村があっけにとられたように、口をあけるのを見た。

おそらく玉村は、これまで御園に面と向かってそんな口をきく警察官と、出会ったことがないのだろう。

しかし平石は、北上野署にいたころの禿富を知っているので、少しも驚かなかった。

度胸を据えたときの禿富は、相手が上司だろうと暴力団の組長だろうとかまわず、思ったことをそのまま口にする男だ。

御園は、小さな目に怒りの色を浮かべて手を上げ、禿富の肩を突き飛ばそうとした。

禿富は、ひょいと体を斜めにしてそれを避け、御園の手首をつかんで逆に捻った。

御園は爪先立ちになり、苦痛の声を上げた。

「くそ、離せ」

それを見た玉村が、反射的にテーブルを回ろうとする。

平石はとっさに、禿富と御園の間に割ってはいった。

「やめてください。署内で、もめごとは困ります」

禿富は、なおもしばらくそのままの姿勢でいたが、やがて口元に冷笑を浮かべると、御園の手首を突き放した。

御園は、まるで壁に跳ね返されたとでもいうように、大きく後ろによろめいた。

玉村に肘を支えられ、かろうじて踏みとどまる。

平石は、禿富の手が御園に負けないくらい大きいのに、あらためて目をみはった。腕一本で、御園ほどの大男にたたらを踏ませるとは、なまなかの力ではない。

御園が、憎にくしげに言う。

「こんなことをして、ただですむと思うなよ、禿富。借りは、かならず返すからな」

「それは、こっちのせりふだ」

禿富が言い返すと、また御園が乗り出そうとする。

平石は腕を突き出し、御園を押しとどめた。

「待ってください。約束どおり、時間を差し上げたわけですから、もういいでしょう」

御園は平石の手を払いのけ、じっと禿富を睨みつけた。

その険悪な空気から、二人の間によほどの確執があることが、見てとれた。

取調室に、焦げつくような緊迫した時間が流れ、平石は拳を握り締めた。

やがて御園は、ふっと肩の力を抜いた。

平石に目を移して、ぶっきらぼうに言う。

「玉村から話を聞いたが、だいぶ誤解があるようだな」

平石はほっとしながらも、新たな不安に襲われた。

玉村は、昨夜のいきさつを詳しく御園に話し、禿富にはめられたと訴えたに違いない。

だとすれば、平石自身その疑いを捨てずにいるくらいだから、御園も聞き捨てにはしないだろう。

慎重に聞き返す。

「誤解、といいますと」

御園は、気持ちを落ち着けるように深く息をついて、口を開いた。

「玉村は、おとり捜査に従事していたそうだ。それを、禿富とあんたにじゃまされた、と言っている」

「おとり捜査ですって」

予想外の話に驚き、平石は玉村に目を向けた。

玉村が、自信なさそうにうなずく。

御園は、指を立て続けた。

「そう、おとり捜査だ。玉村はゆうべ、路上でユキコと名乗る女に誘われて、近くのバーにはいった。そこで女に、シャブと自分の体をセットで買わないか、と持ちかけられたんだ。これは、明らかに違法行為だ。ただ、玉村は明け番にはいっていたし、所轄の署員でもないから迷った。とはいえ、覚醒剤売買と売春がセットとなると、見逃すわけにもいかない。だから、話に乗ったふりをした。犯罪が成立したところで、その女を現行犯逮捕するつもりだった、と言っている」

御園が言葉を切ると、玉村があとを受けて続ける。

「そうなんだよ、平石さん。ホテルに足を踏み入れたらすぐに、身分を明かして逮捕するつもりだった。そこへ間が悪く、あんたと禿富警部補が割り込んで来た、というわけさ。もちろん、あんたたちもユキコに目をつけてたんだろうから、悪気があったとは言わないがね」

背後で、爆発したように禿富が笑い出す。

その声の大きさに、御園も玉村も毒気を抜かれたような顔で、禿富を見た。

平石も途方に暮れて、禿富を見返った。

秃富が、なおもくすくす笑いながら、言葉を吐き出す。

「そうか、なるほど。おとり捜査という手があったか。あんたの入れ知恵だな、御園警部補。玉村には、それだけの頭はないからな」

玉村が踏み出そうとするのを、御園は腕で制して言った。

「入れ知恵じゃない。おれがしつこく聞いたから、やっと本音を吐いたんだ」

平石は、玉村を見た。

「おとり捜査ならおとり捜査と、なぜ最初からそう言わなかったんですか」

玉村は瞬きして、無意識のように唇をなめた。

「それはつまり、女に誘いをかけられたのは東池袋署の管内だったし、管轄外でしかも明け番のおれが、独断でおとり捜査を行なったのはまずかった、と思ったからさ。あんただって、ほかの署のやつに管内で勝手なことをされたら、いい気分はしないだろう」

平石は口を閉じ、考えを巡らせた。

秃富が指摘したとおり、これは御園が玉村に入れ知恵した筋書きに、違いあるまい。

しかし、どっちもどっちではないか。

前夜の一件が、玉村をはめるために秃富が仕掛けた巧妙な罠だ、という自分の勘に狂いはないと思う。玉村の最初の供述に、大きな嘘はないだろう。

ただし、それを証明するためにはユキコという女や、取り立て屋を演じた男を探し出さなければならない。

秃富自身が口を割るとは思えないから、その捜索にはひどく時間がかかるはずだ。

それにしても、御園が禿富のでっち上げをあばこうとせずに、おとり捜査という逃げ道を選んだのは、どうしてだろうか。

何か事情がありそうだ。

あれこれ考え合わせると、御園や玉村の言うおとり捜査説に乗った方が、筋が通りそうな気がしてくる。

その場合、禿富の思惑ははずれることになるし、自分の手柄もふいになってしまう。

しかし、それはそれで、やむをえないだろう。でっち上げの片棒をかつぐよりは、おとり捜査説をそのまま監察官に上げた方が、間違いがあるまい。

どちらにしても、それでマスコミが納得するとは思えないが、報道陣への対応は自分の仕事ではない。

禿富が、沈黙を破る。

「どうした、平石。何を考えてるんだ」

平石は、禿富に目を向けた。

「おとり捜査という説明にも、一理あると思います。もう一度、事情聴取をやり直すことにします」

玉村が、ほっとしたように肩の力を緩めるのを、平石は目の隅でとらえた。

禿富は、別に気を悪くした様子もなく、軽く唇をゆがめた。

「おまえも、覚醒剤所持の現行犯逮捕を棒に振るとは、欲のないやつだな。いいとも、好きなようにしろ」

そう言い捨てると、さっさと取調室を出て行った。

平石は、玉村に引き続きそこで待機するように指示し、御園を促して廊下へ出た。

立ち番の巡査を残して、階段をおりる禿富のあとを追う。

御園が肩を並べ、猫なで声で言った。

「あんたが物分かりのいい男で、助かったよ。玉村も、恩に着るだろう」

平石は、御園を見ずに応じた。

「わたしは、玉村巡査部長や警部補のために、おとり捜査説をとったわけじゃありませんよ。この一件で、警察がまたマスコミに叩かれることは、目に見えています。その風当たりを、少しでも弱くするためにどうすればいいかを考えると、ほかに選択の道がなかっただけです」

御園は舌打ちをして、歩くのをやめた。

平石は、足を止めなかった。

階段を駆けおり、裏口へ回る。

禿富のことだから、マスコミ関係者の群がる玄関ホールは避けるはずだ、と見当をつけた。

建物を出たところで、案の定裏門に向かう禿富の後ろ姿が、目にはいった。

門に達する直前、禿富に追いつく。

肘をつかみ、人目につかない植え込みの陰へ、引っ張って行った。

「禿富さん、気を悪くしないでください。あのままでは、禿富さんが玉村を引っかけたことがばれてしまう、と思ったんです」

平石がささやくと、禿富は肘をゆっくりともぎ離した。

「おれが、玉村を引っかけた、だと。どこに、そんな証拠がある」

そのおざなりな口調から、禿富が本気で釈明を求めているとは思えなかったが、平石は律義に応じた。

「たとえば、ゆうべ玉村と女がホテルにやって来る前、禿富さんは携帯電話でだれかと連絡を取っていた。だれか別のやつに、玉村を見張らせていたんだ。どこの、だれですか」

禿富は、答えなかった。

平石は続けた。

「答えられないところをみると、警察官じゃないですね。あれが公式の捜査なら、組んだ相手は警察官のはずだ。どうなんですか」

禿富は、答えなかった。

平石は、さらに続けた。

「それに、玉村と一緒にいた女を追いかけながら、逃げられたというのもしらじらしい。わたしの知ってる禿富警部補は、それほどドジじゃありませんからね。あの女も、仲間だったとしか考えられない」

禿富は、ふんと鼻先で笑って、ようやく口を開いた。

「よかろう。おれが玉村を引っかけた、というならそれでもいい。しかし、たとえそうと分かっても御園や玉村には、おれに文句を言えない事情がある。ことに御園は、玉村がでっち上げだと騒ぎ立てないように、やっきになってなだめたはずだ。そのあげく、おとり捜査などという苦し紛れの言い訳を、捻り出してくれた。そんな手に乗るとは、おまえもよほど甘いな」

平石は一度目を伏せ、あらためて禿富を見た。

「甘いのは、承知の上です。禿富さんと、あの二人の間にどういう因縁があるか知りませんが、ともかくわたしを巻き込まないでくれませんか。たいていのことなら、禿富さんの力になる用意がありますが、こういうのは苦手でしてね。そもそも、電話でブン屋を現場に呼び集めたのが、めんどうのもとだった。あれがなければ、東池袋署と立石署でうまく処理して、玉村をこっそり退職させることもできた。まあ、どっちみち彼はやめざるをえない、と思いますがね」

「内輪でごまかしがきかないように、わざとブン屋を呼んだのが分からんのか」

「しかし、罠にかけてまで警察官の恥を天下にさらす必要が、どこにありますか。警察が叩かれれば、われわれ現場の人間は仕事がやりにくくなるだけだ。禿富さんだって、同じでしょう」

禿富は、せせら笑った。

「おれは、仕事がやりにくいと思ったことなど、一度もないぞ。警察が叩かれようがほめられようが、おれにはなんの関係もないことだ」

平石は、あきれて首を振った。

「個人的な恨みを、こんなかたちではらすのは、間違いだと思いますね。とにかく、わたしは手を引かせてもらいます。あとは、本庁から来る監察官に、任せるだけです」

禿富は、憐れむような目で平石を見ると、吐き出すように言った。

「勝手にするさ」

くるりときびすを返し、そのまま歩き去る。

22

週末のデパートは、ひどく込んでいた。

松国遊佐子は、フェラガモの靴とセカンドバッグを買ったあと、ふと思いついて紳士小物売り場へ回った。

考えてみれば、ここ何年も夫のために何かを購入した、ということがない。

松国は下着もネクタイも、全部自分で買う習慣がついていた。

結婚したてのころ、誕生日にネクタイをプレゼントしたことがあるが、松国は一度締めたきり洋服ダンスの奥にしまい込み、二度と使わなかった。

趣味が違うと指摘されたようで、その後遊佐子は松国が身につけるものを買うのを、いっさいやめてしまった。

このところ、松国の態度が変わってきた。仕事一点張りから、遊佐子に関心を向けるようになったのが、はっきり分かる。

よほど忙しいときでないかぎり、早い時間に帰宅するようになったし、土日にゴルフに出かける回数も、めっきり減った。

以前は、年に一度あるかないかだった外食への誘いも、ここへきて急に増えた。何かと話題を見つけては、話をする機会を持とうとする。

そんな夫の変化にとまどい、今さら何を考えているのかといぶかりながらも、悪い気はしなかった。

ドクは、松国が私立探偵を使って遊佐子を監視している、と言った。ハントバーに行くときは、行動にもいでたちにも細心の注意を払ったつもりだから、夫に気づかれたはずはない。

しかし、ある時期から夫の様子がおかしくなったことも、否定はできなかった。あれは確か、ドクと初めてベッドをともにしてから、ほどなくのことだった。やはりあの強烈な一夜の体験が、夫に気づかれるほど決定的に自分の態度や印象を、変えてしまったのだろうか。

遊佐子は雑念を追い払い、ネクタイを選びにかかった。

いつも買ってくるものを見て、夫の好みはだいたい分かったつもりだ。プリント柄を締めることはめったになく、ほとんどがストライプだった。

ネクタイをさわっているうちに、急にセックスの連想がわいた。

最近松国は、それまでの借りを返そうとでもするように、遊佐子の体を求める。当惑しながらも、応じるうちに遊佐子もだんだんその気になり、いくところまでいってしまう。

しかし終わってみると、ドクとの行為に比べて時間も密度も物足りず、不満が残る。ドクと、あんなことになりさえしなければ、けっこう夫で満足したかもしれないと思うと、恨めしい気持ちにもなる。

とはいえ、夫の態度が変わったのもドクのせいだとすれば、あまり責めることはできない。複雑な気持ちだった。

ともかく、池袋で冷や汗ものの芝居を強要されたあと、ドクからはなんの連絡もない。それがすんだら縁を切る、と言った言葉に嘘はなかったようだ。

池袋での一件は、翌日のテレビや新聞で知った。

ドクの指示で、ビリーと呼ばれる背の高い男と罠にかけた相手が、警察官だとは夢にも思わなかった。それだけで、頭から冷水をかけられたように、体が凍りついた。

もし、あのようなでっち上げに荷担したことが知れたら、ただではすまない。松国は警察をやめるはめになり、遊佐子を家から追い出すだろう。

それを考えると、ハントバーで夜遊びをする気力もなくなり、家に閉じこもるしかなかった。

近所の買い物は別として、本格的に外出したのはこの日が十日ぶりだ。

前日の夕刊に、池袋の事件の結末が出ていた。

玉村という、例の警察官が覚醒剤を所持していたのは、おとり捜査のためだったと書いてあった。尿検査で反応が出たのも、氏名不詳の女性密売者を信用させるのに、少量をなめてみせたせいだ、という。

玉村は不起訴になったが、同日付で依願退職したらしい。

おとり捜査、という話がどこから出てきたのか知らないが、それがあとで考えられた口実であることは、なんとなく察しがついた。

むろん、あの件に関するかぎり玉村に罪はないが、事実を供述すれば主婦売春に協力したことになり、しかも知らぬ間に覚醒剤を飲まされたり、手渡されたりしていたという失態も、明らかになる。

それを避けるためには、おとり捜査という口実しかなかったのだろう。

だとすれば、今後遊佐子に捜査の手が伸びる可能性はない、ということになる。もし、その女性密売人とやらがつかまったりしたら、警察の描いた図式が崩れてしまうからだ。

新聞は当然、警察の捜査のやり方や玉村の処分の甘さに、大きな不満をぶつけていた。

もっとも従来の例から、一度出された決定がくつがえされることはない、とみてよい。

遊佐子は一安心して、たまったストレスを発散したくなった。

ただし、まだハントバーに繰り出す気分ではないので、デパートへ買い物に出向いたという次第だった。

ネクタイを選び、女店員に顧客カードと一緒に手渡したとき、反対側のショーケースの向こうに立つ、グレイのスーツ姿の男が見えた。

遊佐子と目が合うと、ドクは薄笑いを浮かべた。

ショックを受けて、その場に立ちすくむ。

家を出たときから、周囲に目を配ったつもりだった。やましいところはないが、私立探偵につけられるかもしれないと思うと、気持ちが悪かったのだ。

しかし、だれも尾行して来る様子がなかったので、デパートに着いてからは気にせずにいた。

ドクがここにいるのは、ただの偶然だろうか。

「あの、サインをお願いします」

女店員に声をかけられ、遊佐子はわれに返った。

あわてて伝票にサインし、ネクタイの包みを受け取る。動悸が激しくなった。

エレベーターホールに向かおうとすると、いつの間にかドクが肩を並べてきた。

「このフロアに、喫茶室がある。コーヒーでも飲もう」

低いが、よくとおる声で言う。

「この間のことで、すっかり縁が切れたはずよ。そう約束したじゃないの」

「そのとおりだ」

「だったら、わたしにつきまとうのはやめて」

「つきまとってなんかいない。ネクタイを買いに来たら、偶然きみがいただけのことさ。ここは渋谷のデパートで、おれの縄張りなんだ」

エレベーターホールの手前に、喫茶室がある。

遊佐子は、つい足を止めてしまった。

「なんのご用」

「そう、とんがるな。せっかくの美貌が、だいなしになるぞ」

ドクはからかうように言い、遊佐子の手首をつかんで引いた。

それほど強く握られたわけではないが、うむを言わせぬ意志が感じられた。

遊佐子は、そのままドクに引っ張られるかたちで、喫茶室にはいった。

唐突に、その大きな手で尻の肉を鷲づかみにされたのを、思い出す。危うく、足がもつれそうになった。

ガラス張りになった、通路側のテーブルに着く。

ウエートレスが来た。

「コーヒー」

「バナナパフェ」

遊佐子は驚いて、ドクの顔を見た。

この男が、バナナパフェなどを食べるとは、想像もしなかった。

ドクはにこりともせず、遊佐子を見返した。

「おれがバナナパフェを食ったら、おかしいかね」

「おかしくはないけれど、こわもての刑事にはふさわしくないわ」

「刑事だと言った覚えはないぞ」

「刑事じゃない、とも言わなかったわ」

ドクが警察官だということは、玉村を逮捕したときの口上で、はっきりしている。

新聞には名前が出なかったが、おとり捜査と知らずに玉村を逮捕した、とされる二人の刑事のうち一人は、ドクに間違いない。

ドクが黙ったままなので、遊佐子は続けた。

「刑事は刑事でも、とんでもない刑事だわ。監察官の妻をたらし込むわ、それをネタに脅しをかけるわ、ほかの刑事を罠にかけるわ、いったいどこまでやれば、気がすむの」

ドクの、すべすべした薄い唇が割れて、白い歯がのぞく。

「お上品な警視の奥方が、たらし込むなどという下品な言葉を、使っちゃいかんな」

「よく言うわよ。わたしみたいな素人に、この間みたいな危ない橋を渡らせて、平気でいるくせに」

「その素人臭さがあったからこそ、玉村はころりとだまされたのさ」

コーヒーと、バナナパフェがきた。

「あの刑事に、どんな恨みがあるのか知らないけれど、思惑がはずれたようね。おとり捜査だったということで、決着がついたと新聞に出ていたわ」

ドクは目を細めて、バナナパフェのクリームを口に入れた。

「うまい逃げ道を考えたものだ。懲戒免職と依願退職では、天と地ほど違うからな」

遊佐子もブラックのまま、コーヒーを飲む。

「不満だったら、やり直せばいいわ。ただし、わたし抜きでね」

「やつを、警察から追い出したことには、変わりがない。ほうっておくさ」

「向こうが、ほうっておかないんじゃない。仕返しがあるかもね」

それを聞くと、ドクの目が光った。

「向こうがその気なら、受けて立つだけだ」

ぞっとするほど、憎しみのこもった口調だった。

また、コーヒーを飲む。

「とにかく、わたしのことはもうほうっておいてね、ドク。ドクと呼ぶのも、これが最後でしょうけど」

ドクの腕がぬっと伸び、遊佐子の手をつかんだ。

「おれも、あれで縁を切るつもりだったが、そうもいかなくなったんだよ、ケート」

遊佐子は、つかまれた手を引こうとしたが、ドクの指は鋼鉄のように食い込んだままだった。

もぎ離そうとすれば、周囲の目につく恐れがあるので、それもできなかった。

押し殺した声で言う。

「どういう意味よ」

ドクは、親指と人差し指で遊佐子の手首の自由を奪うと、他の三本の指で肌を微妙になで回した。

「今夜、亭主が家に帰ったときに、分かるだろう」

胸を不安がよぎる。

「ますます分からないわ。どういうこと」

なでられたところに、鳥肌が立つ。

「それは、あとのお楽しみだ。ところで、その後亭主とは、うまくいってるのか」

「大きなお世話よ」

ドクが、手を離した。

ほっとしたのもつかの間、テーブルの下で軽く開いた遊佐子の足の間に、ドクの足が無造作に割り込む。

遊佐子は驚いて、足を閉じた。

それは、ドクの筋肉質の太いふくらはぎを、自分の柔らかいふくらはぎで、締めつけるかたちになった。

遊佐子はうろたえ、足の力を緩めた。

ドクの足は容赦なく、膝の間まで上がってきた。

「やめて、こんなところで」

そう言いながら、遊佐子は体の奥が急に潤うのを意識して、顔に血がのぼった。

遊佐子の膝の間で、ふくらはぎを意味ありげに抜き差ししてから、ドクはやっと足を引いた。

遊佐子は、スカートの裾を引っ張り、すわり直した。

「ほんとに、何を考えているの」

声が上ずるのが、自分でも分かる。

ふと、ガラス越しにエレベーターホールの方に目をやると、厚化粧をした和服姿の中年女が怖い顔で、睨みつけてきた。

どうやら、二人の行為を見ていたらしい。

遊佐子は反射的に、ふんと軽く鼻でいなした。

女は、憤懣やるかたないという顔をして、そのまま行ってしまった。

ドクが、ほかのことにまったく関心がない様子で、遊佐子の方に乗り出す。

「もうきみに、あんな危ない芝居をやらせることはない。それだけは、約束する」

「素性も知れない相手に、いくら約束すると言われても、信用できないわ。そろそろ、名前くらい教えてくれたら」

ドクはじっと遊佐子を見つめ、それからふっと口元を緩めた。

「いいだろう」

そう言って、ポケットから名刺入れを取り出す。

渡された名刺には、警視庁神宮警察署、生活安全課、警視庁警部補、禿富鷹秋とある。

神宮警察署か。渋谷を縄張りと言ったのは、そういうことだったのだ。

それにしても、むずかしい名前だ。

「この名前、なんと読めばいいの」

「トクトミだ。トクトミタカアキ」

「トクトミタカアキ」

遊佐子は復唱し、名刺を見直した。

禿富の字が、何か邪悪な意図を秘めた符号のように、目を射た。


その夜。

松国輝彦は、まるで終業時間とともに庁舎を出たと思えるほど、早い時間に帰宅した。

まだ、夕食の支度もしていなかった遊佐子は、あわててキッチンに立った。

いつもは、すぐに寝室にはいって着替えをする松国が、その日にかぎってスーツを着たまま、ダイニングキッチンに居すわった。

冷蔵庫から、自分で缶ビールを取り出し、飲み始める。

遊佐子は包丁を使いながら、それとなく様子をうかがった。

別に、いやなことがあって機嫌が悪い、という気配はない。むしろ何かの理由で、気分が高揚しているように見えた。

居心地が悪くなり、遊佐子は包丁を置いた。

この雰囲気を打開するために、話のきっかけを作らなければならない。

リビングへ行って、昼間デパートで買ったネクタイの包みを、取って来る。

「はい、プレゼント」

遊佐子がそれを差し出すと、新聞を読んでいた松国はびっくりしたように顔を上げ、包みを見た。

眼鏡を押し上げながら言う。

「どうしたんだ、これは。誕生日は、まだ三か月も先だぞ。結婚記念日は、二か月前に終わったし」

遊佐子は、陽気な笑顔をこしらえた。

「いいじゃないの、なんだって。久しぶりにデパートに行ったら、いいネクタイがあったから買ったのよ。わたしも最近、あなたの好みが分かってきたみたい。はずれたら、ごめんなさいね」

松国は、なおもいぶかしげに首を捻りながら、包みを破った。

とたんに、顔がほころぶ。

「おお、いいね。おれの好みに、ぴったりだよ。この三色のストライプが、すごく新鮮じゃないか。ちょっと派手な気もするけど」

「派手じゃないわよ。まだ若いんだから、それくらい締めないと」

「いやあ、うれしいな。ありがとう」

松国はすなおに喜びの色を見せ、それから急に真顔にもどった。

「まさか、だれかに聞いたんじゃないだろうね」

今度は、遊佐子がとまどう番だった。

「聞いたって、何を」

松国は、思い出したように喉元に手をやり、ネクタイを緩めた。

「内示が出たことさ」

驚いて、顔を見直す。

「内示。人事異動でもあるの」

「うん。近いうちに、臨時の異動があるんだ」

「どこに行くの」

松国は顎を引き、重おもしく言った。

「警察庁だ」

遊佐子は唾をのみ、椅子に腰を下ろした。

「ほんと。警察庁に上がるんだったら、すごい栄転じゃないの」

こぼれる笑みをこらえるように、松国の頬の筋がぴくぴくする。

「そういうことになるね。たぶん、この間受けた研修の発表結果が、よかったんだろう。自分では、かなり苦しい発表だったと思ったんだが、これまでの実績も加味されたらしい」

十日前、遊佐子が池袋でドクの片棒をかついだ日、松国は監察官の研修を受けていたのだ。

「それじゃ、警察庁の監察官になるの」

「そうだ。長官官房の、特別監察官室に行くことになった。だからこのネクタイは、実にグッドタイミングのプレゼント、というわけさ。ほんとうは、辞令が出るまでだれにも言っちゃいけないんだが、これじゃ黙っていられないよ」

「よかったわ。おめでとうございます」

松国のグラスにビールを注ぎ足しながら、遊佐子は昼間デパートでドクが口にした言葉を、思い出していた。

縁を切るつもりだったが、そうもいかなくなった。

その理由は、今夜松国が家に帰ったときに、分かるだろう。

ドク、いや秃富鷹秋がそう言ったのは、このことを指すのではないか。

秃富は、松国が五反田署の警務課付の監察官から、警察庁の特別監察官に引き上げられることを、知っていたのだろうか。

その上で、それを何かのときに利用しよう、と決めたのだろうか。

遊佐子は、松国がじっと顔を見つめているのに気づき、作り笑いをした。

「それじゃ、すぐにごはんにしましょうね」

急いでキッチンに立ったものの、手が震えて包丁をつかみそこねた。

第五章

23

御園隆輔は、青山墓地の中に車を停めた。

青山陸橋を渡り、たもとの階段から外苑西通りにおりる。

青山通りの方へ少し歩き、角を左に折れて裏通りにはいった。

緩やかにカーブした道を右に行くと、ほどなく左側に〈セントジェームズ〉と飾り文字で書かれた、アンティーク調の看板が見えた。

入り口は、上半分が十字の枠つきのガラス窓になった、木のドアだった。

御園は中にはいり、目が慣れるまでそこに立っていた。

いつ来ても、この暗さには閉口する。

左手にぼんやりと、黒く長いカウンターが浮かび上がる。オレンジ色の暗い光の中で、黒いチョッキを着た若いバーテンが二人、グラスを磨いている。

カウンターの中ほどに、客の姿が三人見えた。黒い影だけで、男か女かも分からない。

右側は闇に沈んでいるが、木の衝立で仕切られた丸いテーブル席が、四つある。

御園は、かすかに油のにおいのする木の床を、いちばん奥まで行った。

テーブル席に、鹿内将光の姿があった。

鹿内は、低く流れるバグパイプの音色に耳を傾けるように、ひっそりとすわっていた。

「遅くなりました」

御園は声をかけ、向かいの席にすわった。

テーブルは、直径一メートルほどの丸い板でできており、これも黒く塗られている。まるでバー全体が、灯火管制下にあるようだ。

鹿内が、こもった声で言う。

「しばらくだな。飯は食ったか。ここのクラブハウスサンドは、けっこういけるぞ」

「食事は、すませました。酒をいただきます」

「おれはいつもの、スコッチのオンザロックだ」

「わたしも、それにします」

鹿内は、御園の分と自分のお代わりを、一緒に頼んだ。

鹿内が言う。

「近いうちに警察庁から、臨時の人事異動が発表されるらしい」

御園は、いくらか闇に慣れた目で、鹿内を見た。

「警部も、動かれるんですか」

「いや。少なくとも、内示は受けてない。もっと上のクラスだろう」

鹿内は神宮警察署で、刑事課長代理を務めている。本庁に、暴力団対策課が設置されるはるか以前からの、ベテランのマルB担当刑事だった。

「ここんとこ、警察に対する風当たりが強くなったから、機構改革や人事異動でお茶を濁そうって寸法でしょう。まあ、キャリアの連中が矢面に立たされる分には、いっこうにかまいませんがね」

「日ごろいばりくさってるあいつらには、ちょうどいい薬になっただろう」

そういう鹿内も、キャリアにごまをすって今の地位にのぼったはずだが、そんなことは思い出しもしないようだった。

酒がきた。

グラスをぶつけ、乾杯する。

御園は言った。

「それにしても、ハゲタカの野郎は思った以上に、手ごわいやつですね」

鹿内の白い手が、グラスを握り締めるのが分かる。

「くそ。署ではろくに仕事をしないくせに、あれこれでしゃばりやがって」

「神宮署の署長は、何をしてるんですか」

「持てあましてるよ。署長は、在任中に署員が不祥事を起こして、自分のキャリアに傷のつくことがないようにと、それぱかり祈ってるんだ。へたにハゲタカを刺激して、無茶なことをされると困るから、まるで腫れ物にさわるような扱いさ」

御園は酒を飲んだ。

「まったく、あの野郎は何をしでかすか分からない、気味の悪いところがある。玉村の一件もそうですがね」

「ああ。玉村については、おまえがうまく処理してくれたから、助かった。再就職先は、おれに任せるように言っておけ」

「よろしくお願いします。せめて、それくらいしてやらないと、あとで何を言い出すかしれませんから」

「分かってる。それから、鯉沼も依願退職したというのは、ほんとうか」

酒を飲む。

「はい。例の、酔っ払って転んだという話は、やはり嘘でした。その程度で怪我をして、勤務を休むようなやつじゃありませんからね、鯉沼は。問い詰めてやったら、ハゲタカにぶちのめされたことを、しぶしぶ認めました」

鹿内はグラスを回し、軽く氷の音をさせた。

「その話は、おれもつい最近、宇和島の野郎から聞かされたよ。鯉沼に、口止めされていたらしい」

「なぜ黙っていたのか、と脅したりすかしたりしたんですが、何も言わないんです。あげくは、依願退職ときた。これじゃ、ハゲタカの思うつぼですよ」

「よほどびびったんだな、それだけで退職するとは」

御園は酒を飲み干し、お代わりを注文した。

「何かほかに、理由があるのかもしれませんね」

鹿内はぼってりした手で、グラスを包むように持った。

「宇和島の話では、ハゲタカにやられたときおまえに負けない大きな男が、一緒だったそうだ。ハゲタカが鯉沼をやる間に、宇和島はそいつにぶちのめされた、と言った」

「わたしと同じくらい、大きな男ですか」

「そうだ。鯉沼はそいつを、ヒサミツと呼んだらしい」

「ヒサミツですって」

「心当たりがあるのか」

新しいオンザロックがくる。

御園はそれを、一口で半分ほどあけた。

「久しいに光る、と書く久光なら聞き覚えがあります。十年以上前、鯉沼が最初に新宿中央署に配属されたとき、少し上にいたマルB担当刑事です。直接面識はありませんが、当時から評判のよくない男でした」

「今、どこにいるんだ、そいつは」

「確か五反田署だった、と思います」

鹿内は上体を起こし、椅子の背にもたれた。

「宇和島によると、鯉沼はその久光に何か弱みを握られていたようだ、と言うんだ。そのことを知って、ハゲタカがやつを使ったのかどうかは知らんが、鯉沼がそこまでびびるとは思わなかった」

「ひとつ、鯉沼の方の再就職先も、よろしくお願いします」

鹿内が、そっと息をつくのが分かる。

「分かった。しかし二人が退職したとなると、新しい戦力を補強する必要があるな」

「わたしのことでしたら、心配していただくことはありません。はばかりながら、あの二人とは違います。その久光のことも含めて、ハゲタカはわたしがめんどうをみます」

「おまえだけじゃなく、おれ自身の心配もしてるんだ」

御園は、鹿内の弱気な発言に、少しいらいらした。

二杯目を飲み干し、三杯目をダブルで頼む。

「まさかハゲタカも、同じ署で刑事課長代理を務める警部にまで、手は出さんでしょう」

「いや、それは分からん。おれが宇和島と接触があることや、おまえたちのバックについていることは、もうやつに筒抜けだろう。ハゲタカは、警視庁管内のあちこちに情報網を巡らして、おれたちの動向を監視してるに違いないんだ」

御園は失笑した。

「警部らしくもありませんね。いっそ、宇和島を通じてマスダ(南米マフィア)の連中にでも、あいつを片付けさせたらどうですか」

「マスダも、ハゲタカには手を焼いている。南米から呼び寄せた、腕利きの殺し屋をあっさり返り討ちにされてから、手をこまねいている状態だ」

三杯目のオンザロックがきた。

御園は、またそれを半分飲んだ。

鹿内が言う。

「おい、ピッチが速すぎるぞ。もう少し、落ち着いて飲め」

御園はそれに答えず、話を続けた。

「搦め手から攻める手もありますよ。マスダに指示して、敷島組をたきつけるんです。渋六興業をつぶしたら、その縄張りはそっくりくれてやる、とかね。渋六がつぶれたら、ハゲタカも動きが取れなくなるはずだ」

「それはむずかしいだろう。敷島と渋六は、当面マスダの進出を食い止めるために、休戦したらしいからな」

「いっそ、敷島のヒットマンにハゲタカをやらせる、というのはどうですか」

鹿内が、低く笑う。

「いくらハゲタカがワルでも、敷島のやつらに現職のデカをやる度胸が、あるものか。マスダの連中さえ、手を出しかねてるというのに」

御園は、グラスを握り締めた。

「すると警部は、このままハゲタカをほうっておく、とおっしゃるんですか」

「しばらくは、様子をみるしかないだろう。その間に、戦力の増強を考えてくれ」

それを聞いて、御園は鹿内がすっかり腰砕けになっていることに、気づかないわけにいかなかった。

鹿内とは、御園が十九歳で江戸川区平井署の巡査を拝命して以来、二十年の付き合いになる。途中、鹿内のお声がかりで暴力団担当刑事に抜擢されてからは、一緒に数え切れぬほどの修羅場をくぐってきた。都内に本拠を構える暴力団からも、一目置かれているという自負がある。

鹿内も、同じのはずだ。

それが禿富一人のために、すっかり弱気になってしまった。

スコッチの残りを、口にほうり込む。

「分かりました。今日はごちそうになります」

そう言い残して、御園は席を立った。

24

久光章一は、闇に目をこらした。

薄暗い街灯の明かりに、墓と墓の間をまっすぐに伸びる細い道が、ぼんやりと浮かぶ。

人影はない。よほど物好きなカップルが、どこかの草むらか墓石の陰で乳繰り合うくらいが、関の山だろう。

久光は緊張して、手の汗を上着にこすりつけた。

自信がないわけではない。五反田署の柔道場を、いまだに隅から隅まで使い切る警察官は、この自分しかいない。

しかし、同じ警察官を相手に腕力を振るう仕事は、あまり気が進まなかった。それに禿富鷹秋は、その理由を教えてくれようとしない。

前回のときは、顔見知りの鯉沼貞男をぶちのめす役を、禿富自身が引き受けてくれたから、まだよかった。宇和島とかいうちんぴらを捻りつぶすのは、時計の針を合わせるのと同じくらい、簡単なことだった。

あれで借りを返せた、と思ったのは甘かったようだ。

なにしろ、懲戒免職になってもしかたがないところを、おとがめなしにしてもらったわけだから、そう簡単にすむはずはない。

警務課の松国輝彦は、五反田署の中でも飛び切りの堅物でとおっている。松国の監察にかけられたら、一巻の終わりだというのが通説だった。

久光も、カジノ業者から賄賂を取ったことがばれた段階で、懲戒免職を覚悟した。

ところが、なぜか事情聴取は中途で打ち切りになり、職場に復帰することを許された。

松国からは、証拠不十分なので今回は立件を見送るが、今後は少し身を慎むように、とだけ言われた。

あとで妻の寿美子から、〈くれむつ会〉に手を回して助けてもらったのだ、と聞いた。

久光も、トラブルに巻き込まれたノンキャリアの警察官に手を貸す、そういう名称の非公式互助組織が存在するという話は、耳にしたことがあった。

しかし、それはサラ金に追い回されているとか、不動産の売買や立ちのき問題でもめているとか、刑法とは直接関係のないトラブルに限るもの、と思っていた。

だから、〈くれむつ会〉に救済を求めることは、考えもしなかった。

ところが、久光の同僚から〈くれむつ会〉のことを聞いた寿美子が、藁をもつかむ思いで窓口に相談したところ、意外にも相談に乗ってくれたというのだ。

寿美子から聞いて初めて知ったことだが、〈くれむつ会〉の窓口は神宮署の総務課総務係に勤務する、畑中登代子なる中年の女子職員だという。

寿美子は登代子から、久光を懲戒免職から救うためには百万円かかる、と言われたらしい。

寿美子は、どうあがいても五十万円しか工面できない、と泣きついた。

一日か二日やりとりがあり、結局登代子は不足分を仕事で返してもらうと言って、寿美子の頼みを聞き入れた。

それが、禿富と二人で宇和島と鯉沼にヤキを入れるという、奇妙な仕事だったのだ。

禿富が、〈くれむつ会〉や畑中登代子とどんな関係にあるのか、久光は知らない。

ともかく禿富は、めっぽう腕っぷしが強いという久光の評判を聞いて、目をつけたらしい。

ちなみに、久光がたまたま鯉沼と昔なじみであること、しかも鯉沼の弱みを握っていることをにおわすと、禿富は目を輝かせて詳しい事情を知りたがった。

さすがに久光も、具体的な話をするのは避けた。

ただ自分の機嫌をそこねたら、鯉沼は警察にいられなくなるばかりか、へたをするとコンクリートの靴をはいて、海の底を歩くことになるはずだ、とほのめかすだけにとどめた。

十年以上前のことだが、新宿中央署で一緒に組んで仕事をしていたころ、鯉沼は不破という地元のヤクザの妹、ミズナといい仲になった。

その女は覚醒剤の常習者で、鯉沼がいくらやめさせようとしても、言うことを聞かなかった。ことにミズナは、覚醒剤を打ってもらってからするセックスに、異常な情熱を燃やした。

鯉沼自身も、一度その刺激的な行為に取り込まれると、断ることができなくなった。

そんなある夜、女のアパートでいつものセックスに及んだとき、鯉沼が女の要求に負けて量を多く打ちすぎ、ショック死させてしまう事件が起きた。

動転した鯉沼は、その場から久光の自宅に電話をよこして危急を訴え、助けを求めた。

久光が、鯉沼とミズナの関係を聞かされたのは、そのときが初めてだった。

久光はすぐ現場に駆けつけ、とりあえず鯉沼を外へ逃がした。

鯉沼が、まだ射精していないことを確かめてから、女に服を着せてベッドを整えた。つまりセックスの最中ではなく、一人で覚醒剤を打ってショック死したように、偽装したのだ。

事件は思惑どおり、単独の事故死として処理された。

兄の不破は、妹に男がいたことをうすうす知っていたらしいが、その相手が鯉沼だとは気づいていなかった。

しかし、妹の死に相手の男が関係しているのではないかと疑い、しきりにあちこちを嗅ぎ回った。仇討ちをするつもりらしい、という話も聞こえてきた。

鯉沼は、久光が自分のことを密告するのではないか、とびくびくしていたようだ。

むろん、久光は密告する気など毛頭なく、鯉沼にけっこうな貸しを作ったことで、十分満足した。何かのときに、借りを返してくれればそれでいいのだ。

その後ほどなく、久光も鯉沼も定期の人事異動で新宿中央署を去り、一件は片付いたように見えた。

ところが、皮肉なことに一年ほど前鯉沼はふたたび、新宿中央署へ舞いもどることになった。

そのころすでに、不破は暴力団の大幹部になっていた。

しかし、妹が変死した一件はまだ忘れていない、という噂が鯉沼の耳に伝わった。

結婚もし、子供もできた鯉沼にとって、昔の事件で警察の取り調べを受けたり、真実を知った不破から報復を受けたりするのは、何より恐ろしいことだった。

鯉沼は、そうした状況を全部久光に報告し、万一のときの協力を求めた。

そのようなわけで鯉沼は、とくにこの一年久光にまったく頭が上がらない、弱い立場におかれていたのだ。

実のところ、久光もカジノ業者からの収賄がばれたとき、鯉沼に助けを求めようかとさんざん迷った。

しかし、一介の巡査部長には荷が重すぎると判断して、あきらめた。懲戒免職になったあと、再就職先の相談にでも乗ってもらえれば御の字だ、と思っていたのだ。

そこへ急に事情が変わり、当の鯉沼をぶちのめす手伝いをすることになるとは、まったく皮肉としか言いようがなかった。

かわいそうだが、鯉沼も旧悪を自分の口から禿富にばらされるよりは、禿富にぶちのめされる方がまだましだろう、と考えることにした。

それにしても、あれをきっかけに鯉沼が依願退職したと分かったときは、少しばかり気の毒になった。

何が原因で、禿富の恨みを買うことになったのか知らないが、よくよくついていない男だ。

久光の方も、〈くれむつ会〉を通じて禿富に借りができた以上、わが身を優先するのはやむをえない。

どちらにせよ、禿富には今度の仕事でお役ご免にしてもらいたい、と頼むつもりだった。不足分の五十万円は、鯉沼の一件と今夜の仕事の二つで、十分賄えるはずだ。

「来ましたぜ」

見張っていた水間英人が、振り向いてささやいた。

水間は、久光と禿富が鯉沼たちを痛めつけたとき、やじ馬を追い払った二人のヤクザのうちの一人だった。

久光は体を乗り出し、木陰から通路をのぞいた。

細い道を、ゆっくりした足取りでやって来る、大きな黒い影が見える。

なるほど、噂どおりの巨体だ。自分とほぼ同じ、百八十センチ、百キロとみた。年は二つ三つ上だ、と聞いている。

すぐ横で、同じように顔をのぞかせた禿富が、低い声で言う。

「あれが御園だ。油断するなよ。やつのパンチは右も左も、かなり力があるからな」

久光はうなずき、目をこらした。

水間がささやく。

「足元が、ちょっと揺れてますね。酒がはいってるんじゃないかな」

「だとしたら、ますます好都合だ。いいか、久光。徹底的にやるんだぞ。あとは、おれたちが引き受ける」

禿富はそう言って、水間とともに背後の暗がりに、身を引いた。

御園が十メートルほどに近づいたとき、久光はおもむろに木の陰から出た。

「御園さんだね」

声をかけると、男は足を止めた。

「そうだが」

返事をして、久光の顔を確かめようとするように、首を突き出す。

できそこないの粘土細工のように、大きな鼻が少し左に曲がっているのが、夜目にもはっきり見えた。

右の耳も、つぶれている。

分厚い唇と、小さな目。冷たい瞳からは、なんの感情も読み取れない。

久光が、黙って前に出ようとすると、御園は手を上げて一歩下がった。

「待て。もしかして、あんたは久光か」

久光は、相手が自分の名前を知っているのに、ちょっと驚いた。

「おれの名前なんか、どうでもいい。義理があって、あんたを叩きのめさなけりゃならん。悪く思わないでくれ」

御園の顔に、薄笑いが浮かぶ。

「ついこの先に、おれの車が停めてある。ここで待っていたところをみると、ずっとおれをつけて来たな」

そのとおりだった。

禿富の車で、立石署のある葛飾区お花茶屋付近の駐車場から、あとをつけて来たのだ。

警察官は、原則として自家用車による通勤を許されていないが、禿富も御園も規則を守る気がないようだった。

久光が黙っていると、御園はまた口を開いた。

「ハゲトミに頼まれたな」

今度も、返事をしない。

この男は、なんでも知っているようだ。トクトミをハゲトミと呼ぶ以上、かなり険悪な間柄とみえる。

御園が、続けて言う。

「なんであいつが、自分で出て来ないんだ」

久光は、相変わらず黙っていた。返事のしようがなかった。

御園の口から、嘲笑が漏れる。

「ふん。鯉沼や玉村と違って、おれは手ごわいからな。自分じゃ怖くて、やれないんだろうよ。それで、おれに負けない体格のおまえに、やらせようってわけだ。腰抜けめ。どこかそのあたりで、震えながら見てるんだろう」

久光は、くそ落ち着きに落ち着いたその口調に、かすかな畏敬の念を覚えた。図星をさされた禿富が、木の陰でどんな顔をしているだろうかと、つい気を回してしまう。

「おしゃべりは、それくらいにしておけ。いくぞ」

久光は両腕を前後に広げ、とりあえず御園の蹴りを警戒しながら、間を詰めた。

御園は、逆に両腕を垂らしたまま、身構えもしない。

久光は、一飛びで御園に接近すると、上着の襟をつかみにいった。

御園は、巨体に似合わぬすばやさで両肘を跳ね上げ、久光の腕をかっぱじいた。

つぎの瞬間、御園の左パンチが右の脇腹を猛襲し、久光は一瞬息が詰まった。

禿富が言ったとおり、すさまじい一撃だった。

久光はすぐさま後退し、呼吸を整えた。

御園が、ボクシングのスタイルをとって言う。

「だいぶ、鍛えているな。今のパンチを食らって、倒れずにいるとはたいしたものだ」

返事をする気はなかったが、しようとしてもできなかっただろう。

それほど、脇腹のパンチは効いた。

あれを封じないかぎり、ひどくてこずることになる。

だが、腕をつかまえてしまえば、こっちのものだ。

25

水間英人は、禿富鷹秋に持たされたウイスキーのボトルを、滑らないように握り直した。

久光章一と御園隆輔は、睨み合ったまま動かない。

久光は御園のパンチに、少しひるんだようにみえる。

禿富は身じろぎもせず、木の間から二人を見つめたままだった。御園が、禿富のことをハゲトミと呼び、腰抜けとののしったときも、呼吸一つ乱さなかった。

御園は、禿富が近くにいるものと見当をつけて、挑発しにかかったのだろう。しかし禿富は、まったくそれに乗る気配を見せなかった。

その冷静さに、水間は舌を巻いた。

そもそも禿富に、直接戦う度胸がないはずはない。

にもかかわらず、禿富が御園の前へ出て行こうとしない理由が、よく分からなかった。

突然久光の足が動いて、御園の左のふくらはぎを払う。

御園はそれをよけそこない、わずかによろめいた。

狙いすましたように、久光の右腕が御園の首筋に伸び、上着の襟をつかむ。

ぐいと引いて相手のバランスを崩すと、くるりと一回転させた腰に御園の体を乗せ、猛烈な投げを放った。

御園の巨体が宙を飛び、墓を囲む石の手すりに激突する。

御園が地面に崩れ落ちる前に、久光は手すりのそばに移動していた。

倒れた御園の上に、久光がのしかかる。

水間の目には、久光の大きな背中しか見えなかった。首を絞め上げているようだ。

次の瞬間鈍い音がして、久光の体が突風を食らったように、跳ね飛ばされた。

仰向けに倒れた久光は、上体を起こそうとして失敗した。

しきりに、頭を振る。どうやら下から、御園のパンチを食らったらしい。

地面に手をつき、ようやく体を立て直す。

わずかに早く立ち上がった御園は、正面から久光の腹に蹴りを入れた。

久光がその足を抱え込み、勢いよく跳ね上げる。

御園はもんどり打って、頭から地面に落ちた。象が倒れたような、すごい地響きがした。

久光が飛びかかると、御園はくるりと体を回転させてそれを避け、逆に久光の背中に馬乗りになった。

背後から顎に手を回し、ぐいとねじり上げる。

水間は、久光の顔が苦痛でゆがむのを見て、思わず踏み出そうとした。

その腕を禿富が引き止め、低い声で言う。

「待て。やらせておくんだ」

水間はしぶしぶ、体を引いた。

久光は、そのままの姿勢で体を起こし、御園と一緒に仰向けに倒れた。

くるりと体を回し、御園の上にのしかかる。ズボンからはみ出したワイシャツが、上着の下でひらひらした。

御園が下から殴りつけたらしく、久光の頭がぐらぐら揺れる。

しかし久光は、大きな膝で御園の両肘を押さえると、掌底で相手の顎をしたたかに打った。

御園は顎をのけぞらせ、膝を曲げて久光の背中を蹴る。

久光は、御園の頭を越えて吹っ飛び、地面に這いつくばった。

御園はすばやく立ち上がり、仰向けに体をもどした久光の上に、飛びかかった。

水間はそこで、絵に描いたような巴投げを目撃することになった。

久光の靴の底が、がらあきになった御園の腹に食い込み、手が上着の袖をつかむ。

御園の巨体は、弧を描いて久光の頭上を飛び越え、手すりの向こうの石塔に叩きつけられた。

御園はさかさまになって地上に落ち、砂利がばらばらとあたりに飛び散った。

久光は肩で息をしながら、膝立ちになって御園を見た。

水間は、息をのんだ。

崩れ落ちた御園の体が、冬眠から目覚めたヒグマのようにもぞもぞと動き出し、また立ち上がったのだ。

額が割れたらしく、顔が真っ赤に染まっている。

御園は手すりをまたぎ、また外へ出て来た。

「なかなかやるな、久光」

そう言った御園の声は、まるで風呂上がりのようにのんびりしていた。

久光は短くののしり、御園に向かって突進した。

御園は逃げず、逆に一歩踏み出すと、久光の顔にストレートを見舞った。

それがカウンターになったか、久光の腰ががくんと大きく揺れた。

地面に膝をついた久光のこめかみに、御園の岩のようなパンチが炸裂する。

久光はどうと横倒しになり、土をかきむしった。

御園はその上にまたがると、思うさま左右のパンチを振るった。

水間は御園の背中と、その下に伸びる久光の足を見た。

久光の足は、最初のうち御園を跳ね飛ばそうとしきりに地面を蹴ったが、やがて動きが鈍くなった。

だめだ、このままではやられる。

そう思ったとき、禿富がいきなり水間の持つウイスキーを、もぎ取った。

それを逆手に握ると、ずかずかと格闘する二人のそばへ行く。

何をするつもりだ。

水間は口をあけ、禿富に声をかけようとした。

禿富は、ボトルを握った右腕を大きく横に回すと、久光を殴り続ける御園の側頭部を目がけて、一気に叩きつけた。

ボトルが砕け、中身があたりに飛び散る。

御園は、まるで朽ち木が倒れるようにゆっくりと、地面に転がった。

そのまま、ぴくりともしない。

水間は、こわばった体を無理に動かして、木陰から出た。

ヤクザの世界に身をおきながら、こんなすさまじい格闘を目の当たりに見たのは、生まれて初めてだった。

禿富が、横向きに倒れた御園の腹を、靴の先で蹴る。

そのたびに、大きな体がぐらぐら揺れるほどの強い蹴りだったが、御園は意識を取りもどさなかった。

「もういいじゃないですか、だんな。こいつも、よく戦ったんだ」

水間がとがめると、ようやく上体を起こした久光も、くぐもった声で言う。

「まったく、たいしたやつだ。人間じゃないな、こりゃ」

久光の顎ははれ上がり、口のまわりが真っ赤に染まっていた。

禿富は何も言わずに、割れ残ったボトルの胴を拾い上げた。

その中身を、横たわる御園の首から肩にかけて、まんべんなくかけ回す。

ボトルの破片を投げ捨て、水間に無感動な目を向けた。

「久光に手を貸して、車のところへ行け」

「だんなは」

「おれも行く」

禿富はそう言って、御園の上着の襟に右手の指をしっかりからませると、地面を引きずり始めた。

まるで、キャスターつきのスーツケースを引くような軽い動きに、水間も久光もあっけにとられた。

禿富が闇に遠ざかるのを見て、水間も久光を助けて立ち上がらせ、肩を貸して歩き出した。

久光は、見た目以上に大きなダメージを受けたらしく、ときどき休まなければならなかった。

「手ごわい相手でしたね」

水間が言うと、久光はうなずいた。

「まったくだ。二度とやりたくない相手だよ。ルールのある試合なら勝てるが、今日のような戦いでは勝ち目はない。禿富が御園を避けたのは、正解だったな。どんなにいい腕をしていても、御園にはかなわんだろう」

「それは、どうですかね。ルールのない試合なら、禿富のだんなも負けてませんよ。最後に、ボトルで御園の頭を殴ったのを、見たでしょう。しかも、正々堂々と、後ろからね」

久光が、かわいた笑いを漏らす。

「あんたの言うとおりかもしれんな。あの男にとって、正々堂々などという言葉は、ないに等しいだろう」

御園が停めた車のところまで行くと、禿富が御園の体を運転席に押し込んで、しきりに何か細工をしている。

「何をしてるんですか」

声をかけると、禿富は振り向きもせずに応じた。

「気にするな。久光をおれの車に乗せて、待っていろ」

禿富の車は、御園の車から数十メートル離れた場所に、停めてある。

水間が、久光を後部シートに寝かせてもどろうとすると、御園の車が停めてある方角でエンジンの音がした。

小走りに駆け出したとき、エンジン音に続いて何かがぶつかる鈍い衝撃音と、金属のこすれるようないやな音が聞こえた。

水間は息を切らして、もとの場所に駆けもどった。

手すりを押し壊し、だれかの墓所の土台にぶつかる格好で停まった、御園の車が目にはいる。

どうやら禿富は、その細工をしていたらしい。

「どういうことですか、これは」

水間が聞くと、禿富は唇をゆがめた。

「とんでもない野郎だぜ、こいつは。酒酔い運転をしたあげく、人さまの墓所に車を乗り入れるとは、警察官の風上にも置けんやつだ」

水間は、呆然とした。

「事故に見せかけるつもりですか」

「おっつけ目を覚まして、自分でなんとかするだろう。なにしろ、ゴリラのようにタフな男だからな」

「この男がつかまったら、おれたちもただじゃすまんでしょう」

水間が不安に駆られて言うと、禿富は愉快そうに笑った。

「だいじょうぶだ。この男は、つかまりはしない。なんとか自力で、この状況から抜け出すよ。こいつは、そういう男だ」

「そんな力が、まだ残ってますかね。ボトルの一撃で、頭蓋骨にひびがはいったかもしれませんよ」

「そんな、やわな頭をしているものか。この男は、血の糸を引きずってでも、ここから逃げ出すさ。もしつかまれば、酒酔い運転は一目瞭然だから、申し開きができない。上着が匂うだけじゃなく、すでに飲んで下地がきいていたとすれば、なおさらだ。こいつが必死になって、ここから逃げ出す姿を想像してみろ。笑いが止まらないぞ。車も、こいつの名義で登録されているはずだから、置いて行くわけにいかない。これが笑わずに、いられるか」

禿富は、暗い夜空に乾いた笑いを放ちながら、自分の車に向かって歩き出した。

26

頭の右側が、割れるように痛い。

御園隆輔は、肘の上に顔を伏せたまま、しばらく息を整えた。

薄れていた意識が、少しずつもどってくる。

アルコールの匂いが、ぷんと鼻をついた。吐き気が込み上げ、急いで唾をのむ。

痛みが増すにつれて、ようやく頭が働き出した。

久光の上にまたがり、好き勝手に殴りつけたところまでは、覚えている。その直後、頭の上に鉄橋でも落ちてきたかと思うような、強い衝撃を受けて記憶がなくなった。

深呼吸を繰り返すうちに、意識がはっきりしてくる。

そのままの格好で、あたりの状況に神経を集中した。人の気配はない。

どうやら車に乗せられ、ハンドルに上体をもたせかけられている、と見当がついた。

御園はそろそろと顔を上げ、周囲の様子をうかがった。

目の前にバックミラーがあり、成田山の御守袋がぶら下がっているのを見て、すぐに自分の車だと分かる。

額からまぶたにかけて、何かがこびりついたような感じがする。

皮膚が破れて、出血したらしい。久光に巴投げを食らい、石塔に激突した記憶がある。

確かに久光は、手ごわい相手だった。格闘だけで、もしパンチや蹴りを封じられていたら、勝てなかったかもしれない。

しかし、ルールなしの喧嘩なら負けない自信があり、現にもう少しでやっつけるところだったのだ。

おそらく、物陰に隠れていた禿富鷹秋が背後に忍び寄って、側頭部を殴りつけたのだろう。この、強烈なアルコールのにおいからすれば、ウイスキーのボトルか何かを使ったに違いない。

普通の人間なら、それだけで頭蓋骨が割れたかもしれない、容赦ない一撃だった。

頭の痛みと戦いながら、御園は車の外に目を向けた。

フロントグラスの前に、真新しい石塔が傾くように迫る。

それを見て、だれかの墓所に車を突っ込んだらしい、と察しがついた。気を失っている間に、禿富が細工をしたに違いない。

こんな醜態を人に見つかり、警察に届けられたらただではすまない。

〈警察官、酒に酔って墓石に車をぶつける〉

そんな新聞の見出しが、目に浮かぶようだ。どう申し開きしても、まともには聞いてもらえないだろう。

体をねじり、あたりを見回した。

遠い街灯の光に、人気のない墓地の通路が延びる。幸い、通りかかる車も人もいない。

御園は右手を下ろし、ハンドルの下部を探った。

エンジンキーが、指先に触れる。

「くそ」

苦笑まじりに、思わずののしる。

禿富がわざとキーを残したのは、自力でこの急場を脱出しろという謎かけに違いない。

御園が、警察に助けを求められないことを、最初から見越しているのだ。

御園も、はなから警察に駆け込むつもりはない。これは法律とは関係ない、男と男の面子の問題だ。

この借りは、かならず返してやる。

御園はエンジンをかけ、ギヤをバックに入れた。

折れた手すりに、フェンダーの端が引っかかる感触があり、後輪が空回りする。

何度か試したあと、思い切ってアクセルを強く踏み込むと、ようやくフェンダーがはずれて、車は勢いよく後退した。

ブレーキを踏み、呼吸を整える。あらためて、体の節ぶしが痛んだ。

ダッシュボードの時計は、午前零時半を回っている。

御園はドアをあけ、なんとか車の外へ出た。

墓所の石柱が折れ、鉄の手すりも曲がっている。さしもの丈夫なＢＭＷも、前のフェンダーの周囲があちこちへこみ、目をおおうばかりの惨状だった。

いくら深夜とはいえ、この状態で街なかを走ったら、見とがめられずにはいないだろう。

鹿内将光の自宅は、さっき一緒に酒を飲んだバー〈セントジェームズ〉から、歩いて数分のところにある。

祖父の代からという広い屋敷で、だいぶ前に招かれて行ったときは、三台分の駐車スペースがあった。

鹿内の一人息子はアメリカに留学中で、その世話をするために妻も一緒に渡米した、と聞いている。

したがって、鹿内は今独り暮らしのはずだ。

御園は携帯電話を取り出し、壊れていないことを確かめてから、ボタンを押した。

十回呼び出し音が鳴ったとき、鹿内の眠そうな声が応答した。

「はい、鹿内です」

「御園です。さっきはどうも。これから、そっちへ行っていいですか」

息をのむ気配がする。

「御園か。どうしたんだ、やぶからぼうに。帰ったんじゃないのか」

「待ち伏せを食らって、不覚をとりました」

「待ち伏せ。ハゲタカか」

鹿内は、すっかり目が覚めたような声で、聞き返した。

「そうです。ちょっと、休ませてくれませんか。車もやられて、長くは走れない状態なんです」

「しかし、ここへ来られてもおれ一人きりだし、何もしてやれんぞ」

御園はその声に、逃げ腰になった鹿内の本心を、のぞき見た気がした。

「何もしてくれなくていいです。ただ、ガレージをあけておいてください。それと、シャワーを使わせてもらえれば、ありがたいです」

強引にまくしたてると、電話の向こうから小さなため息が聞こえた。

「分かった。今、どこだ」

「青山墓地です」

電話を切り、また車に乗り込む。

御園は、墓地の外周道路をぐるりと一回りして、五分後に南青山四丁目の鹿内の家に、車をつけた。

チェックのガウンを着た鹿内が、ガレージに通じる伸縮式の鉄柵をあけ、待ちかまえていた。

御園は、開いたガレージの中にＢＭＷを頭から突っ込み、エンジンを止めた。

車をおりると、体がぼきぼきと音を立てた。

ボタンを押して、ガレージの電動ドアを閉じた鹿内が、声をかける。

「その、非常灯のついたドアから、はいってくれ」

御園は、示されたドアから中にはいり、狭い三和土《たたき》に靴を脱ぎ捨てて、廊下を直進した。

突き当たりのドアを開くと、そこはリビングルームだった。

さっそくシャワーを浴び、負傷の度合いを点検する。

裂けた額は、すでに出血が止まっていた。物入れにあったバンドエイドを、三枚横に並べて貼ると、なんとか傷口が隠れた。

右側頭部は、奇跡的に皮膚が破れるまでにいたらず、大きなこぶができただけだった。

多少内出血をしているようだが、外から見る分にはそれほど目立たない。しかし、硬膜下やクモ膜下の出血がないとはいえず、調べてもらう必要があるだろう。

それ以外は、体のあちこちに擦り傷や打撲傷が残るだけで、気にするほどのダメージはない。

額以外の顔面は、久光にパンチの持ち技がなかったために、無傷ですんだ。顎に、掌底で一発食らったものの、あとは残っていない。

逆に久光には、かなりの数のパンチを見舞ってやったから、食事をするにもしばらく苦労するだろう。

三十分後、御園は汚れた衣類をそのまま身につけて、リビングにもどった。ジャケットはところどころ破れ、アルコールが染みついてひどいにおいがするが、しかたがない。鹿内とは体のサイズが違うので、着替えになるようなものは一つもないのだ。

ブランデーを用意した鹿内が、心配そうな顔で待っていた。

「それにしても、ひどくやられたものだな。相手は、ハゲタカ一人か」

御園は、ソファにすわり込んだ。

「いや。〈セントジェームズ〉で話の出た、五反田署の久光が一緒でした」

ブランデーを飲みながら、青山墓地での出来事を手短に話す。

聞き終わるころには、鹿内の顔は古びたチーズのような色になっていた。

肩を落として言う。

「鯉沼や玉村はともかく、おまえまでやられるとは思わなかった。久光も含めて、ハゲタカのことは自分でめんどうをみる、と言ったばかりなのに」

御園はブランデーを飲み、思わず自嘲した。

「こんなに早く、手を出してくるとは思わなかった。おっしゃるとおり、ハゲタカを甘くみたようです」

「やるにことかいて、おまえを後ろからボトルで殴りつけるとは、とんでもない野郎だな。いくら、正面からでは勝ち目がないといっても、やり方が汚すぎる」

「あいつには、もとからルールなんかないんですよ、警部。こっちもその気で、肚を据えてかからなきゃだめだ」

「しかし、おまえまでがこのざまじゃ、手の打ちようがないな」

御園は、むっとした。

「このまま、引っ込むつもりはありませんよ。一対一なら、あの野郎に後れをとることはない」

「それは、分かってる。だからこそ、ハゲタカも久光のようなやつを、応援に駆り出したんだ。こうなった以上は、やはりこっちも兵力を増強しなきゃならん」

「警視庁管内で、わたしより腕っぷしの強いデカがいる、と思いますか」

鹿内は渋い顔をして、ブランデーをなめた。

しばらく考えてから、ため息とともに言う。

「おれの息がかかったやつは何人かいるが、相手がおまえもやられるほどの男とわかったら、みんな尻込みするだろうな。ほかの手を、考えた方がいいかもしれん」

「頼りにならぬデカを、いくら掻き集めても役に立ちませんよ。それなら、いっそくたばっても気にする必要のない、鉄砲玉の方がいい。さっきも言いましたが、マスダの連中の力を借りたらどうですか。宇和島の野郎も、屁のつっかい棒くらいにはなるでしょう」

鹿内はグラスを置き、腕を組んだ。

「そうだな。考えてみよう」

「それと、別の筋からハゲタカを追い落とす手立ても、準備しておいた方がいい」

「別の手立て、というと」

「やつの行状からすれば、とうに監察にかけられてもおかしくないのに、なぜか野放しになっている。それを厳しく追及して、やつを警察から追い出すんです」

鹿内は、あまり気乗りのしない顔で、すわり直した。

「それはどうかな。そこまでやると、おれたちの方にも火の粉が飛んできて、共倒れになる恐れがある」

「やつに圧力をかけるだけでも、試す価値がありますよ。おれたちに直接関係のない、やつの不行跡を告発するんです。金銭問題でも、女関係でも、なんでもいい。揺さぶりをかければ、やつもきっと隙を見せるでしょう」

鹿内はグラスを取り、ブランデーを飲み干した。

「よし、分かった。手を打ってみよう」

そう言ってから、あらためて御園をじろじろと見直し、眉をひそめる。

「おまえ、今夜はどうする。かみさんに電話して、着るものを持って来てもらうか。ひどいにおいだぞ」

御園は、手を振った。

「やめてください。女房と別居してることは、ご存じでしょう。こんなときだけ電話して、ものを頼めると思いますか。それで来てくれるくらいなら、最初から別居なんかしてませんよ」

「ほかに、言うことを聞く女はいないのか。その格好じゃ、いつまでたっても帰れんぞ」

御園は、少し考えた。

「一人いますから、あした電話します。今夜は、泊めてもらえませんか」

「泊めるのはいいが、あしたの仕事はどうする」

「急病ということで、休みを取ります。それから、どこかこのあたりで口の堅い自動車修理工場を、ご存じありませんか。わけを聞かずに、わたしの車を直してくれるような」

「西麻布に、いとこのやってる工場がある。あした電話して、ここへ取りにこさせよう」

「すみません、助かります」

鹿内は、腰を上げた。

「隣の和室で、勝手に布団をしいて寝てくれ。おれは、二階で寝る」

鹿内がリビングを出て行くと、御園はグラスにブランデーを注ぎ足して、一息に飲み干した。

喉がかっと燃え、新たな怒りがわいてくる。

くそ。このままで、すませるものか。

第六章

27

宇和島博は、震える手でたばこに火をつけた。

「おれだって、このまま引き下がるつもりはありませんよ、セニョール」

そう言いながら、この緊迫した瞬間に〈セニョール〉などという、間の抜けた呼び方をしなければならない自分に、腹を立てた。

ホセ石崎は、ソファにふんぞり返って葉巻を深ぶかと吸い、天井に向かってふうと煙を吐き上げた。

「あんたを、敷島組からサンカノレイをもって迎えたのは、神宮署にがっちりしたコネがある、と聞いたからだ。それを、そっくりこっちへ土産として、差し出すはずじゃなかったのか」

部屋の隅の椅子にすわった王展明が、ひきつったような笑いを漏らす。

宇和島は、煙にむせたふりをして三度、四度と咳き込み、その間に考えた。

サンカノレイが、〈三顧の礼〉のことらしいと見当がつくまでに、五秒ほどかかった。

石崎の日本語はほぼ完璧だが、そういうむずかしい言葉を遣うときに、ときどきぼろが出る。

宇和島が、マスダに丁重に迎え入れられたことは間違いないが、まだそれに見合う仕事をしていないことも、確かな事実だった。

「コネがあるのは、嘘じゃありませんよ、セニョール」

ふだんからコマンダンテ（指揮官）の石崎に、自分を〈セニョール〉と呼んで敬意を表するように、と言われているのだ。

マスダでは、日本の暴力団の代貸あたりに相当する幹部を、コマンダンテと称する。

また、石崎の上にいる日本支部の総元締めリカルド宮井は、パドリーノ（親分）と呼ばれている。これは、貸元にあたるだろう。

どちらにしても、移籍してまだそれほど日がたっていない宇和島に、組織や階級のことはよく分からないのが、実情だった。

葉巻を突っ込んだ、石崎の分厚い唇の端から、汚れた唾が垂れる。

「おまえが、神宮署の鹿内というデカと顔見知りだ、ということだけは分かった」

「顔見知りじゃなくて、顔なじみと言ってください。日本語では、だいぶニュアンスが違いますよ」

石崎は、いやな顔をした。

自分の日本語をとがめられるのが、よほど気に入らないとみえる。

「顔見知りでも顔なじみでも、どっちでもいい。とにかく、いざというときに手を貸してくれないのでは、なんの役にも立たんだろう」

「ですから、この間鹿内警部が息のかかったデカを駆り集めて、ハゲタカをぶちのめしたじゃないですか」

「そこまではよかった。しかし、そのあとはどうだ。あんたと鯉沼は、ハゲタカとその仲間に痛めつけられ、玉村は罠にかかって退職に追い込まれた。頼りの御園警部補殿も、久光とやり合ったあげくハゲタカに頭をかち割られて、入院したと聞いたぞ。これを日本語では、ざまはないと言うんだろう」

また王展明が、くっくっと笑う。

宇和島は、憮然とした。

「ええ。ですが、警部補はもう退院しました。あの人は、不死身ですから」

「ハゲタカと久光を、暴行傷害罪で訴えられないのか」

宇和島は居心地が悪くなり、たばこの灰を灰皿に落とした。

「警部補の判断で、放置することにしたようです。あくまで、私闘ということで」

「シトウ」

「つまり、個人的な喧嘩、という意味です。個人の争いは、法律によらず個人で決着をつける、という考えでしょう」

「個人で決着をつけそこなったから、あんなぶざまな結果になったんだろう。いっそ警部補が死んでくれたら、ハゲタカと久光を殺人罪か傷害致死罪で、ぶち込むこともできた。そうしたら、手間が省けたのにな」

石崎が言うのを聞いて、宇和島は言葉を失った。

この男にとっては、苦労して味方に引き入れた警察官でさえも、単なる道具にすぎないのだ。

石崎は、コロンビア移民の日本人とインディオの血が混じった、日系三世だと聞いている。

ワインカラーのジャケットに白いスラックス、黄色いシャツに緑地のプリント柄ネクタイといういでたちは、まるで場末の映画館の看板のようだ。

黒い髪をポマードで固め、日干しレンガのような色をしたごつい顔には、天然痘のあとが残っている。鼻も口も大きいのに、内側に寄った目だけは不釣り合いに小さく、とかげのような無機質な光を放つ。

「御園警部補は、このままじゃ引き下がりませんよ、セニョール。きっとハゲタカを、半殺しの目にあわせます」

「半殺しは、手ぬるいな。それだと、やるやられるの繰り返しになるだけで、なんの解決にもならん」

宇和島は、唇をなめた。

「まさか、ばらせとでも」

「それがいちばん、手っ取り早いだろう」

石崎はこともなげに言い、指に挟んだ葉巻で空気を切り裂いた。

宇和島は吸いさしのたばこを、灰皿で丹念につぶした。

「南米じゃどうか知りませんが、だれがやるにせよ日本でデカをばらしたりしたら、とんでもないことになります。だから御園警部補も、ハゲタカを痛めつけただけですませたし、ハゲタカも警部補の命までは取らなかったわけです」

石崎の口元に、冷笑が浮かぶ。

「そういう、手加減を加えるという習慣や発想は、おれたちにはないんだ。ばらすのがまずいというのなら、それと同じ効果が上がるような始末のつけ方を、考えてもらいたい。人任せにせずに、あんた自身でな」

「おれだって、このまま黙ってるつもりはありませんよ、セニョール。ちゃんと、手は打ってあります。ただし、少し時間をいただかないとね。あまり焦ると、かえってハゲタカの術中にはまりますから」

「おれたちは、ハゲタカを始末して渋六を叩きつぶすために、わざわざあんたをスカウトしたんだ。そのことを、忘れないでくれ」

王展明がハンカチを出し、わざとらしく咳払いをしてみせる。

宇和島は、王展明を睨みつけた。

この中国人は、マスダが宇和島とほぼ同じ時期に、上海からスカウトしてきた殺し屋だ、という。

背は百七十センチに満たず、体重は五十キロを切るだろう。顔色が悪い上に、ひどく頬がこけているので、肺病病みのように見える。

日本語はまずまず話せるが、経歴も年齢も分からない。

いつも黒い細身のジーンズをはき、革のジャケットを腕を通さずに羽織っている。

ジャケットの下には、釣り人が使うポケットのたくさんついた、カーキ色のチョッキ。

すすきのような髪を、黒のフェルトのフロッピーハットに、押し込んでいる。風邪を引いた魔女のような、気味の悪い男だった。

宇和島は、新しいたばこに火をつけて、石崎に目をもどした。

「そのことで、ちょっとご相談があるんですがね、セニョール」

「なんだ」

「ご存じのように、今渋谷の縄張りは渋六興業と敷島組の手で、二分されています。敷島にとっても、渋六は目の上のたんこぶなんです。敷島と話をつけて、やつらに渋六を片付ける手伝いをさせるのは、どうでしょうね。渋六がつぶれたあとは、縄張りをそっくり連中にくれてやるという約束で、手を貸すように持ちかけるんです」

それは鹿内将光から、内々に打診のあった方策だった。

石崎は、唇をゆがめた。

「おれたちの目標は、渋谷全体をマスダの支配下におくことだ。渋六がなくなっても、その分、敷島の縄張りが大きくなるんじゃ、なんの意味もない。むしろ、先に敷島を傘下に収めて、それから渋六をつぶしにかかるのが、順序だったかもしれん。あんたのどじを見せつけられて、おれはそんな気がしてきたんだがね」

それは確かに、一理ある指摘だった。

組織としては敷島組の方が大きいが、手ごわいという点では渋六興業の方が上だから、石崎の言うとおりかもしれない。

しかし宇和島にすれば、今さら方針を変えるのはプライドが許さなかった。

どんな手を使ってでも、まずハゲタカと渋六を叩きつぶさなければ、面子が立たない。

「敷島は渋六より、ずっと扱いやすいと思います。おれも、敷島の飯を長い間食ってきたので、よく分かるんです。一度、敷島の連中に渋六の縄張りをそっくりくれて、喜ばせてやればいい。そのあとでおれたちが、がつんと一発食らわすんです」

石崎は、疑わしげな目をして、宇和島を見た。

「こないだあんたは、渋六と敷島がおれたちマスダに対抗するために、一時的に手を打ったらしい、と報告しなかったか」

「しましたよ。その点は、敷島に残してきたおれの子分の話ですから、間違いありません。しかし〈サルトリウス〉の諸橋は、そんな口約束を律義に守るほど、お人好しじゃない。持ちかけ方一つで、どっちにでも転びます」

クラブ〈サルトリウス〉は敷島組の幹部、諸橋征四郎が妻の真利子にやらせている、渋谷では高級な部類に属する店だ。

石崎は、薄笑いを浮かべた。

「敷島に、後足で砂をかけたあんたのことを、諸橋が許すとは思えんな」

宇和島は冷や汗をかき、たばこをもみ消した。

「それは、セニョールのバックアップ次第です。おれの後ろに、がっちりマスダがついてることを認識させれば、諸橋も手出しできませんよ」

突然、王展明が口を開く。

「おれ、あんたに、手を貸してもいい」

石崎は、葉巻を上げて王展明に黙るように合図し、宇和島に言った。

「あんたに、諸橋を取り込む自信があるのなら、やってみるがいい」

王展明が、いやみな笑いを漏らす。

石崎が呼び寄せた男なので、よんどころなく調子を合わせているが、宇和島は王展明が嫌いだった。

腕利きの殺し屋、という上海筋の触れ込みにもかかわらず、日本へ来てから何も仕事をした形跡がない。徒食しているだけだ。

ふと、王展明がどの程度の腕の持ち主なのか、試してみるのも悪くないという気がした。

それを見透かしたように、石崎が付け加える。

「王の手を借りるなら、それもいいだろう。おれも、あと押しをしてやる。とにかく、やってみるんだな」

それで話は終わりだというように、顎をドアの方に向けて軽く動かした。

石崎からあと押しをする、という言質を取ったことで満足し、宇和島は腰を上げた。

王展明を、どう使ってやろうか。

マスダの事務所を出た宇和島は、新宿一丁目にあるマンションにもどろうと、小雨に濡れた裏通りを歩き始めた。

そのとき、携帯電話が鳴った。

28

「もしもし。おれです、井上です」

敷島組の、井上一朗の声だった。

「おう、どうした」

「今ハゲタカが、〈みはる〉にはいりました。あと三十分ほどで看板ですから、やつは桑原世津子のマンションへ、行くつもりじゃないでしょうか」

宇和島博は、携帯電話を持ち替えた。

「よし、すぐにそっちへ行く。車か」

「そうです。世津子のマンションのそばに、停めてあります」

「分かった。気づかれるなよ。近くへ行ったら、こっちから電話する」

通話を切り、舗道を駆け出す。

宇和島のマンションは、マスダが事務所をかまえる新宿二丁目のビルから、東へ五分ほど歩いたところにある。目下、特定の女がいないので、独り暮らしだ。

マンションへもどった宇和島は、フードつきのブルゾンと綿のパンツに着替え、新宿通りへ出てタクシーを拾った。

明治通りが混んでいたので、渋谷まで思ったより時間がかかった。

宇田川町で車を捨て、裏通りを円山町の方へ上がって行く。

フードを深くかぶり、ブルゾンのジッパーを喉元まできっちり上げ、さらに色つきの眼鏡をかけて、念入りに変装した。

霧雨が降っているので、そんな格好でも不審を招かずにすむ。かりに、禿富鷹秋や渋六興業の連中と出くわしても、一目で見破られることはあるまい。

円山病院の前まで来た。

禿富に、初めて〈みはる〉で遭遇してぶちのめされ、血だらけになって這いずり込んだのが、この病院だった。

宇和島は軒を借りて、井上に電話した。

「おれだ。どんな具合だ」

「たった今、二人一緒に世津子のマンションにはいりました。兄貴は、どちらですか」

「すぐ近くだ。車はどこに停めた」

「マンションの前の道を、北へ少し向かったあたりです。すぐに分かります」

宇和島は携帯電話をしまい、歩き出した。

マンションのそばまで行くと、街灯の光が直接届かない手前の道路の暗がりに、出入り口に後尾を向けた黒い車が、ひっそりと駐車していた。

そばに立った人影が、宇和島に黙って手を上げる。

宇和島は井上に近づき、低く声をかけた。

「ご苦労。機械の調子はどうだ」

「だいじょうぶだと思います。乗ってください」

井上が運転席に回り、宇和島は助手席に乗り込んだ。

暗がりの中で、井上は四角い受信機らしい箱を膝に乗せ、ヘッドフォンを耳に当てた。

宇和島は待ち切れず、急き込んで聞いた。

「どうだ、受信状態は」

井上が、つまみを操作する。

「オーケーです。ちょっと雑音ははいりますが、ばっちり聞こえます」

井上は三十を過ぎたばかりで、電子関係の専門学校を出た技術畑の男だった。ビデオの盗み撮り、AVソフトの作成、あるいは盗聴など電子機器を駆使する仕事に、抜群の腕をもつ。パソコンにも詳しく、その知識と技術は敷島組が牛耳るパチンコ店の、釘の操作にも生かされている。その腕前は、組にとって貴重なものだった。

井上は三年ほど前、クラブ〈サルトリウス〉でホステスをしている、御手洗《みたらい》清美という女に惚れた。井上とは同い年で、アルバイトではなくプロのホステスだった。

宇和島から見れば、たいして美人とも思えない女なのだが、井上はすっかり熱を上げてしまった。

宇和島は、たまたま同郷だったので清美をよく知っており、井上のために仲を取りもってやった。別に恩を売るつもりはなく、単なる気まぐれにすぎなかった。

しかし、結局はそれが縁で井上と清美は、所帯を持った。

以来井上は、宇和島を命の恩人のようにあがめ、兄貴兄貴と慕うようになったのだった。

マスダにくら替えするとき、宇和島は井上を連れて行きたかったのだが、周囲の情勢を見て思いとどまった。

井上は、パチンコやビデオソフト関係の技術にからんで、敷島組になくてはならない存在になっていた。

宇和島の代わりはいても、井上の代わりはそう簡単に見つからない。

もし井上を連れて出れば、敷島組は本気で宇和島をつけ狙うだろう。井上も、いまだに〈サルトリウス〉で働く清美も、ただではすむまい。

そこで、宇和島はあえて井上には何も言わず、マスダに身を売ったのだった。

ただし、井上とはその後もひそかに連絡を取り合い、敷島組や渋六興業を含む渋谷の情報を、提供してもらっている。その方が、一緒にマスダへくら替えするより、はるかに役に立った。

大幹部の諸橋征四郎は、むろん宇和島と井上の親しい関係を、承知している。

宇和島が寝返ったあとは、何かと井上に疑いの目を向けたようだが、井上が前と変わらず組のために仕事を続けたので、何も言わなくなった。

あまり疑いすぎて、井上にまで飛び出されたら、諸橋も困るだろう。

それに、清美が〈サルトリウス〉で働いている間は、人質を取ったようなものだから、実害がないかぎり締めつけるのはやめよう、と判断したらしい。

宇和島はその井上に五日前、なんとかして世津子の部屋に盗聴器を仕掛けられないか、と相談を持ちかけた。

禿富が、深夜にときどき世津子の部屋を訪れることは、すでに調べがついている。

二人の濡れ場なり、個人的な会話を盗聴してテープに録音すれば、何かの役に立つのではないか、と考えたのだ。

井上は、やってみます、と二つ返事で引き受けた。

そして二日後には、盗聴マイクを仕掛けるのに成功した、と報告してきた。

井上によれば、マンションの管理会社から雨漏り、漏水の点検に来たと称して、世津子の部屋にあがり込んだ、という。

一階の住人から、室内の壁に水が染み出すという苦情がきたため、それがどこから漏れるのかを、調べている。何階も上のベランダから、雨水が壁の空洞を伝って下へ漏れることもあれば、バスルームの水が同じように思わぬ部屋へ漏れることもある。

それを確かめるために、壁を叩くからバスルームのタイルに音が響くかどうか、聞いていてほしい。

そう言って、井上は世津子を体よくバスルームへ追いやり、その隙にリビングルームの壁をチェックした。

長い間使われていない、と思われるミシンの陰に差し込み口を見つけ、そこに高性能盗聴マイクを仕込んだ三つまたのコンセントを、うまくセットした。

差し込み口から電源を取るため、十時間か二十時間しかもたない電池式の盗聴器と違って、いつでも好きなときに会話を聞くことができる、という。

井上が、ヘッドフォンの片側を、宇和島に差し出す。

宇和島は、それに耳を当てた。

29

桑原世津子は、スコッチの水割りを禿富鷹秋の前に置いた。

テーブルの向かいにすわり、わざとらしくため息をついてみせる。

上着を脱いだ禿富は、ネクタイを緩めてグラスを取った。

一口飲んで言う。

「どうした。疲れてるようじゃないか。着物を脱いで、楽にしろよ」

世津子は意味もなく、和服の襟に指を滑らせた。

「ほっといてよ。そういう気力もないんだから」

禿富は苦笑して、足を組んだ。

「あまり、ご機嫌がよくないようだな。きみも、一杯飲んだらどうだ」

「飲みたくないの」

世津子はすげなく言って、またため息をついた。

ほかの人間には横柄きわまりない禿富だが、世津子のことだけは〈おまえ〉でも〈あんた〉でもなく、〈きみ〉と呼ぶのだ。

これまでは、それがどきどきするほどうれしかったが、今夜は妙にうとましく感じられる。

禿富が、また口を開く。

「あれはないのか」

「あれって、何よ」

世津子がとぼけて聞き直すと、禿富はさすがに眉をひそめた。

「決まってるだろう。レンコンの甘煮だよ」

禿富は、それが大好物なのだ。

「おあいにくさま。今日は、作らなかったの」

いつもの世津子と違うことに、ようやく禿富も気づいたらしい。

「何をそんなに、つんけんしてるんだ。店に行ったときから、今夜は何か様子がおかしかった。迷惑だったら、おれは引き上げるぞ」

「迷惑だなんて、だれも言ってやしないわよ」

自分でも、嚙みつくような言い方になったことに気づき、そっぽを向く。

少し間をおいて、禿富がぶっきらぼうに言う。

「言いたいことがあるなら、遠慮なく言ったらどうだ。隠しごとは、やめてくれ」

世津子は、きっとなって禿富を見返した。

「あら、そう。だったら、あんたも隠しごとをやめて、正直に言いなさいよ」

「何をだ。おれは、隠しごとなんかしてないぞ」

「そうかしら。あたしに知られると、まずいことがあるんじゃないの」

禿富はグラスを置き、無表情な目でじっと世津子を見た。

「持って回った言い方をするのはよせ。おれは、知られてまずいことなんか、何もないぞ」

世津子は時間を稼ぐために、グラスを出して自分の水割りを作った。

冷静になろうと努めたが、あのときのことを思い出すと、手が震えた。

水割りをぐいと飲み、その勢いで言葉を吐き出す。

「あたしのほかに、女がいるんでしょう」

禿富の薄い眉がぴくりと動き、奥に引っ込んだ目が一瞬驚いたように、見開かれた。

「やぶからぼうに、何を言い出すんだ」

世津子はまた酒を飲み、ふんと鼻で笑った。

「いたっていいのよ。どうせあたしは、あんたよりずっと年上のおばさんだし、あんたを独り占めできるなんて、思ってないんだから」

禿富の口から、乾いた笑いが漏れた。

しかしその目は、かならずしも笑っていなかった。

「なんのことか分からんが、そう悟ってるならそれでいいじゃないか」

世津子は、水割りを一気に飲み干した。

「それにしたって、何もあんなみっともないことを」

気をもたせるために、わざと途中で言葉を切る。

禿富の目に、いらだちの色が浮かんだ。

「持って回った言い方はやめろ、と言っただろう。聞こえなかったのか」

世津子は、禿富をじろりと見た。

「いい年をした男がでれでれ目尻を下げて、バナナパフェなんか食べちゃってさ。みっともないったら、ありゃしない」

秃富はたじろいだように、顎を引いた。

「バナナパフェだって」

世津子は拳を握り締め、膝を乗り出した。

そこまで言ってしまうと、もう口が止まらなかった。

「バナナパフェは、まだいいわよ。女の股ぐらに足を突っ込んで、抜き差しするのがみっともなくない、とでもいうの。それも、外から丸見えの、デパートの喫茶室でさ」

秃富は、頰をこわばらせて世津子を見返していたが、やがて薄笑いを浮かべた。

「見ていたのか」

そのふてぶてしい反応に、世津子はむかむかした。

「見てたのか、もないもんだわ。あの喫茶室が、全面ガラス張りだってことに、気がつかなかったの。デパート中の客が、鈴なりになって見物してたわよ」

新たな嫉妬と怒りに、体が震えそうになる。

たまたま、エレベーターホールから喫茶室に視線を向けたとき、二人の姿が目にはいったのだった。

秃富は、人目などまったく気にする風もなく、女の膝の間に自分の足を割り込ませて、傍若無人に動かし続けた。

女はうろたえ、表向きはいやがるそぶりを見せながら、内心まんざらでもなさそうに、息をはずませていた。

世津子自身の経験に置き換えてみれば、その反応は遠いガラス越しにも、手に取るように分かった。

二人の間に、すでに肉体関係ができていることは、明らかだった。

秃富の目が細くなる。

「おれのあとを、つけていたのか」

「冗談でしょう。それほど、暇人じゃございません。でも、あたしだって地元のデパートへ、たまに買い物くらい行くわよ。それを考えたら、あんたもあんなところであんなまねは、できないはずだわ。まったく、ずうずうしいったらありゃしない」

「おれだって、管内のデパートへ見回りにいくことはある。それをいちいち、断る必要はない」

世津子は、おおげさにのけぞってみせた。

「へえ、あれが見回りなの。生活安全課の刑事って、ずいぶん楽しいお仕事なのね」

秃富は水割りを飲み干し、無言で脱いだ上着に手を伸ばした。

世津子は、反射的に口を開いた。

「あの女、だれなのよ」

「あの女って」

上着に腕を通しながら、ふだんと変わらぬ顔で聞き返す。

「とぼけないでよ。あの、白いスーツにヴィトンのバッグをお持ちあそばした、お上品なブランド女よ。首にじゃらじゃら、金ぴかのネックレスをぶら下げちゃってさ」

しゃべるうちに嫉妬心が募り、つい吐き出すような口調になった。

秃富の頬の筋が、ぴくりと動く。

「きみに言う必要はない」

「どういう関係なの、あの女と」

秃富は、それに答えずにネクタイを締め上げ、ソファから腰を上げた。

世津子も、あわてて立つ。

「逃げるつもり」

「そうだ、逃げるつもりだ。せっかく、息抜きに錨を下ろそうと思って寄った港が、こんなひどい嵐になったんじゃ、どうしようもないからな」

「だって、あんたが悪いんじゃないの」

秃富は、冷たい目で世津子を見た。

「おれは、ほかの女と付き合わないなどと、一言も言った覚えはないぞ。そのかわり、きみにもほかの男と付き合うな、と言わなかったはずだ」

「最初のとき、あたしに男がいるかどうかって、聞いたくせに」

「あれは、現に男がいるところへ横から割り込むのが、いやだったからだ」

世津子は、顎を突き出した。

「あたしが、あんたのほかに男を作ったとしても、平気だって言うの」

「作りたければ、勝手に作れ。それはおれじゃなくて、きみの問題だ」

顔から、血の気が引くのが分かる。

「これだけ尽くしたのに、あたしたちの関係をその程度にしか、考えていなかったの」

秃富は、ポストでも見るような目で世津子を一瞥し、黙って背を向けた。

玄関へ続くドアの方へ、向かおうとする。

自分との間に、壁を立てるような禿富の無関心なそぶりを見て、かっと頭に血がのぼった。

気がついたときには、からになった水割りのグラスをつかんで、投げつけていた。

グラスは禿富の肩に当たり、溶け残った氷と水が顔に振りかかった。

落ちたグラスが、絨毯の上に転がる。

禿富は、世津子の見幕に驚いたように、体の向きを変えた。

濡れた顔をこすり、世津子の目を見返す。

それから、ぞっとするような笑みを浮かべた。

世津子は声を励まし、まくし立てた。

「あんたが悪いんだから、男らしくあやまりなさいよ」

しかし、禿富は何も言わずに肩を揺すると、そのままドアの取っ手に手を伸ばした。

「あやまりなさいったら」

世津子は叫び、禿富の背中にむしゃぶりついた。

上着の襟をつかみ、引きずり下ろそうとする。

禿富はそれをもぎ離し、向き直るが早いか大きな手の甲をひるがえして、世津子の頬を張り飛ばした。

世津子は、ショベルカーになぎ倒されたような衝撃を受け、ソファに吹っ飛んだ。

頭がくらくらして、一瞬意識を失いそうになる。

ようやく焦点が合った世津子の目に、のしかかる禿富の顔が見えた。

「あの女がだれか、おまえには関係ない。おれがやることに、いちいち口を出すな」

禿富が、自分を初めて〈おまえ〉と呼んだことに気づき、世津子は胸を突き刺されたような気がした。

それでも、持ち前のきかぬ気がむらむらと頭をもたげ、なおも言い募る。

「あんたに女がいたって、あたしは別にかまわないわよ。でも人前で、あんなみっともないことをするのだけは、やめて」

禿富は世津子の目の前に、太い人差し指を突きつけた。

「もう一度だけ言うぞ。おれに、指図をするな。分かったか」

その声に込められた暗さに、われ知らず身震いが出る。

「指図なんか、してないじゃないの。ただ、あやまってほしいって、そう言ってるだけよ」

自分でも情けないほど、ボルテージが落ちる。

禿富は体を起こし、さげすむような目で世津子を見下ろした。

「おれはこれまで、だれにもあやまったことがない。これからもだ。世話になったな」

そう言い捨てると、くるりときびすを返して、ドアに向かった。

世津子は、戸口から禿富の姿が消えるのを見て、わっとソファに泣き伏した。


宇和島博は、ヘッドフォンから耳を離した。

「おい、とんだ修羅場じゃねえか」

井上一朗も、同じようにヘッドフォンを耳からはずして、宇和島を見返した。

「まったく。どうなってるんでしょうね」

それきり、二人とも言葉を失う。

宇和島はシートの上で体をねじり、リヤウインドー越しにマンションの出入り口に、目をこらした。

ほどなく禿富鷹秋が、玄関ホールから出て来た。

そげた頬に、暗い怒りの色をたたえたその顔を見て、宇和島は緊張した。

禿富は、マンションの前で三秒ほど足を止めたが、急に向きをかえて車の方にやって来た。

ぎくりとして、思わず身を縮める。

逆光を浴びた禿富の影が、まっすぐにこっちへ向かって来る。

宇和島はフードをかぶり直し、助手席に深く体をうずめた。

もし、こんなところで姿を見られたら、今度こそ無事ではすまない。まして、今の禿富は最高に機嫌が悪いはずだから、半殺しどころか息の根を止められるかもしれない。

この次渋谷に来るときは、拳銃を懐に忍ばせて来なければと思っていたのに、急いだためについ忘れてしまった。

見つかったら、どうしようもない。

がちゃり、とドアがあくのを想像すると息が詰まり、体ががちがちにこわばる。

しかし禿富は、車の脇をそのまま通り抜けて、行く手の闇に姿を消した。

足音が聞こえなくなると、宇和島は体中に冷や汗が噴き出すのを感じて、ほっとため息をついた。

井上が、見透かしたように言う。

「心配ありませんよ、兄貴。この窓はスモークドグラスですから、外から中は見えないんです」

「ばかやろう、それくらい分かってるよ」

宇和島は照れ隠しにどなりつけ、手の甲で額の汗をふいた。

それにしても、思わぬ展開になった。

禿富と世津子が仲たがいしたとなると、何か手の打ちようがあるような気がした。

「よし、録音したテープをよこせ。ついでに、おれのマンションまで送ってくれ」

30

桑原世津子は、ぐいと水割りを飲み干した。

野田憲次と水間英人が、申し合わせたように視線を交わす。

「どうしたの、お二人とも。さっきから、ちっともお酒が減ってませんよ」

水間は当惑したように、かたちばかりグラスに口をつけた。

「ママはいつも、そんなに飲むのか」

「そりゃ、こういう商売をしていれば、少しは飲みますよ」

世津子はそう言って、新しい水割りを作った。

野田が、首を振りながら言う。

「少しといったって、この三十分でもう水割りを五杯だ。ピッチが早すぎるよ」

世津子は、水割りを飲んだ。

「いいじゃありませんか。あたしはね、自分で飲んだお酒をお客さんにつけたりなんか、しませんから。とくに、渋六のお客さんにはね」

ふだん、〈アルファ友の会〉の会費を集めに来るのは、水間か野田のどちらかだった。たかだか、月額二万円のみかじめ料を取り立てるのに、二人そろって顔を出すことはめったにない。その夜は、特別だった。

ちなみにどちらが来ても、酒を飲んだときは最初の一杯分をのぞいて、きちんと金を払っていく。

したがって、実質的なみかじめ料は、もっと安くなる。二人でやって来て、そこそこに飲んできちんと酒代を払えば、半分くらいしか残らないだろう。

そんなはした金で、店の安全を守ってくれるというのだから、渋六興業はヤクザというよりボーイスカウトのようなものだ。

水間が言う。

「あまり、ご機嫌がよくないようだな、今夜は。まさか敷島やマスダの連中に、いやがらせをされてるんじゃないだろうな」

「されてませんよ。宇和島をやっつけてくださってから、あいつらは顔も見せなくなりました。おかげで、商売は大繁盛」

「大繁盛ってわりには、おれたち以外に客がいないじゃないか」

「だって、もう閉店時間が近いからですよ。それよりお二人とも、ほかへ集金に回らなくていいんですか」

「いいんだ。今夜は、ここが最後でね」

水間はそう言って、水割りを飲み干した。

世津子は、そのグラスを引ったくるようにして、新しい水割りを作ろうとした。

「もういいよ、ママ。これで終わりにする」

すると、野田も飲んでいたグラスを上げて、同じように言う。

「おれも、これで最後だ」

世津子は露骨に、いやな顔をしてみせた。

「いい若い者が、水割り二杯ずつで終わりですか。こんなおばさんでさえ、五杯飲んだのにさ」

もともと酒は強い方なので、酔ったという意識はほとんどない。

野田が、わずかにためらいながら、さりげなく聞く。

「どうしたんだ、ママ。ハゲタカのだんなと、喧嘩でもしたのか」

世津子はきっとなって、野田を睨んだ。

「あの人が、何か言ったんですか」

「いや、何も聞いてないよ。ここ二、三日、顔を見ないんだ」

世津子は、からになった突き出しの小皿に、レンコンの甘煮を足した。

「喧嘩したくても、喧嘩になりませんよね。あの人はわたしより、あなたたちに近い年なんだから」

水間が、わざとらしく笑う。

「今夜のママは、ちょっとおかしいな。自虐的になってるよ」

「ジギャクテキ」

「そう。そんなに、自分をいじめるもんじゃない。ハゲタカのだんなは、あのとおりの人物だからな。ほんとに惚れるなら、それを覚悟で付き合わなきゃだめだ」

世津子は笑った。

「わたしはね、はばかりながら男と女のことについちゃ、あなたたちよりずっと修業を積んでますよ。そちらこそ、たまには彼女でも連れて来たらいかが」

水間は、負けたというように両手を上げた。

「そろそろ退散するか。勘定をしてくれ」

野田も、急いで水割りを飲み干す。

「最初の一杯はわたしのおごりですから、お二人で二千円いただきます」

水間はポケットを探り、五千円札を裸でつまみ出した。

「そんな安い商売をしてると、つぶれちまうぜ。これは、この次の分に回してくれ」

「すみません」

世津子は、すなおに札を受け取った。

二人が出て行くと、なぜか急に涙が出てきた。あの冷酷なハゲタカより、渋六のヤクザの方がよほど人情がある。

禿富鷹秋からは、その後なんの連絡もない。

もともと、禿富はまめに連絡してくるような男ではなく、前触れなしにふらりと店に現れるのが常だった。

しかし、あんな別れ方をしたあとでは、今度いつやって来るかというより、ふたたびここへ来るかどうかさえ、おぼつかない気がする。

今回のことは、どう考えても禿富の方に非がある、と思う。

しかし、世津子にも言いすぎたという反省があり、できるなら仲直りをしたかった。

そもそも、禿富とあの女が実際にどういう関係にあるのか、はっきりしたことは何も分からないのだ。

むしろ、世津子が焼き餅を焼いたことで、二人の仲に拍車をかける結果にでもなったら、死んでも死に切れない。

あそこで、禿富が一言でもあやまってくれたら、こんなに意地を張ることはなかったのだ。

かっとなるのは悪い癖だが、相手が反省してわびを入れてくれさえすれば、世津子の気はすむのだった。

考えてみると、これまで付き合って別れた男たちの中に、弱みをつかれてあやまった者は、一人もいなかった。みんなが居直り、大喧嘩に発展する。

その結果、不本意ながら別れるはめになる、というのがこれまでのパターンだった。

つい、吐息が漏れる。

自分一人で、勝手に二人だけの世界を作り上げ、相手がそこから少しでもはみ出ると、裏切られたと思い込む。

それで、何度失敗したことか。

その轍は二度と踏まないつもりだったのに、禿富との仲もこれまでと同じ結果に終わるのかと思うと、情けなさとやり切れなさで胸がふさがる。

突然、ドアがあいた。

われに返った世津子は、淡い期待を抱いて顔を上げた。

次の瞬間、たちまち恐怖と嫌悪感が込み上げてきて、反射的にカウンターの下の携帯電話に、手を伸ばす。

「待ってくれ」

宇和島博は、両手を合わせて拝むようなしぐさをしながら、中にはいって来た。

その顔を、世津子は睨みつけた。

「ここへ姿を見せたら、どうなるか分かってるでしょう。帰ってください」

「分かってるとも。しかし、今日はそんなんじゃないんだ。あんたにあやまろうと思って、危険を承知でやって来たんだ。わびを入れたら、すぐに引き上げる。だから、渋六の連中に電話するのは、やめてくれ」

そう言いながら、宇和島はもうカウンターにすわっていた。

「つい今し方まで、渋六の水間さんと野田さんが、そこで一杯飲んでたんだから。大声で呼んだら、まだ聞こえるかもしれないわよ」

「分かってるって。おれはもう、あんたにここを立ち退けなんて言うつもりは、これっぽっちもないんだ」

宇和島はそう言って、ポケットから財布を取り出すと、一万円札を五枚数えてそこに置いた。

「これは、おれがぶっ壊したボトルやグラスの代金と、迷惑をかけた慰謝料みたいなもんだ。遠慮なく、収めてくれ」

世津子は、いつもと違って妙に下手に出る宇和島の態度に、気味が悪くなった。

「こんなお金、受け取れませんよ。手出しさえしてくれなければ、わたしはそれでいいんですから」

「だから、もう二度とこの店に手出しはしない、と言ってるだろう。とにかく、これを収めてくれないか。でないと、おれの顔が立たないんだ」

「そんなこと言われても」

「おれが妙なまねをしたら、いつでも渋六の連中を呼んでいい。もっとも、おれたちマスダは渋六と角突き合わせるのを、もうやめるつもりなんだが」

世津子は、宇和島の顔を見直した。

「ほんとですか」

宇和島は、さりげなく目の前の札を取り上げ、一枚を残してポケットにしまった。

「ほんとだ。せっかくだから、これで一杯飲ましてくれないか。せめてそれくらいは、収めたっていいだろう」

そこまで言われると、世津子も断り切れなかった。

「分かりました。いただいておきます。何をお飲みになりますか」

「ワイルドターキーの水割りを、ダブルで作ってもらおうか。あんたも、一杯付き合ってくれ」

「すみません、ごちそうになります」

世津子は、水割りを作り始めた。

グラスに酒を注ぎながら、それとなく探りを入れる。

「マスダは渋六と、手打ちをなさるんですか」

「ああ、その予定だ。あんたも知ってるだろうが、おれは敷島組からマスダへ引き抜かれた男でね。敷島の連中はけつの穴が小さいから、いまだにおれのことを恨んでいやがる。だから、この際渋六よりも敷島を叩きつぶすのが先決、ということに決まったのよ。渋六にはまだ話をしてないが、ここ一週間のうちには手打ちに持ち込むつもりだ」

31

桑原世津子は、グラスから顔を上げた。

マスダが渋六と、それほど急に手打ちをする、というのか。にわかには信じられない。

しかし、宇和島博は真顔だった。

世津子はとりあえず、軽く頭を下げた。

「それはどうも、おめでとうございます」

そう言って、グラスをカウンターに滑らせる。

宇和島は、世津子が自分のグラスを手にするのを待って、機嫌よく言った。

「乾杯」

世津子も応じて、グラスを上げる。

宇和島は、たばこに火をつけた。

「しかし渋六も、ハゲタカにいつまでも頼ってるようじゃ、先が危ないな。ハゲタカは最近、敷島にもいい顔をしてるらしいからな」

世津子はそれを聞きとがめ、宇和島の顔をのぞき込んだ。

「どういう意味ですか、それ」

「あのだんなは、二またをかけるのが得意なのさ。渋六のあと押しをしながら、一方では敷島に渋六の情報を流してるんだ。おれの息がかかった、敷島の若いのがそう報告してきたから、間違いない」

「まさか、あの人が」

世津子は、絶句した。

二またをかける、という言葉が耳に引っかかる。

宇和島は、それを見透かしたように、薄笑いを浮かべた。

「あのだんなは、それくらい平気でやる男さ。あんただって、分かってるはずだ」

「どうしてですか」

「あんたがハゲタカといい仲だってことは、その辺のちんぴらでも知ってるんだ。隠さなくてもいいぜ」

迷惑なような、誇らしいような、複雑な気分になる。

「隠すつもりはありませんけど」

「だったらあんたも、ハゲタカに泣かされてるはずだ」

世津子は、急に動悸が激しくなるのを意識しながら、強気に応じた。

「わたしは別に、泣かされたりしてませんよ」

「しかし、ほかに女がいると分かれば、平気じゃいられないだろう」

ぎくりとする。

「どうして、そんなこと言うんですか」

「どうしてって、ハゲタカがあれだけ派手にやってれば、当然あんたの耳にもはいるはずだからよ」

世津子は、胃の底にできた熱い小さな塊が、少しずつ大きくなるのを感じた。

「それ、どういうことですか」

宇和島が、わざとらしいと思えるほど、あきれた顔をする。

「なんだ、何も知らなかったのか。だったら、言うんじゃなかったな」

世津子は、グラスをがたりと置いた。

「言ってください。あの人が、派手に何をしてるんですか」

宇和島はもったいぶるように、ゆっくりと水割りを飲んだ。

「ハゲタカは、近ごろちょいと小粋な女を連れて、管内の店を飲み歩いてるらしいよ」

胃が、きりきりと痛む。

「そりゃあの人だって、いろんな人と歩くでしょうよ」

「いろんな人じゃない。噂によると、一人だけだ。たぶん、おれが見かけた女だろう」

世津子は、もう少しで宇和島の襟をつかみ、揺さぶるところだった。

「宇和島さんが、見かけたですって。どこで」

「どこでって、ラブホテルでよ」

「ラブホテル」

「そうよ、この先のな。おれが二人連れではいろうとしたら、ハゲタカが中から入れ違いに女と一緒に、出て来たんだ。ああいう場所では、お互いに顔を見ないようにするから、気づかれずにすんだがね。一瞬、ひやっとしたぜ。あいつに見つかったら、また半殺しの目にあうからな」

世津子は、気持ちを落ち着けようとグラスを取り、水割りをぐっと飲んだ。

「どんな女なんですか、あの人の相手って」

宇和島は、たいして興味はないがというように、肩をすくめた。

「そうだな、あんたより十くらいは若かったが、それほどの美人じゃない。白いスーツを着て、ヴィトンのバッグを持ってたっけ」

「ヴィトンの」

「ああ、今どき珍しくもないがね。それと、首にぶら下げた金色のネックレスが、やけにまぶしかったっけ」

世津子は、グラスを砕けるほど強く握り締めていることに気づき、力を緩めた。

デパートで、禿富と人目もはばからずいちゃいちゃしていた、あのブランド女に間違いない。

やはり禿富は、あの女とそういう関係にあったのだ。

宇和島がたばこを消し、心配そうに顔をのぞき込んでくる。

「おい、だいじょうぶか。顔色が悪いぜ」

世津子は、作り笑いをした。

「だいじょうぶですよ。水割りなんか、水とおんなじだから」

そのまま、一息にグラスをあける。

宇和島は首筋を掻き、独り言のように言った。

「しかしハゲタカも、趣味が悪いぜ。あんな女より、あんたの方がよっぽどいい、とおれは思うがね。向こうは、ただ若いってだけで、なんの取り柄もない女じゃねえか」

明らかに、おためごかしと分かる宇和島の言葉が、ぐさりと胸に突き刺さる。

その若さこそが、世津子にはどうやっても太刀打ちできない、敵の最大の武器なのだった。

世津子は、顔色を変えまいと努力しながら、宇和島に尋ねた。

「あの人が、いつも連れ歩いてるとかいうのは、ほんとにその女なのかしら」

宇和島はもったいをつけて、ぐびりと水割りを飲んだ。

「まあ、おれは一度しか見てないから、はっきりしないけどな。ただ、二人を見た敷島組の若いやつらに言わせると、女は金のネックレスをじゃらじゃらさせていた、というから間違いはないだろう」

「ほんとに」

「〈サルトリウス〉で飲んでいても、二人で好き勝手にいちゃいちゃするもんだから、ホステスがしらけちまうそうだ」

「〈サルトリウス〉ですか」

行ったことはないが、東急文化村の近くにそういうクラブがある、と聞いている。

「そうだ。敷島組の諸橋って幹部が、かみさんにやらせてるクラブさ。ハゲタカのやつ、渋六にさんざん肩入れしておきながら、敷島の店で女と遊んでやがるのよ。あれはちょっと、みっともないよなあ」

その光景が目に浮かび、世津子は平静を保つのに苦労した。

宇和島が、猫なで声で続ける。

「ま、あんなとんでもない男のことはあきらめて、先のことを考えた方がいいぜ。マスダと渋六が手を組んだら、こんなけちな店は閉めちまうんだ」

世津子は、またきっとなった。

「閉めてどうするんですか」

宇和島は、あわてて手を振った。

「おい、そんなに怖い顔をするなって。別にここを、召し上げようってわけじゃない。あんたには、もっと大きいクラブのママをやってもらおう、と考えてるんだ」

世津子は、力なく笑った。

「やめてくださいな、そんな夢みたいな話」

「いや、嘘じゃない。たとえば、今言った〈サルトリウス〉だ。マスダと渋六が協力して、敷島の連中を渋谷から追い出したら、あの店をあんたに任せようと思うんだ。あんたはあねご肌だし、若いホステスを束ねるのは簡単だろう。何より、客あしらいがうまいからな。クラブのママにはぴったりだ」

「おだてたって、だめですよ。わたしは、この店で十分満足なんですから」

宇和島は、あきれたというように、首を振った。

「まったく、欲のない女だなあ。そんな風だから、ほかの女にハゲタカを持っていかれるんだ。でかいクラブのママに収まって、少しばかり派手な格好をしてみろよ。あんなちんぴら女に、負けるもんじゃないって」

お世辞と分かっていても、そう言われれば悪い気がしない。

禿富に対する怒りと、ブランド女に対する嫉妬心が、むらむらと頭をもたげてくる。あんな女に、禿富を寝取られてたまるものか。

宇和島は、顔色をうかがうようにのぞき込み、さりげなく言った。

「どうだ。これから、〈サルトリウス〉へ行ってみないか」

世津子は驚き、宇和島を見返した。

「まさか。わたし、そんなとこへ行く度胸は、ありませんよ」

「どうしてだ。いずれ、あんたが切り盛りすることになる店を、見ておこうってだけの話よ。だいじょうぶ、五分もすわってりゃ慣れるさ」

世津子は、ためらいながら言った。

「でも、宇和島さんは敷島組からマスダへ乗り換えた人だし、あんなところへ行ったら袋叩きにあうんじゃありませんか」

宇和島はせせら笑い、見得を切るように胸を張った。

「そんなのを怖がってたんじゃ、渋谷の街は歩けねえよ。心配するのはやめてくれ。おれが店にはいったとき、〈サルトリウス〉の諸橋とかみさんがどんな顔をするか、あんたに見せてやりたいのさ。おれの後ろには、マスダがついてるんだ。指一本、差されるもんか」

その自信満々の態度に、世津子は心を動かされた。

腕時計を見ると、すでに午前零時を回っている。看板にしてもいい時間だ。

クラブといえば、それなりにインテリアや調度品に金をかけ、かわいい女の子を集めているに違いない。

まして〈サルトリウス〉は、渋谷でも指折りの高級クラブだ。

そこのママに収まる、などという話をにわかに信じるわけではないが、気晴らしにのぞいてみるのも悪くない。

宇和島はいやな男だが、禿富に対する面当てと考えれば、これ以上ぴったりの相手はいない。

「分かりました。それじゃ、ちょっとだけ」

宇和島が、カウンターの下を指さす。

「念のため、携帯電話を持って行け。その方が安心だろう」

32

マンションの近くの暗がりに、黒い外車が停めてあった。

桑原世津子は、ふと不安を覚えた。

「車で行くんですか。〈サルトリウス〉なら、歩いて十分もかからないのに」

宇和島は、落ち着かない様子であたりを見回し、後部ドアを開いた。

「うろうろしていて、渋六や敷島の連中の目に留まったら、うるさいからな」

さっきは、ずいぶん大風呂敷を広げていたが、外へ出たら急に用心深くなった。

ちょっと、いやな感じがする。

宇和島は、先に世津子を座席に押し込み、あとから乗って来た。

運転手に、顎をしゃくってみせる。

「こいつは、敷島組の井上だ。おれの舎弟よ。つまり、もとの、という意味だが」

井上と呼ばれた男は、体をねじって世津子に笑いかけた。

白いシャツに、紺の毛糸のチョッキを着て、髪を長く伸ばした三十前後の男だ。

「どうも。井上です。兄貴には、いつもお世話になってます」

井上がそう言って、エンジンをかける。

世津子は、しかたなく応じた。

「よろしく」

宇和島の息がかかっている、というのはこの男のことらしい。

敷島組に在籍しながら、マスダに鞍替えした宇和島といまだに接触があるとすれば、井上はスパイのようなものだろう。

しかも宇和島は、渋六と手を結んでその敷島を叩きつぶす算段をする、という。

まったく、仁義もくそもあったものではない。

道玄坂をくだった車が、〈１０９〉の角を左に曲がらず駅の方へ向かうのに気づいて、世津子は不審を覚えた。

「ちょっと、どこへ行くんですか。〈サルトリウス〉は、文化村の方じゃないの」

「予定が変わった。新宿へ行く」

宇和島の緊張した声に、世津子は思わず顔を見た。

外のネオンの明かりを受けて、さっきまでとは打って変わった宇和島の、厳しい表情が浮かび上がる。

「新宿なんか、わたしは行きませんよ。もどってくれない」

世津子は運転席に声をかけたが、井上は返事をしなかった。

車は山手線のガードをくぐり、明治通りを左に曲がった。

少し行くと、渋六興業のオフィスがはいったビルがあり、さらに表参道とぶつかる手前には、神宮署がある。

世津子は、宇和島を睨みつけた。

「だましたわね。こんなことしたら、渋六もあの人も黙っていないわよ」

「おや、そうかい。だったら、窓から首を出して助けを呼ぶんだな。ほら、今渋六の前を通り抜けたぞ。今度は、神宮署だ」

世津子はボタンを動かし、閉じたウインドーを下げようとしたが、なぜか作動しない。

思い切ってロックをはずし、ドアを押しあけようとしたが、これも動かなかった。

宇和島が、笑いながら言う。

「やめとけよ、無駄なことは。この車は、ウインドーもドアもコンピュータで制御されていて、運転席からしか操作できないようになってるんだ」

世津子は、唇の裏側を噛み締めた。

罠にかけられたのだ。

こんな男の言うことを、なぜ真に受けたりしたのだろう。

あれだけいやがらせをされながら、最後の最後に甘い言葉でころりとだまされた自分が、あまりにも情けない。魔が差したとしか思えない。

それもこれも、禿富が悪いのだ。

禿富が、あのすかした女と遊び歩いたりするから、こんなことになったのだ。禿富へのわだかまりさえなければ、宇和島のような悪党の言うことに、耳を傾けはしなかった。

世津子は、車が神宮署の向かい側を通り過ぎるのを見て、腹を据えた。

あらためて、宇和島を睨みつける。

「どこへ連れて行くのよ」

「マスダの本部よ。渋六の縄張りは、いずれおれたちのものになる。そのときのために、マスダのお歴々に顔つなぎをしてやろうってわけだ。ありがたく思え」

世津子は、ふんと鼻を鳴らした。

「やめてよ。わたしの店なんか、どうせ取り壊すくせに。いったい、わたしをどうするつもりなの」

宇和島は、たばこに火をつけた。

「おまえが、ちょいとおれたちに手を貸してくれたら、〈みはる〉を今のまま商売ができるように、残してやってもいいんだぜ」

世津子は笑った。

「ばかにするのも、いいかげんにしてよ。さんざんだましておいて、また一杯食わせようっていいうの」

「今度は、嘘じゃねえよ」

「信用しろ、という方が無理ね」

「だったら、もう信用しろとは言わねえ。どっちにしても、おれたちに手を貸さないことには、おまえは無事に帰れねえんだよ」

「何をさせるつもりなの」

不安を隠して聞き返すと、宇和島はたばこの煙を吹きかけてきた。

「おまえが、ハゲタカの野郎と大喧嘩したことは、もう分かってるんだ」

世津子は、ぎくりとして宇和島を見た。

「どうして知ってるの」

「あの野郎が、自分で言い触らしてるからよ。あのしつこい大年増と別れて、せいせいしてるってな」

「嘘」

世津子はかっとなって、宇和島につかみかかった。

宇和島はあわてて、世津子を突き放した。

「何しやがるんだ、このあま。おれに当たり散らすのはやめろ。おれは、ハゲタカが口にしたとおりのことを、言っただけなんだからな」

世津子は、ドアにぶつけた肘をさすりながら、怒りと戦った。

絶対に嘘だ。禿富が、そんなことを言うはずがない。それだけは、確信がある。

だが、もしかして実際にそう言ったのだとしたら、許しておけない。

宇和島が続ける。

「そうでなきゃ、おれたちがそのことを知るわけがないだろう。おまえだって、そのことはだれにも言ってないはずだぞ」

世津子は、唇を嚙み締めた。

宇和島の言うことにも、筋が通っている。

確かに、あの夜の喧嘩のことは、だれにも話していない。禿富が外で話さないかぎり、宇和島の耳にはいることはないはずだ。

世津子は肩を落とし、ため息をついた。

「わたしに、何をさせようっていうの」

宇和島は、灰皿でたばこをもみ消した。

「ハゲタカを、呼び出してもらいたいのさ」

世津子は、力なく笑った。

「あの人が、わたしの呼び出しに応じると思うの」

「それで、あいつの本心が分かるって筋書きよ。やつが、おまえの言うことを聞けば、まだ脈がある証拠だろう。逆に応じなかったら、それまでってことさ」

「もし、あの人が出て来たら、どうするつもりなの」

「話をつけるのさ。ヤクザとデカは持ちつ持たれつ、仲よくやるのが昔からの習わしだ。それをとくと、思い出させてやるのよ。マスダが渋谷へ進出するのに、やつにじゃまをされたんじゃ、かなわんからな」

「まさか痛めつけたり、殺したりするんじゃないでしょうね」

宇和島が、おおげさに顔をしかめる。

「ばか言うな。デカを痛めつけたり殺したりして、ただですむと思うか。多少は脅すにしても、最後は金で話をつけるんだ」

世津子は、少し考えて言った。

「どうやって呼び出せばいいの」

「たとえば正直に、マスダにつかまって監禁されてるから、助けに来てくれと言ってみるのよ。たまたま、携帯電話を隠し持っていた、ということにしてな」

さっき宇和島が、携帯電話を持って行けと言った理由が、それで分かった。

最初から、そのつもりだったのだ。

世津子は、首を振った。

「だめね。あの人は、そんな手には乗らないわ。すぐに見破られるわよ」

それよりも禿富に、助けに来るのを拒否されたときのことを考えると、あまりにみじめで試す気になれない。

宇和島は、顎をなでた。

「だったら、仲直りを申し出るとか、ちょいと甘えてみせるとか、何か手があるだろう」

世津子は口をつぐみ、考えを巡らした。

こちらからあやまる気があるなら、世津子はとうに禿富に電話していた。何も連絡しなかったのは、自分にも意地というものがあるからだ。

しかし、宇和島に強制されてわびを入れるのなら、それほど自尊心も痛まない。試してみる価値はある。久しぶりに、声も聞いてみたい。

車は、明治通りから甲州街道にぶつかり、右に折れた。

新宿御苑トンネルにはいらず、上の道を御苑に沿ってしばらく走る。

やがて車は、暗いビルの一階に口をあけたガレージの中に、静かに乗り入れた。

シャッターは、あけ放したままだった。

運転席で、井上がボタンを操作したらしく、世津子の横のウインドーがおりる。

同時に、ラジオかＣＤか分からないが、古いアメリカンポップスの曲が、車内に流れ始めた。

世津子が、ふだん有線で店に流しているのと、同じような曲だった。

「用意はいいぞ。ハゲタカに、かけてみろ。店にいるふりをして、すぐ来るように言うんだ」

世津子は、ためらった。

「でも、こんな時間に電話しても、もう寝てるんじゃないかしら」

「あるいは、どこかで女と飲み歩いているか、どちらかだな」

いちいち、言うことが気に障る。

「それに、どうしてお店へ来てもらうのよ。ここへ来るように言ったらどうなの」

「〈みはる〉の前で、マスダの幹部が待つ手筈になってるのよ。いくらハゲタカでも、こんな夜中にマスダの縄張りまで、のこのこ出て来るわけがないからな」

「お店に来てもらうのなら、わざわざこんなところまで来なくてもよかったのに」

闇の中で、宇和島の目がきらりと光る。

「がたがた言うな。ハゲタカにけんつくを食らうのが怖くて、電話できないんじゃないのか。それだから、あんな女にしてやられるんだよ」

世津子は憤然として、ハンドバッグから携帯電話を取り出した。

宇和島が車内灯をつけ、じっと世津子の様子をうかがう。

電源を入れ、ワンタッチボタンを押した。

呼び出し音が鳴り始める。一回、二回、三回。

なかなか出てこない。

見守る宇和島の顔に、いらだちの色が浮かぶ。

十二回目で、やっと出た。

「なんの用だ」

いきなり、禿富が言う。発信番号で、世津子と分かったらしい。

「ごめんなさい、こんな時間に。今、どこにいるの」

「署のトイレだ」

「あら、まだ署にいたの。忙しそうね」

「大きなお世話だ。なんの用だ」

ぶっきらぼうだが、いつもより機嫌が悪いというわけでもなさそうだ。

胸の奥に、ぽっと明るい灯がともる。

「あの、もし時間があったらだけど、お店の方に顔を見せてほしいの」

少し間があいた。

「こんな時間に、まだあけてるのか」

「え。ええ、そうなの。もう、お客さんはいないんだけどね、もしかしてあんたが来るといけない、と思って」

「どうして、おれが行くかもしれない、と思うんだ」

そのいやみな口調に、世津子は少しだけむっとした。

「こないだのことが、気になったものだから」

禿富は、返事をしなかった。

しかたなく続ける。

「あの、わたしが、悪かったわ」

「そうか」

「ええ。ごめんなさい。来てくれる」

「どうしても、と言うならな」

その言い方に、またむかむかする。

「来てくれたら、うれしいわ」

そう応じながら、ふと宇和島を見た世津子は、冷水を浴びせられたようにぞっとした。

車内灯に照らされた宇和島の顔は、まるで魂を買う約束を取りつけた悪魔のように、邪悪な笑いを浮かべていた。

それを目にしたとたん、自分がまただまされていることに、本能的に気づいた。

もし、秃富が世津子の言うとおり〈みはる〉へ行ったら、何か悪いことが待ち受けているのではないか。

宇和島が、世津子の顔色を見て、乗り出そうとする。

「それじゃ、ちょっと顔を出すか」

秃富が言うと同時に、世津子は叫んだ。

「全部嘘よ、このとんちき。あんたの顔なんか、見たくもないわ。二度とお店へ来ないでよ」

そう言い捨てて、携帯電話をぱちんと閉じる。

宇和島は目をむき、世津子の喉元をつかんだ。

「このあま、裏切りやがったな」

その恐ろしい顔つきを見て、世津子は自分の想像が当たったことを悟った。

切れぎれに言う。

「あんたになんか、もう、だまされないわよ。は、離して。息が、できない、じゃない。は、離してよ」

食い込んだ指が、ぐいぐい喉を絞め上げてくる。

世津子は遠ざかる意識の中で、当惑した顔で携帯電話を見つめる、秃富の幻影を見た。

第七章

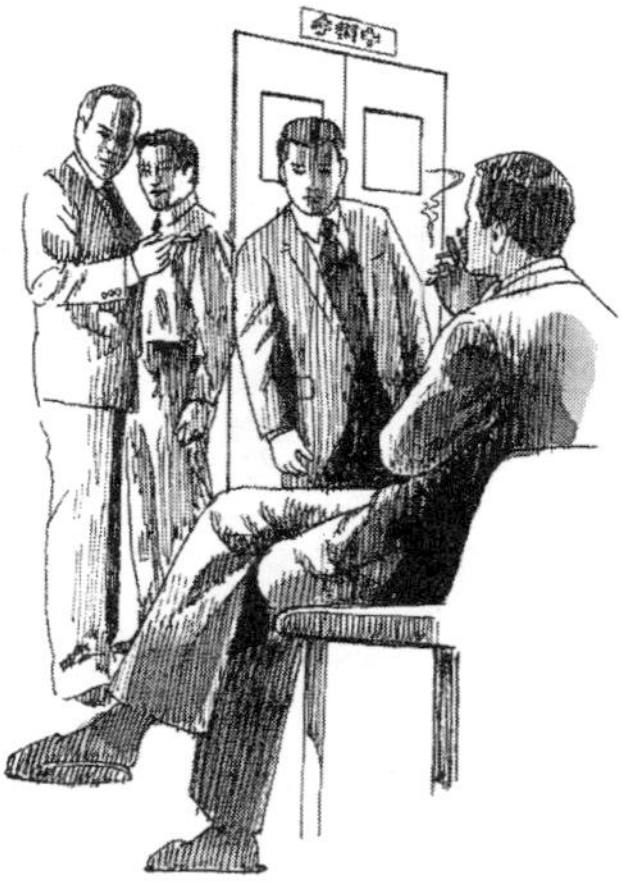

33

ポケットの中で、携帯電話が振動した。

王展明は電話を取り出し、ボタンを押して耳に当てた。

「おれだ、宇和島だ」

宇和島博だった。

「どうした。うまくいったか」

「失敗した。もう少しでハゲタカの野郎を、うまくおびき出すとこだったんだ。ところがあのあま、最後の最後にこっちの注文に気がついたらしくて、ハゲタカに悪態をつきやがった」

「悪態、ついたか」

「そうだ。危ないから来ないで、とかあたりまえに警告しただけなら、まだよかった。ハゲタカが男気を出して、やって来る可能性もあるからな。ところがあのあま、ハゲタカにもう顔も見たくないとか、二度と店に来るなとか、さんざんののしりやがった。あれじゃ、ハゲタカも頭にきて、神輿を上げる気にならんだろう。今夜のところは、あきらめるしかないな」

王展明は、頰を掻いた。なかなか、頭のいい女だ。

「その女、どうするつもりだ」

「とりあえず今夜は、ギャレットに押し込めておく。あしたまた、別の手を考える」

ギャレット（屋根裏部屋）とは、マスダの秘密賭博場に付属する隠し部屋のことで、仲間うちではそのように呼び慣わしている。新宿御苑に近いビルの、カジノバーの真裏にあった。

王展明が黙っていると、宇和島は続けた。

「あんたもそこを引き上げて、こっちへもどって来い」

王展明は、少し離れた通りのビルの壁にもたれて、〈みはる〉に目を向けた。

桑原世津子は、宇和島と店を出るときに明かりを消し、入り口のドアに鍵をかけた。

少し間をおいて、王展明は閉じた鍵を細いヤスリで楽々と解錠し、明かりをつけ直した。

その淡い光が、ドアに切られた小さな磨りガラスの小窓から、ぼんやりと漏れている。

「おれ、もう少し、ここで見張る。ハゲタカ、来るかもしれない」

「むだだよ。あの、いばりくさったハゲタカが、女にくそみそに悪態をつかれて、のこのこやって来るものか」

「あと三十分だけ、待ってみる。あんた、女を見張ってろ」

「好きにしな」

宇和島はそう言って、通話を切った。

携帯電話をしまう。

王展明は、少し離れたところに店を出している、おでんの屋台の暖簾《のれん》をくぐった。

「らっしゃい」

白い上っ張りを着た初老のおやじが、威勢のいい声を上げて迎える。

先客は、かなり酔っ払った年配のサラリーマンが、二人いるだけだった。

丸い椅子にすわると、おやじと一緒に後ろの〈みはる〉が視野にはいるので、人の出入りを見落とす心配はない。

王展明は、ビールとおでんを適当に頼み、腹ごしらえをした。

グラスに注いだビールは、軽く口をつけるだけでほとんど飲まず、こっそり地面に流す。仕事が控えているときは、アルコールを口にしないのが決まりだ。

宇和島は、ハゲタカと呼ばれる神宮署の刑事を、当分外歩きできないように痛めつけろ、と言った。

しかし王展明は、そんな中途半端な仕事をするつもりはなかった。ホセ石崎も、同じ意見だった。

警察官を殺すことを、日本の暴力団員がなぜ恐れるのか、よく分からない。息の根を止めないと、あとで報復されるだけではないか。

宇和島の言うとおり、女が電話でひどい悪態をついたのだとしても、ハゲタカは自分を店に近づけないための芝居だ、と読むかもしれない。それくらいの頭は、あるだろう。

だとすれば、ハゲタカが店へ様子を見に来る可能性は、十分にある。

むろん、女にそれだけ惚れている、と仮定してのことだ。宇和島の話では、少し前に二人は仲たがいをしたというから、あまりあてにはできないが。

酔客が何人か、〈みはる〉の明かりに引かれて、ドアをあける。

しかし、だれもいないと分かると、みんなそのまま立ち去った。

王展明は、ハゲタカの背格好や顔立ちを聞いてはいるが、実物を見たことがない。

一目見れば分かる、と宇和島は言った。今のところ、それらしい男はやって来ない。

どうやら、見込みがはずれたようだ。

ハゲタカが、女の悪態を文字どおり捨てぜりふと受け取ったか、警告と分かっても助けに行くほどは惚れていないかの、どちらかに違いなかった。

三十分たった。

二人の先客は、もういなくなっている。おやじが、屋台を畳む準備を始めた。

王展明は勘定を払い、屋台の陰で革の手袋をはめた。

めっきり人影の少なくなった狭い通りを、〈みはる〉の前までぶらぶらと歩く。

ハゲタカが現れないとなれば、もとどおり店を閉めておかなければならない。そのまま、明かりをつけ放しにしておくと、かえって不審を招くことになる。明日以降、もう一度やり直せばいい。

王展明はドアをあけ、明かりを消そうと戸口から体を半分入れ、中をのぞいた。

「何をしてるんだ」

突然背後から声をかけられ、王展明は驚いて振り向いた。

紺のスーツを着た、身長百八十センチほどもある背の高い男が、険しい目で見下ろしてくる。

王展明は、愛想笑いを浮かべた。

「一杯飲もうとしたら、だれもいないね。だから、帰るところ」

男は戸口に立ちはだかり、体で王展明の行く手をさえぎった。

「嘘をつけ。今、ドアの内側に手を入れて、明かりを消そうとしただろう。中にだれもいないことを、最初から知ってたんじゃないか」

王展明は、唇の裏側を噛み締めた。

この男はどこかに隠れて、店の様子をうかがっていたに違いない。何者だろう。

「それ、何かの間違いね。わたし、帰る。そこ、どいてください」

「おれは、渋六の野田という者だ。おまえ、素人じゃないな。どこの何者か、はっきり言ってみろ。台湾マフィアか」

渋六と聞いて、王展明はさすがに緊張した。野田という名前も、耳にした覚えがある。

とんでもない、という顔をこしらえて王展明は、首を振った。

「違う、勘違い、よくない。わたし、ただのお客ね」

「そうは見えないな。中にはいれ」

野田と名乗った男は、王展明の肩を乱暴にこづいて、店の中に押し込んだ。

「乱暴、やめてください。わたし、もう帰るところね」

「その前に、聞きたいことがある。ここのママは、どこへ行った」

「知らない。ここ、初めて来た。ママと、会ったこともない」

まるで嘘、というわけではなかった。

店から、マンションへもどって行くママの顔を、車の中から宇和島に示されたことはあるが、それはただ見たというだけにすぎない。

野田が、のしかかってくる。

「パスポートでも外国人登録証でも、身分の分かるものを出してみろ」

王展明は、ストゥールに左の肘を当てて体を支え、右手を革のジャケットの内側に入れた。ポケットのたくさんついたベストの、さらに内側に指を滑らせる。

鋭くとがらせた寸鉄を握り締め、横についた指止めに中指をくぐらせる。

「早くしろ」

じれた野田が、腕を伸ばして王展明の手首をつかもうとした。

王展明は、すばやくその腕の下をかいくぐると、野田の体とストゥールの狭い隙間を、猫のようにすり抜けた。

同時に、右手に握った寸鉄を野田の下腹に、思い切り突き立てる。

野田は声を上げ、体を二つに折った。

振り回された野田の手が、王展明のフロッピーハットをつかんで、むしり取る。

王展明は、とっさに頭を押さえたが、間に合わなかった。

帽子を取り返そうと、位置の入れ替わった野田に向かって、飛びかかろうとした。

しかし、そのときすでに野田は帽子をつかんだ手を下にして、壁とストゥールの間の通路に、倒れ込んでいた。

王展明は焦って、野田の手を引き出そうとかがんだが、逆に長い足で太ももを蹴りつけられ、戸口まで跳ね飛ばされた。

王展明はののしり、もう一度飛びかかろうとした。

しかし通路は狭すぎ、野田の体は大きすぎた。

王展明はすぐにあきらめ、寸鉄をジャケットのポケットに落とし込むと、急いで壁のスイッチを探った。

明かりを消し、外へ出てドアを閉める。

鍵をかける余裕はなく、急いでその場を離れた。

すでに、おでんの屋台は姿を消し、人影もない。

手応えは、十分にあった。

とどめを刺せなかったのが心残りだが、あのままだれにも見つからずに十分もすれば、おそらく男は出血多量で死ぬだろう。

あそこでもたもたして、だれかに見とがめられたりしたら、かえってめんどうなことになる。

これまで一度もつかまらずに、数かずの仕事をこなすことができたのは、ひとえに引き際を心得ていたからだ。

王展明は、人けのない裏道を選んで道玄坂の上に抜け、そこでタクシーを拾った。

34

呼び出し音が、十回を越えた。

水間英人はいらいらしながら、コースターの縁でテーブルを叩いた。

電源を切ろうとしたとき、やっと通話のつながる気配がした。

「もしもし、水間だ。今、話してだいじょうぶか」

そう呼びかけると、受話口の向こうで何かがこすれるような、耳障りな音がした。

水間は急に不安になり、少し声を大きくした。

「野田、おまえか。もしもし。返事をしろ」

玉突き台で、キューを構えていたボディガードの坂崎悟郎が、緊張した顔つきで体を起こす。

「水間」

野田のものとも思えぬ声が、耳に当たって跳ね返った。

「ああ、おれだ、水間だ。どうした。何かあったのか」

水間はコースターを投げ出し、携帯電話の送話口を手で囲った。

「や、やられた」

かろうじて、野田憲次の声と分かる程度の、しゃがれ声だった。

苦しげな呼吸音と重なって、ひどく聞き取りにくい。

水間は焦り、腰を浮かせた。

「おい、しっかりしろ。何でやられた。チャカ（拳銃）か、ヤッパ（刃物）か」

「ヤッパだ。腹をやられた」

「相手は」

「わ、分からん。痩せた、たぶん、マ、マスダの」

「マスダだと。くそ。今どこだ。場所を言ってくれ。すぐに行く」

「み、〈みはる〉だ」

「分かった、待ってろ。すぐに行くからな。じっとしてるんだぞ」

水間は携帯電話をしまい、坂崎を見た。

すでに異変を察した坂崎は、キューを置いて上着を着るところだった。

「野田が、腹を刺されたらしい。場所は〈みはる〉だ。車の中で円山病院に電話して、受け入れ準備をしてもらうんだ」

「分かりました」

坂崎は、巨体に似合わぬすばやさで戸口に行き、水間のためにドアをあけた。

裏のガレージに出る。

ベンツの運転席で、仮眠をとっていた若い者を叩き起こし、行く先を告げた。

車が走り出すと、坂崎は携帯電話で円山病院に連絡した。

「渋六の坂崎です。うちの野田が、刃物で腹を刺されたんです。十五分以内に、運び込みますから、よろしくお願いします」

電話が終わるのを待って、水間は運転手に声をかけた。

「おい、さっき野田を渋谷まで、乗せて行かなかったのか」

「すみません、社長の用でほかに出ていたものですから」

運転手はそう言って、自分の責任のように首をすくめた。

どうやら野田は、タクシーで行ったらしい。

水間は、いてもたってもいられぬ気持ちで、野田の無事を願った。

いや、すでに無事でないことは分かっているが、せめて命に別状がないように祈る。

ついさっき、水間が渋六興業の経営する恵比寿のクラブ、〈ブーローニュ〉の特別室に顔を出すと、待っているはずの野田の姿が見えなかった。

坂崎の話によると、それより十分ほど前神宮署の禿富鷹秋が電話してきて、野田に〈みはる〉の様子を見てきてくれ、と頼んだらしい。

野田はその旨を坂崎に告げ、あとで連絡すると水間に伝えるように言い残して、そそくさと出て行った。

なぜ〈みはる〉の様子を見に行く必要があるのか、禿富は別に理由を言わなかったようだ、と坂崎は付け加えた。

タクシーで行けば、〈ブーローニュ〉から〈みはる〉まで、十分とはかからない。

にもかかわらず、野田からはそれきりなんの連絡もないという。水間の携帯電話にも、かかってこなかった。

しばらく待ったが、相変わらずなしのつぶてだった。

しびれを切らし、水間の方から野田にかけてみたところ、この始末だったのだ。

水間はじりじりしながら、窓の外を流れるネオンを見やった。

いったい、何があったのだろう。

そもそも禿富は、なんのために〈みはる〉の様子を見てきてくれ、などと野田に頼んだのか。

その夜、水間は〈アルファ友の会〉の会費を集めるため、野田と交替で車を転がしながら、渋谷の契約店を一回りした。

最後に〈みはる〉に寄って、ママの桑原世津子を相手に、軽く酒を飲んだ。

世津子は、そのとき珍しくとげとげしい態度で、酒を飲むピッチも早かった。

それで、水間も野田もさわらぬ神に祟りなしとばかり、早々に引き上げたのだった。

水間は、集めた金を計算して金庫に保管するため、事務所へもどらなければならなかった。

野田が〈ブーローニュ〉へ回ると言うので、あとで落ち合うことにして店の前で別れた。

事務所へもどった水間は、金の勘定も含めていろいろと雑用を片付け、午前一時ごろタクシーで〈ブーローニュ〉へ向かった。

その前後に、野田は様子を見てこいという禿富の指示に従って、また〈みはる〉へもどったことになる。

こんな時間に、禿富が〈みはる〉の様子を見に行かせたとすれば、あのあとまた宇和島かだれかが、いやがらせにやって来たのだろうか。

少なくとも、水間と野田が〈みはる〉に顔を出したときは、何も変わった様子がなかった。

気になるとすれば、世津子がいつもと違って多少荒れていた、ということぐらいだ。

ふと思いついて、水間は世津子の携帯電話に、かけてみた。

電源が切られているらしく、つながらなかった。

「おい、もっとぶっ飛ばせ」

坂崎が、水間の心中を代弁するように、運転席に声をかける。

車は、旧山手通りから玉川通りを右折し、道玄坂に向かった。

円山町の裏通りにはいり、〈みはる〉の近くの路上にたどり着くまでに、ちょうど八分かかった。

道が狭いので、店の前までは乗りつけられない。

水間と坂崎は車を待たせ、〈みはる〉に向かって走った。

灯は消えていたが、ドアには鍵がかかっていなかった。

中にはいって、明かりをつける。

目の前の狭い通路に、野田の長い体が横たわっていた。

「野田、野田。しっかりしろ」

水間は、壁とストゥールの間に足を踏み入れ、野田の上にかがみ込んだ。

野田は、右手に携帯電話を握り締めたまま、意識を失っていた。

「兄貴、どいてください」

後ろから、坂崎が水間の肩を引きもどす。

足の力が抜けた水間は、引かれるままに坂崎と入れ替わった。

坂崎は、野田の腕をつかんで上体を引き起こすと、一気に肩にかつぎ上げた。そのままあとずさりして、店の外に出る。

水間を見て、坂崎は言った。

「車に運びます。あとをお願いします」

われに返った水間は、床に落ちた野田の携帯電話を拾おうと、体をかがめた。

電話と並んで、小さな袋のようなものが落ちているのに気づき、一緒に拾い上げる。

柔らかい手触りの、フェルトの帽子だった。

野田はふだん、そんなものをかぶらない。刺した相手のものに、違いあるまい。

水間は、帽子と携帯電話を丸めてポケットに入れると、明かりを消してドアを閉めた。

車に向かって駆ける坂崎の足は、野田をかついでいることを忘れさせるほど速い。

車のところで、ようやく追いついた。

坂崎は、慎重に野田の体を後部シートに下ろし、水間を振り向いた。

上着の下にのぞく、白いワイシャツの肩先から胸のあたりにかけて、どす黒い血が染みを作っている。

野田の体から、流れ出た血だ。

「助手席に乗ってください。自分は一っ走り先に行って、円山病院の様子を見てきます」

「頼む」

坂崎が駆け出すのを見て、水間は車に乗り込んだ。

発進すると同時に、車内灯をつける。

後部シートを振り返って、長ながと横たわる野田を見た。

野田は目を閉じたまま、ぴくりともしない。顔には血の気がなく、腕も床にだらりと垂れたままだ。

「野田、しっかりしろ」

水間は呼びかけ、腕を伸ばして野田の手をつかんだ。

その冷たさに、ぞっとする。

手首を探り、かろうじて脈の動きを感じ取ったときは、安堵で体が震えた。

しかし、まだ気を許すわけにいかない。

裏通りを迂回した車は、二分ほどで円山病院の前に着いた。

この病院は、親子二代で経営している外科の個人病院で、裏手に院長と副院長一家の住居がある。ここだけは、堅気だろうとヤクザだろうと、また渋六興業だろうと敷島組だろうと、分け隔てなく診てくれる。

坂崎と並んで、パジャマの上に白衣を着た息子の副院長と、きちんと制服を着た夜勤らしい看護婦が二人、門の前で待機していた。そばに、ストレッチャーも見える。

「すみません、先生。こんな時間に」

水間が頭を下げると、まだ四十代なのにすでに禿げてしまった副院長は、ぶっきらぼうに言った。

「どうだ、息をしてるか」

突然そう聞かれて、面食らう。

「もちろん、していますす」

「それじゃ、まだ脈はあるな」

冗談とも本気ともつかぬ口調に、水間は少し緊張がほぐれた。

八十歳近い院長はこちこちの堅物だが、息子の副院長はきっぷがよくて話の分かる男なので、界隈のヤクザ、地回りに頼りにされている。

坂崎が、また一人で軽がると野田をかつぎ上げ、ストレッチャーに横たえた。

坂崎は、ボディガードとしても抜群の腕をしているが、こういうときほんとうに頼りになる男だ。

副院長の指示で、横手の出入り口に向かう。

通路の先のスイングドアを抜けると、そこはもう院内の廊下だった。左手の奥の、緊急手術室に向かって、ストレッチャーが走る。

坂崎は、副院長から何かのときに手を貸すように言われ、一緒に手術室にはいった。

廊下に一人取り残された水間は、少しの間ベンチを立ったりすわったりしていたが、いっこうに落ち着かない。

スイングドアまで引き返し、たった今はいってきたばかりの出入り口から、夜気に湿った外へ出た。

携帯電話を取り出し、社長の谷岡俊樹に一応報告の電話を入れる。

谷岡はすでに、池尻大橋の自宅にもどっていた。

野田が刺されたと聞くと、さすがに驚いてすぐに病院へ向かう、と言った。ただし、碓氷嘉久造にはよけいな心配をかけたくないので、黙っているようにと付け加えた。

通話を切ったとき、ポケットの中で別の呼び出し音が鳴った。

あわてて手を入れ、帽子にくるまった野田の携帯電話を、引っ張り出す。

「もしもし」

「おれだ、禿富だ。なぜ、報告してこない」

禿富鷹秋の声だった。

35

水間英人は、電話を握り締めた。

「水間です。野田は、電話に出られません」

少し間があく。

「水間か。出られない、とはどういう意味だ」

「だれかに、刺されたんです」

「刺された」

禿富鷹秋はおうむ返しに言ったが、とくに驚いた様子はなかった。

水間は、せき込んで続けた。

「野田はだんなに頼まれて、〈みはる〉に行ったんじゃないんですか」

「そうだ。〈みはる〉で刺されたのか」

「そうです。店でだれかといざこざを起こして、ヤッパで腹をえぐられたんです」

「相手はだれか、分かってるのか」

世間話でもするようなものの言い方に、しだいに腹が立ってくる。

「分かりません。野田は、マスダじゃないかと言ってます」

「やはりな」

水間は、その言葉を聞きとがめた。

「やはり、とはどういう意味ですか」

「野田に手を出すのは、マスダくらいしかいないだろう。怪我は、どんな具合だ」

怒りを押し殺す。

「かなり、ひどいようです。今円山病院で、緊急手術中です」

「そうか」

無感動なその反応に、水間は黙っていられなくなった。

「なんだって、野田に〈みはる〉の様子を、見に行かせたんですか。ママの姿も見えないし、いったい何があったんですか」

問い詰めると、禿富は少し口調をあらためた。

「分からん。とうに午前零時を回っていたが、世津子がおれの携帯に電話をよこして、店へ来てくれと言うんだ。二、三日前に口喧嘩をして、少々気まずいことになっていた。そのことで、わびを入れるつもりだったらしい」

それで分かった。

野田と二人で店に寄ったとき、世津子の様子がいつもと違っていたのは、やはり禿富と喧嘩したせいだったのだ。

「それでだんなは、店へ行ったんですか」

「いや。同じ電話で、急におれの顔なんかみたくないとか、二度と店へ来るなとか、わめき出したんでね」

話の筋がよく分からず、水間はいらいらした。

「だって、わびの電話だったんでしょう」

「最初は、そう思った」

「だんなが邪慳なことを言って、また怒らせたんじゃないんですか」

「違う。理由もなしに、突然ののしり始めたんだ。その直前まで、しおらしく話をしていたのにな」

「それはおかしい。何か、わけがあるはずだ」

「だからおれも、野田の携帯に電話して様子を見てきてくれ、と頼んだんだ」

「おれに、電話してくれればよかったんですよ」

そうすれば、野田はやられずにすんだのだ。

「おまえだったら、やられなかったというのか」

「そうは言いませんが、少なくとも野田は無事だった」

「おう、美しい関係だな」

からかうような禿富の口調に、心臓のあたりが冷たくうずく。

禿富に、そんなことを言う資格はない。まったく、腹に据えかねる男だ。

水間は怒りを押し殺し、口を開いた。

「ママの電話は、罠だったんじゃないんですか」

少し間をおいて、禿富がすなおに応じる。

「かもしれん。世津子はだれかに脅されて、おれに電話をした可能性もある」

「だれですか、たとえば」

「たとえば、宇和島の野郎だ」

「宇和島。あの野郎が、だんなを〈みはる〉へおびき出そうとして、ママに電話をかけさせたってわけですか」

「ありうるだろう。あいつはおれに、引導を渡したがっているからな」

なんとなく、話が読めてくる。

「なるほど、それなら分かるような気がする。ママは、電話の最中に急に気が変わって、だんなを店に来させないようにしよう、と決めた。それで、だんなにわざと悪態をついてみせた、というわけだ」

「そんなとこかもしれん」

水間は、大きく息を吸った。

「だんなはそのことを、野田に伝えたんですか」

「確証もないのに、どうしてそんなことを言う必要がある」

その冷たい口調に、水間は頭に血がのぼった。

「罠かもしれないと思ったら、警告するのが当然でしょうが。まして、野田を自分のかわりに、見に行かせるんだから」

食ってかかると、禿富は乾いた笑い声をたてた。

「ばかを言え。子供じゃあるまいし、いちいち警告されなきゃ分からんようなヤクザは、一人前のヤクザとはいえん。そういう不用心なやつは、早晩くたばると決まっている」

がまんも、限界に達した。

「その言いぐさはないでしょう。もし野田に万一のことがあったら、いくらだんなでもこのままじゃおきませんぜ。覚えておいてください」

水間は捨てぜりふを吐き、一方的に通話を切った。

腹立ちまぎれに、携帯電話を地面に叩きつけようとして、危うく思いとどまる。

考えてみれば、それは自分の電話ではなく、野田のものだった。

拳を握り締め、なんとか怒りをやり過ごす。

待ち伏せの恐れがある、と承知の上で野田を身代わりに〈みはる〉へ行かせるとは、いったいどういうつもりだ。

あまりに自分本位な禿富の仕打ちに、体の震えがなかなかおさまらない。

禿富にとって、所詮渋六は自己の利益を図る道具にすぎないのだ、と思い知る。

こちらも、それを承知で禿富と付き合ってきたつもりだが、最近はいつの間にか情が移った感じで、禿富を身内同然に考えるようになっていた。

そこへ、頭から水を浴びせられた格好になり、水間はいっぺんに気持ちが冷えてしまった。

たいていのことは、大目に見てきたつもりだ。

禿富はそういう男なのだ、とあきらめてもいた。

しかし、ことが身内の安危に及ぶとすれば、話は別になる。ましていて秀富が、野田を単なる弾よけのように扱ったとしたら、黙っているわけにいかない。そのために、野田は実際に襲われるはめになり、重傷を負ったのだ。

気持ちを鎮めて、手術室の前にもどる。

ちょうどそのとき、手術室のドアから年配の看護婦が駆け出て来て、水間の脇をすり抜けようとした。

白衣の腹のあたりが、血で真っ赤に染まっている。

水間は、とっさに看護婦の二の腕をつかんで、引き止めた。

「すまん、どんな具合ですか」

眼鏡をかけた看護婦は、きっと水間を睨んだ。

「よくないわ。腹膜炎を起こしかけてるの。離してください」

水間が手を離すと、看護婦は廊下を走って二つ先のドアの中に、駆け込んだ。

十秒もしないうちに、真新しいガーゼの束を腕いっぱいに抱えて、飛び出して来る。

それについて、一緒に手術室にはいろうとしたが、看護婦は足で乱暴にドアを蹴り、水間を締め出した。

ドアの隙間から、すさまじい唸り声が聞こえてきたので、思わずたじろぐ。

水間はなすすべもなく、廊下を行ったり来たりした。

いったい、だれが野田を刺したのか。

宇和島とは思えない。

あの男が相手と分かれば、野田も用心してそばへ近寄らせないだろうし、まして簡単に刺されることもないはずだ。

マスダの身内に、渋六興業の縄張りへ大胆にも単身潜入して、刃物を振るうだけの度胸と腕を持った男が、いただろうか。

それともまた、以前南米から送り込まれて来たミラグロのような、向こう見ずの殺し屋が新手に加わったのだろうか。

水間はベンチにすわり、手のひらに拳を打ちつけた。

指を握り合わせ、その上に額を垂れる。

神の存在など信じてはいないが、ちんぴらのころから苦楽をともにしてきた野田のことを思うと、何かに祈らずにはいられなかった。

五分ほど過ぎたとき、スイングドアの揺れる音がした。

顔を上げると、暗い廊下を水間の方にゆっくりとやって来る、黒い人影が見えた。

水間はベンチを立ち、反射的に身構えた。

「だんな」

予想外の人物に、水間は思わず声を発した。

非常灯に照らし出されたのは、飢えた獣のような禿富鷹秋の顔だった。

禿富は、仕立てのいい紺サージのダブルのスーツを着込み、同じ地色のペイズリのネクタイを締めている。

「どうだ、野田の具合は」

肩の力が抜ける。

禿富もさすがに気になって、様子を見に来たらしい。

水間は、電話で捨てぜりふをはいただけに、ちょっとばつが悪くなった。

「よくないようです。麻酔医がいないのか、さっきひどい唸り声が聞こえました」

「唸る元気があるなら、だいじょうぶだろう」

禿富はひとごとのように言ったが、今度は水間も腹を立てなかった。

とにかく禿富は、見舞いに来てくれたのだ。さっきのやり取りからすれば、ほとんど期待できない展開といってよい。

並んで、ベンチにすわる。

禿富が言った。

「何があったか、状況を話してみろ」

水間は、〈ブーローニュ〉で野田が出て行ったと聞いたときから、〈みはる〉の床に倒れている野田を発見するまでの経過を、ざっと禿富に報告した。

禿富は、まったく表情を変えずに聞いていたが、話が終わるとすぐに質問した。

「意識を失う前に、野田は刺したやつのことを言ったか」

「マスダ、と言いました。たぶん、マスダの、と」

「それだけか」

念を押されて、水間はポケットを探った。

例の、柔らかいフェルトの帽子を引き出し、禿富に示す。

「これが、現場に落ちてました。刺したやつのものだ、と思います。野田の体の下になっていたので、回収できなかったんじゃないかな」

禿富はそれを手に取り、しげしげと眺めた。

その間に、水間はもう一つ思い出した。

「そうだ、野田はそのとき相手のことを、痩せたなんとか、と言いました」

「痩せたやつ、という意味か」

「たぶん、そうでしょう。野田は、もともと荒ごとが得意な方じゃないが、痩せた貧相な野郎にあっさり刺されるほど、やわなやつでもない。ガタイ（体格）があるし、油断さえしなければ」

そこで言葉を切り、さらに〈事前に警告さえ受けていれば〉と付け加えたいのを、ぐっとこらえた。

禿富はまるで、水間の話を聞いていなかったように帽子を投げ返し、向かいの壁に視線を向けた。

「痩せていて、妙な帽子をかぶった野郎か」

その独り言に、水間は顔を見た。

「だんなに、何か心当たりがあるんですか」

「もしかすると、ワンチャンミンかもしれんな」

「ワンチャンミン」

「王さまの王に展覧会の展、明るいと書く。日本読みすれば、おうてんめいだ」

水間は頭の中で、王展明という字を思い浮かべた。

「そいつは、マスダの構成員ですか」

「構成員かどうか知らんが、最近上海から呼ばれて来たヒットマンだ、と聞いている」

「どこから、聞いたんですか」

禿富は、じろりと水間を見た。

「おれはデカだぞ、水間。おまえらと違って、あちこちに情報網がある。いちいち、素人くさいことを聞くな」

水間は、目を伏せた。確かに、禿富の言うとおりだ。

「すみません。それで、その王展明って野郎は、どんなやつなんですか」

「ふにゃふにゃの帽子をかぶった、身長百七十センチほどの針金みたいに痩せた野郎だそうだ。凄腕だという触れ込みだが、まだそれを見た者はだれもいない」

「ミラグロと同じ、ナイフ使いですかね」

「野田をやったのがそいつなら、そういうことになるだろうな」

そのとき、またスイングドアが大きく揺れて、だれかはいって来た。

36

水間英人は、ベンチを立った。

はいって来たのは、社長の谷岡俊樹だった。

後ろに、用心棒を兼ねた若い付き人を三人、従えている。

「お騒がせして、すみません」

水間が頭を下げると、谷岡はジャケットの胸ポケットからハンカチを取り、鼻に当てて派手なくしゃみをした。

「くそ」

そうののしってから、ベンチにすわる禿富鷹秋を見た。

なぜここにいるのか、といぶかるように顎を引く。

禿富は、腕を組んだまま谷岡に挨拶もせず、向かいの壁を見つめている。

谷岡は水間に目をもどし、ハンカチを突きつけた。

「どうした。だれにやられたんだ」

「まだ分かりませんが、たぶんマスダのしわざじゃないか、と思います」

「マスダのだれだ」

「今も、禿富のだんなと話をしていたところですが、上海から助っ人で呼ばれたやつかもしれません。王展明、とかいう野郎だそうです」

「おうてんめい、だと」

「ええ」

水間は字を教え、禿富の話を伝えた。

谷岡は、髭で青黒くなった顎をごしごしとこすり、濃い眉をぐいと寄せた。

「そいつ一人にやられたのか」

「らしいです。どういう状況か、野田からまだ聞いてないんですが」

そのとき、ベンチから禿富が言った。

「おれが野田に、〈みはる〉の様子を見に行かせたんだ。桑原世津子が、妙な電話をよこしたのでね。それが、どうやら罠だったらしい」

谷岡は、禿富の方に向きを変えた。

「しかし、野田は人一倍用心深いやつだから、簡単に待ち伏せを食ったりしないはずだ。なんだか、腑に落ちねえな」

禿富の頬がぴくりと動くのを見て、水間はすばやく割ってはいった。

「自分も同感です。もし、野田をやったのがその王展明なら、かなりの腕利きに違いない。野田はたぶん、そいつの見てくれにだまされて、油断したんでしょう」

谷岡は不満そうにしたが、しぶしぶ口をつぐんだ。

そのとき、手術室のドアが開いた。

二人の看護婦が、ストレッチャーの前後をガードしながら、足早に出て来た。

水間は急いで、そばに駆け寄った。

谷岡たちも、あわててそれに続く。

野田は、鼻に点滴のチューブを差し込まれたまま、目を閉じていた。意識があるようには見えない。

「どいてください」

先に立った年配の看護婦が、ラッセル車が雪煙を吹き上げるような勢いで、水間たちを押しのける。

やむなく、水間はストレッチャーを追うのをやめ、手術室のドアを振り返った。

ベビー服のように見える、サイズの合わない水色の手術着をつけた坂崎悟郎が、戸口にのそりと立ちはだかった。

その脇をすり抜けるようにして、副院長が廊下に出て来る。

「先生、どんな具合ですか」

水間がせき込んで尋ねると、副院長は手術帽を脱いで、マスクを片耳から垂らした。

「思ったより深い傷だったが、最善は尽くしたつもりだ」

そばから、谷岡が割り込む。

「助かるんでしょうね、先生」

副院長は、げっそりした頬を爪の先で掻き、軽く首をかしげた。

「出血がひどくて、まだ予断を許さない状況だが、朝までもてばだいじょうぶだろう。あと三十分遅れていたら、危なかったがね」

それを聞いて、水間はいくらかほっとした。

水間の肩越しに、禿富が質問する。

「凶器はなんだか分かりますか」

その切り口上な物言いに、副院長はちょっとむっとした顔で、禿富に目を向けた。

「あなたは」

水間は急いで、二人を引き合わせた。

「ええと、神宮署生活安全特捜班の禿富警部補に、こちらは副院長の屋代先生です」

副院長はうなずき、薄笑いを浮かべた。

「神宮署の刑事さんがご一緒なら、この事件はもう公のものになった、と理解していいわけですな」

水間は咳払いをして、ちらりと禿富を見た。

禿富の顔は、ねじの緩んだ柱時計と同じくらい、無表情だった。

水間は、副院長を壁際まで引っ張って行き、小声で言った。

「警部補は、たまたま野田やわたしたちと顔見知りで、見舞いにきただけなんです。事件の聴取に来たわけじゃない。この一件は、不注意による会社内の事故ということで、処理してもらえませんか」

副院長は、渋い顔をした。

「いつもの伝だな」

「すみません。お願いします」

水間が頭を下げると、副院長は声をひそめた。

「あの刑事は、それでいいのか」

「だいじょうぶです」

副院長は、やれやれというように首を振って、だれにともなく言った。

「野田の腹に刺さったのは、ナイフとか匕首《あいくち》のたぐいじゃない。もっと細くて、鋭くとがったものだな。たとえば千枚通しとか、アイスピックとか、五寸釘とかだ。そうだ、会社の倉庫で五寸釘を踏み抜いた、というのはどうだ。足でなくて、腹というのが奇妙だが」

それを聞くと、禿富はくるりときびすを返して、廊下を歩き去った。

スイングドアを押して、そのまま姿を消す。

谷岡がいまいましげに、水間と坂崎の顔を見比べた。

「くそ、相変わらず、愛想の悪い野郎だぜ。なぜあいつは、自分で〈みはる〉へ行かないで、野田を行かせたんだ」

「たぶん、忙しかったんでしょう」

別に秀富をかばうつもりはないが、谷岡にややこしい話をしても始まらないと思って、水間はそう吐き捨てた。

副院長が、スイングドアの方に顎をしゃくる。

「あれは、本物の刑事かね。これは傷害事件だぞ。いくら親しい仲か知らんが、見て見ぬふりはできないだろう。わたしも、そこまで危ない橋は渡りたくないね」

谷岡が、わざとらしく咳払いをして、口を開いた。

「あの男は、普通のデカじゃないんですよ、先生。というか、普通の人間じゃないんだ。この場にいなかった、と思ってくれていい」

副院長はまた首を振り、坂崎が脱いで丸めた手術着を受け取ると、足速に廊下を歩き去った。

水間は、坂崎を見上げた。

「野田は、どんな具合だ。だいぶ、唸っていたが」

坂崎は、額の汗をふいた。

「盲腸の上あたりに、小さな傷がありましてね。それだけ見てると、ほとんど目立たないんですが、先生が腹をあけたらすごい勢いで、血があふれました。腹の中に、溜まってたんですね」

谷岡が、生唾をのむ。

坂崎は続けた。

「自分は、野田さんの根性を見ました。麻酔医がいないので、局部麻酔の注射だけで手術したんです。それも途中で、切れてしまいましてね。自分が、野田さんを必死で押さえつけていたんですが、野田さんもよくがんばりました。自分の方が、息が詰まりました」

そう言って、ワイシャツを腕まくりしてみせる。

野田の爪が食い込んだらしく、肘の内側に赤黒い傷痕がくっきりと残っていた。

それを見て、水間は少し目の奥が熱くなった。

谷岡がまた、ののしり声を上げる。

「くそ、マスダのやつら、ただじゃおかねえぞ。一人残らず、ぶっ殺してやる」

水間はそれを制した。

「社長、落ち着いてください。まだ、マスダのしわざと決まったわけじゃない。かりにそうだとしても、いきなり全面戦争というわけには、いかないでしょう」

「人手が足りない分は、尾車組に助っ人を頼めばいい。かわいい子分をやられて、このままのほほんとしていられるか」

先代の碓氷嘉久造から受け継いだ、谷岡のこういうセンチメンタルなやくざ感覚は、すでに時代遅れといってよい。あまりに単細胞すぎて、ほほえましくなるほどだ。

しかし谷岡が、碓氷の跡目を継いで渋六興業の社長に収まるのを、水間や野田が文句も言わずに受け入れたのも、その直情径行猪突猛進型の生き方を貴重なもの、と思ったからだった。

水間は、ことさら冷静に言った。

「社長の気持ちは、よく分かります。自分も坂崎も、それからここにいる若い者たちも、同じ気持ちです。しかし、焦って自滅したんじゃ、元も子もありません。ここは一つ、じっくり腰を据えて、善後策を考えようじゃありませんか」

「おれは、理屈は苦手だ」

谷岡は言い捨てたが、それ以上反論しようとはしなかった。

そのとき、三たびスイングドアの揺れる音がした。

水間が振り向くと、がっちりした黒い人影がドアを押しのけて、廊下にはいって来た。

37

阿川正男はハンドルに肘を預けたまま、円山病院のあけ放たれた門柱の間からのぞく、暗い玄関を見つめた。

禿富鷹秋が、非常灯のついた横手の出入り口に姿を消してから、三十分以上たつ。

その日阿川は、夕方から自分の車を神宮署の近くに乗りつけ、禿富の見張りについた。

一方、相棒の梶井良幸はカンダ調査事務所名義の車で、〈みはる〉のママの見張りを担当している。

何日か前、阿川と梶井は目黒区の祐天寺にある松国輝彦の自宅から、しばらくぶりに外出する妻の遊佐子を、尾行した。

前に一度、禿富にじゃまされて二人が尾行に失敗したあと、松国は引き続き妻の監視を続けてくれとも、中止してくれとも指示を与えなかった。

したがってそれ以後の尾行は、あくまで阿川と梶井が失敗の埋め合わせをするため、自分たちの判断で再開したものだった。

内神田署に勤務していたころ、二人は松国にひとかたならぬ世話になった。指示がないからといって、ほうっておくわけにはいかない。

遊佐子が、だれかと浮気をしているにせよいないにせよ、なんらかの結論を引き出さないことには、松国に顔向けができなかった。

遊佐子が、外出らしい外出をしたのは久しぶりのことだったが、意外にも予期せぬ収穫があった。

遊佐子は渋谷へ出て、デパートで買い物をした。

ただの気晴らしに見えたが、途中から思わぬ展開になった。

示し合わせたのか偶然か分からないが、ネクタイ売り場で一緒になった男と連れ立って、喫茶室にはいったのだ。

それを見た梶井が、顔をこわばらせて言った。

「あいつだ。この間、おれをベルトで〈ホテル天王〉のトイレに、逆さ吊りした野郎は」

ふだんは冷静な梶井だが、そのときだけは頰の筋をぴくぴくさせた。

頰骨と額が高く張り出し、それと対照的に目が奥に引っ込んだ異相の男を見て、阿川も闘争心を搔き立てられた。

阿川は、梶井になりすましたその男に携帯電話でだまされ、ホテルの裏口へ車を移動させるミスを犯した。

梶井はもちろん、自分にとっても貸しのある男だった。

喫茶室にはいり、ガラス張りの通路側のテーブルに着いた二人は、傍若無人な振る舞いに及んだ。

男が、遊佐子の足の間に強引に膝を割り込ませ、みだらなしぐさをしてみせたのだ。

それは二人のただならぬ関係を、如実に物語っているように見えた。

しかし、予想に反して二人はホテルにもどこにも行かず、そのまま別れた。

阿川と梶井は、むろん尾行の対象を遊佐子から男に切り替え、あとをつけた。

男が、渋谷駅から明治通りを北へしばらく歩いて、神宮署の中に姿を消したときは、阿川も梶井も少々途方にくれた。

男の服装が、妙に洗練されて値が張りそうに見えたことから、まさか警察官とは考えもしなかった。署のだれかを訪ねたのだろう、ということでそのときは意見が一致した。

ところが男は、いつまでたっても出てこない。

業を煮やした梶井が、神宮署にいる元の同僚に電話で確かめたところ、男の正体が判明した。

名前は禿富鷹秋、生活安全特捜班に所属するれっきとした警部補だ、というのだ。

浮気の現場を見たわけではないが、前後二度にわたる禿富と遊佐子のからみから推測すると、二人の間に単なる知り合い以上の関係があることは、ほぼ確実と思われた。

翌日阿川と梶井は、松国輝彦を五反田駅に近いホテルに呼び出し、お茶を飲みながら前日の出来事を報告した。

松国は自分の妻が、梶井の尾行を阻止した男とデパートで会ったと聞いて、最初は眉をひそめた。

しかし、二人がそのあと何ごともなく別れたと知ると、あっさり表情を緩めた。

問題の男が、神宮署の現職の刑事であることを告げても、松国はさして驚いた様子を見せなかった。

あとで、いみじくも梶井が漏らしたように、松国はその男のことを知っているか、少なくとも心当たりがあるに違いなかった。

松国は、人事異動で近ぢか五反田署を出ることを、二人に告げた。

松国の新しい役職が、警察庁長官官房に所属する特別監察官だと聞いて、阿川も梶井もひどく驚いたものだ。

松国は、今後はあまりおおっぴらに行き来ができなくなる、と言ってからこう付け加えた。

「家内の尾行は、もうやめてもらっていい。そのかわりに、禿富警部補の身辺を洗ってくれないか。禿富がどんな生活をしているのか、どういう連中と付き合いがあるのか、女関係はどうなっているのか。そういったことを探って、なんでもいいから報告してくれ」

それが二人に与えられた、新しい課題だった。

その後の調査で、禿富が目黒区碑文谷の高級マンションで一人暮らしをしていること、渋谷を拠点にする渋六興業という企業暴力団と親しいこと、渋谷道玄坂裏の〈みはる〉というバーの経営者、桑原世津子と愛人関係にあるらしいこと、などが分かった。

報告を聞いた松国は、とくに禿富と〈みはる〉のママの関係に興味を示し、二人の行動を個別に調査するように言い含めて、ぽんと五十万円をよこした。

松国は、調査の目的を明らかにしようとしなかったが、それは阿川や梶井にとって重要な問題ではない。かつてめんどうをみてもらった松国に、いささかなりとも恩返しができればそれでいいのだ。


携帯電話が、ポケットの中で振動した。

画面を確認すると、梶井からだった。

「もしもし。どうだ、そっちの様子は」

「禿富は、今円山町の円山病院という外科に、はいったところだ」

阿川が応じると、梶井は声を高くした。

「外科。怪我でもしたのか」

「いや、そうじゃない。禿富のあとから、ヤクザの幹部らしい男が若いのを引き連れて、はいって行った。こいつらも、まだ中にいる。だれかがかつぎ込まれて、それを見舞いに来たような感じだ」

「禿富がからんでるとすると、あとからはいったのは渋六興業の連中だな」

「たぶん、そうだろう。そっちはどうだ」

梶井からは、だいぶ前に桑原世津子が男と一緒に〈みはる〉を出て、車で新宿方面に向かいつつある、と報告を受けたきりだ。

「新宿御苑に近い、ボゴタビルというビルのガレージにはいった。最初のうちは、シャッターを下ろさなかったので、そばにいけなかった。そのうち、ラジオだかＣＤの音楽が流れてきて、それから急にシャッターが閉まった」

「世津子を連れ出した男は、いったいだれなんだ」

「分からん。年格好からすると、ただのちんぴらじゃないようだが、いずれはヤクザに違いないな」

「中にはいったままか」

「しばらくして、車だけ出て行った。スモークドグラスで、はっきりは確認できなかったが、運転手だけのようだった。世津子と男は、まだ中にいると思う。おれは一応、朝まで張ってみるつもりだ」

阿川は、そこまでする必要はないように思ったが、梶井の考えには逆らわないようにしているので、何も言わなかった。

梶井が付け加える。

「おまえの方も、一応秀富が自宅のマンションへもどるまで、目を離すんじゃないぞ。やつが帰宅したら、また電話をくれ」

「分かった」

そう応じた阿川は、ふと気がついて続けた。

「ちょっと待て。今さっき、新宿御苑のボゴタビル、と言わなかったか」

「言ったが、それがどうした」

「ボゴタというのは、南米のコロンビアの首都だ。内神田署にいたころ、管内のキャバレーにボゴタから来たホステスがいて、仲よくしたことがある」

梶井が、鼻で笑う。

「つまらんことを思い出すなよ」

「まあ待て。おれが言いたいのは、コロンビアに本部を持つマフィア・スダメリカナ、つまり南米マフィアの日本支部が新宿にあったはずだ、ということだ」

「マフィア・スダメリカナ。マスダのことか」

「そうだ。ボゴタビルが、その日本支部の事務所かどうかは分からないが、少なくとも連中の拠点の一つじゃないか、という気がするんだ。ボゴタなんて、そう簡単に思いつく名前じゃないからな」

梶井は、少し間をおいた。

「なるほど。最近マスダが、新宿を中心に急激に勢力を伸ばしているという話は、おれも耳にしている。ボゴタが実際コロンビアの首都なら、おまえの言うとおり世津子を連れ出したやつは、マスダの構成員かもしれんぞ」

「だとしても、マスダはあんな小汚いバーのママに、なんの用があるんだろう」

「しかもあの女は、禿富といい仲ときている。マスダが、それを承知で連れ出したのかどうか、ぜひとも知りたいものだな」

そのとき、病院の横手の出入り口のあたりで、人影が揺れた。

「だれか出て来た。またあとで、連絡する」

阿川は通話を切り、携帯電話をポケットに突っ込んだ。

門を出て来たのは、目当ての禿富鷹秋だった。

禿富は、暗がりに停まった阿川の車に見向きもせず、道を反対方向に歩き出した。

最初の角を右折して、姿を消す。

阿川は、静かにエンジンを始動させると、ライトを消したまま車を発進させた。

禿富が消えた角に、ゆっくりと曲がり込む。

そのとたん、近くの街灯に照らし出された道路の真ん中に、ポリバケツが置き捨てられているのに気づいた。

あわてて、ブレーキを踏む。

わずかに間に合わず、バケツがバンパーにぶつかって転がった。

禿富の姿が見えない。

そう思ったとき、すぐ脇の電柱の陰から禿富が出て来て、運転席のウインドーに何かを叩きつけた。

すさまじい音がして、ガラスが粉ごなに砕ける。

同時に、阿川はこめかみのあたりに強い衝撃を受け、助手席に上体を倒した。

頭に激痛が走り、一瞬意識が朦朧《もうろう》となる。

禿富が、自分の上にかがみ込む気配がしたが、体が動かなかった。

がちゃりと金属的な音がして、禿富が身を引くのが分かる。

ドアが閉まり、禿富が後部シートに乗り込んだ。

阿川は歯を食いしばり、ようやく体を起こした。

右のこめかみが破れたらしく、頬に血の流れ落ちる感触がある。頭がずきずきした。

右の手首に違和感がある。

見下ろすと手錠がはまっており、その片方はハンドルにつながれていた。

いきなり背後から髪をつかまれ、頭をヘッドレストに押しつけられる。

「車を出せ」

「どういうつもりだ。おれが何をした」

かろうじて声を振り絞ったが、禿富は同じ口調で同じ言葉を繰り返した。

阿川は、苦痛と怒りに身をさいなまれながら、言われたとおり車を発進させた。

どうやら、あとをつけていたことを、悟られたらしい。十分用心したつもりだが、つい気が緩んでしまった。

転がったポリバケツが、バンパーに押されて進路からはずれると、禿富は言った。

「次の角を、右へ曲がれ」

そのとき阿川は、自分の喉に何か冷たいものがあてがわれているのに、初めて気がついた。鋭い刃物のようだった。

怒りが急にしぼみ、恐怖が衝き上げてくる。

阿川は、指図どおりハンドルを右へ切りながら、上ずった声で言った。

「あんた、神宮署の禿富警部補だろう。おれももとは、内神田署の巡査部長だった。阿川というんだ。身内のよしみで、穏やかに話し合おうじゃないか」

禿富はそれに答えず、事務的な口調で聞いた。

「相棒の梶井は、どこにいる」

阿川は、唇をなめた。

禿富は、〈ホテル天王〉で梶井をトイレに吊るし上げ、阿川に車を別の場所へ移動させる過程で、二人の名前や正体を知ったのだ。

そのことを、うっかり忘れていた。

「今日は、上がりだ」

阿川が応じると、喉に当てられた刃物がぐいと皮膚に食い込み、鋭い痛みが走った。

阿川は縮み上がり、思わずブレーキを踏んだ。

車ががくがくと揺れ、そのために刃がなおさらひどく、喉を傷つける。

ブレーキを緩め、車のノッキングを止めた。

「嘘を言っても無駄だ。痛い目を見るだけだぞ」

禿富の声には、なんのためらいの色もない。

わずかな瞬間、なんとか反撃できないものかと考えたが、この体勢ではどう考えても無理だ。

阿川は自分を励まし、とっておきの切り札を出した。

「いいかげんにしておけよ、禿富。おれたちの後ろには、五反田署の松国警視がついてるんだ。めったなことをすると、警察を追い出されるはめになるぞ」

しかし、禿富は驚くどころか低い笑いを漏らし、刃物をゆっくりとこじった。

「松国に、何ができる。追い出せるものなら、追い出してみろ」

その口ぶりから、禿富が松国のことを承知しているばかりか、少しも恐れていないことが分かった。

阿川は戦意を失い、体の力を抜いた。

「何が望みだ。はっきり言ってくれ」

「突き当たりを、また右へ行け」

鼻で小さく息をしながら、だまってその指示に従う。

禿富を怒らせると、とんでもないことになりそうな、いやな予感がした。

そこは少し広い通りで、左側に小さな公園が見える。

「その木の下に停めろ」

阿川が言われたとおりにすると、禿富はおもむろに口を開いた。

「梶井はどこにいる。おまえたちが、おれを監視していたことは、とうに承知だ。おまえ一人を働かせて、あいつ一人が上がるはずはない。気をつけて、返事をしろ。デカだろうと元デカだろうと、おれは容赦しないからな」

その冷たい口調に、阿川は震え上がった。

自分も、内神田署にいたころはずいぶん無茶をしたが、この男はそれどころではない。

窓ガラスを打ち破った、さっきのやり口に躊躇は感じられなかったし、喉に当てた刃物が皮膚を切り裂くのも、気に留める様子がない。

文字どおり、むき出しの剃刀のような男だ。

「し、新宿御苑の近くだ」

「そんなところで、何をしている」

阿川は、生唾をのんだ。

「桑原世津子を、〈みはる〉のママを、見張ってるんだ」

かすかに刃物が動き、阿川はますますのけぞった。

「世津子だと。なぜ世津子は、新宿御苑なんかにいるんだ」

「男に店から、連れ出されたんだ」

「どんな男に」

「ヤクザらしい男だ、と梶井は言っていた」

「何時ごろだ、連れ出されたのは」

「午前零時過ぎだろう」

「新宿御苑のどこだ」

「場所は知らないが、ボゴタビルというビルのガレージに連れ込まれた、と言っていた」

畳みかけるような禿富の質問に、阿川はついついすなおに応じた。

そうしなければ、喉を切り裂かれるかもしれない、という恐怖感に負けたのも事実だ。

禿富が言う。

「よし。これから、そのビルへ行くぞ。梶井に電話をかけて、道筋を誘導してもらうんだ。ただし、おれのことを一言でもしゃべったら、命はないものと思えよ」

阿川は、体をすくませた。

この男は、ほんとうに警察官なのだろうかと疑いながら、うなずくしかなかった。

刃先が喉からはずれ、禿富の声も少し遠のく。

「車を出せ。その先を右へ行くと、また病院の前にもどる。もう一人乗せるから、そのつもりでいろ」

38

水間英人は、軽く身構えた。

廊下にはいって来たのは、敷島組の大幹部でクラブ〈サルトリウス〉を取り仕切る、諸橋征四郎だった。

その斜め後ろには、諸橋の妻で〈サルトリウス〉のママを務める、真利子の姿が見える。いつものように、和服姿だった。

谷岡俊樹が、二人を迎え撃つように二、三歩前に出ると、若い者たちも色めき立った。

諸橋が、ダブルのスーツに包まれた分厚い胸板を張り、右手を上げる。

「谷岡の、落ち着いてくれ。おれたちは、休戦中だったはずだぞ」

そう言われて、谷岡はその事実を思い出したらしく、肩の力を緩めた。

ぶっきらぼうに聞き返す。

「なんの用だ、こんな時間に」

「うちの若い者が、渋六の野田がここへかつぎ込まれるのを見た、と報告してきた。だれかに刺されたらしい、という話も聞いた。同じ渋谷のシマを預かる者として、見過ごしにはできないだろう。とりあえず、見舞いに来たのよ」

その情報の早さに、さすがの水間も驚いた。

谷岡が、警戒心をあらわにするのをとりなすように、諸橋の陰から真利子が顔をのぞかせる。

「野田さんのお加減は、いかがですか。お手伝いすることがあれば、なんでも言ってください。わたくしどもにできることでしたら、なんでもさせていただきますから」

それを聞くと、水間は谷岡に代わって頭を下げた。

「お見舞い、恐れ入ります。野田は手術を終えたところで、副院長は朝までもてばだいじょうぶだろう、と言っております。お手伝いの儀はありがとう存じますが、当面は内輪で始末をつけるつもりですから、ご好意だけ頂戴しておきます」

形式張って仁義を切ると、諸橋は水間に目を向けた。

「大きなお世話かもしれんが、野田をやったのはマスダのやつらじゃないのか」

谷岡がばか正直に、驚きの声を上げる。

「なんで、それを知ってるんだ」

水間は、急いで口を挟んだ。

「まだ、そうと決まったわけじゃありません。それとも、諸橋さんの方で何かお心当たりでも、おありですか」

諸橋は一度唇を引き結び、吐き捨てるように言った。

「宇和島の野郎が、二、三日前に電話してきた。後足で砂をかけやがったやつが、臆面もなく直接このおれに、電話をよこしやがったんだ」

「用件は、なんだったんですか」

「マスダと手を組んで、一緒に渋六を叩きつぶさないか、という相談よ」

水間と谷岡は、目を見交わした。

谷岡の背後で、坂崎悟郎が周囲を威圧するように、大きな肩をそびやかす。

若い者たちの間に、かすかな動揺が走った。

水間は、諸橋に目をもどした。

「それで諸橋さんは、なんと返事をされたんですか」

諸橋は、まるで宇和島本人にでも食ってかかるように、水間に太い指を突きつけた。

「見そこなうんじゃない。たとえ相手がマスダだろうと、敵に寝返るような裏切り者と手を組むほど、おれは落ちぶれちゃあいないぜ」

その見幕に、水間は急いで応じた。

「もちろん、分かってますよ」

諸橋は手を下ろし、ズボンのポケットに突っ込んだ。

「宇和島の狙いは、見えみえだ。おれたちをだしに使って、あんたら渋六の幹部や神宮署のハゲタカを、始末させようって魂胆なのさ。うまくいったら、渋六のシマは全部敷島組に任せる、とまでにおわせやがった。くそ、ひとを甘く見やがって。渋六のあと、やつらがおれたち敷島をつぶしにかかるのは、子供にも分かることだろう。宇和島が万が一にもこのおれを、そんな手に乗る甘ちゃん野郎だと考えてるかと思うと、許せねえのよ」

水間は、いかにももっともだという意思を示すために、ゆっくり二度うなずいた。

「まったく、汚いやつですね」

「おれが話に乗らなかったので、宇和島はしかたなく連中の手だけで、攻勢をかけ始めたんだ。

野田を襲うようなとんちきは、マスダにしかいないからな。間違っても、敷島の身内が休戦協定を破って手出しをした、などと勘ぐらないでくれ」

諸橋はどうやら、そうした誤解を避けるために見舞いと称して、顔を出したようだ。

「分かりました。わざわざお運びいただいて、ありがとうございます」

水間はそう言って、もう一度頭を下げた。

諸橋はポケットから手を出し、耳たぶを引っ張った。

「分かってくれりゃ、それでいいんだ。ただ、こうなったら渋六と敷島はただ休戦するだけじゃなく、マスダを相手に共闘しなけりゃならんだろうな」

水間が谷岡を見ると、谷岡は小さくうなずいた。

水間は、諸橋に目をもどした。

「その件は、野田の容態が落ち着いてからあらためて、相談させてもらいます。マスダに関するかぎり、渋六と敷島の利害は一致しているわけですから、おっしゃるとおり共闘する必要があるかもしれません」

「考えておいてくれ。じゃまをしたな」

それで用がすんだと判断したらしく、諸橋はきびすを返した。

「おだいじに」

真利子が言葉を残して、諸橋のあとを小走りに追う。

若い者たちが、スイングドアのところまで二人について行き、盛大に見送りの挨拶をした。

谷岡が言う。

「どういう風の吹き回しだ。あの諸橋が、じきじきに野田の見舞いに来るとは」

「渋六と共闘したい、というのが本音でしょう。おそらく宇和島に、脅しをかけられたんだと思います。言うことを聞かなければ、マスダの力で敷島も一緒に叩きつぶす、とかなんとか」

水間が応じると、谷岡は下唇をつまんだ。

「まあ、そんなところだろうな。諸橋にも意地があるから、宇和島に頭を下げるようなことだけは、したくないはずだ」

「うちと敷島は、ヤクザのしのぎからすれば水と油ですが、マスダに関するかぎり共闘してもいい。両方の情報網を活用すれば、マスダの連中が渋谷に潜入するのを、最大限阻止することができます」

「よし、その件はあらためて、検討しよう」

水間は、腕時計を見た。

すでに、午前三時を回っている。

「あとは、自分と坂崎でめんどうをみます。社長は、引き上げてください」

水間が言うと、谷岡もかたちばかり腕時計に目をやった。

「そうか。それじゃ、あとは任せたぞ。朝になったら、また連絡をくれ」

坂崎が、若い者たちに声をかける。

「おまえたち、少しでも妙な動きに気がついたら、体を張るんだぞ。社長の命は、おまえたちにかかってるんだからな」

「分かりました」

若い者は口ぐちに答え、谷岡を囲むようにして廊下を歩き去った。

水間と坂崎は、反対の方向へ向かった。

廊下の角を曲がると、少し先の看護婦の詰め所から、明かりが漏れている。

中をのぞくと、例の年配の看護婦がデスクにノートを広げて、何か熱心に書き込みをする姿が見えた。

水間は窓口にかがみ、中に声をかけた。

「すみません。野田の病室はどこですか」

看護婦が顔を上げ、眼鏡を光らせた。

「この先の一〇三号室ですけど、中にははいらないでくださいよ」

「どうも」

二人は、詰め所の先をまた右へ曲がって、一〇三号室に行った。

名札はまだ、ブランクのままだった。

水間は、そっとドアをあけて、中をのぞいた。

ベッドサイドランプが、点滴の器具を照らしているのが見える。

ドアのすぐ脇に、ソファがあった。

水間は、坂崎を見返った。

「おれは、ここで様子を見る。おまえは外のベンチで、見張っていてくれ」

「分かりました」

水間はドアを閉め、暗がりの中でベッドをのぞき込んだ。

長身の野田の爪先が、手すりの端から少しはみ出している。

シーツが、かすかに上下するのを確認して、水間は心底ほっとした。

このまま夜が明けるまで、何ごともなく過ぎてほしいと思う。副院長は、朝までもてばだいじょうぶだ、と言った。

ソファに腰を下ろそうとしたとき、突然携帯の呼び出し音が鳴り始めた。

水間はあわててドアをあけ、廊下に飛び出した。

坂崎が、ベンチから体を起こす。

携帯電話を取り出し、耳を押し当てた。

「もしもし」

「おれだ。野田のかたきを、討ちに行くぞ」

禿富鷹秋の声だった。

第八章

39

宇和島博は携帯電話を切り、ポーカーチップをこすり合わせた。

敷島組の、井上一朗からの電話だった。

井上によれば、少し前に野田が刺されたというニュースが、深夜の渋谷の街に流れたらしい。

敷島組の中に、円山病院にかつぎ込まれる野田を見た、という者がいるそうだ。

それを聞いて、諸橋征四郎が見舞いかたがた様子を見に行くと言い出し、円山病院へ向かったという。
二、三日前、宇和島は諸橋の個人回線に電話をかけ、渋六をつぶすために共同戦線を張らないか、と持ちかけた。
予想に反して、諸橋は宇和島がマスダに走ったことを責め、そんな野郎と手を組めるか、とののしった。

利にさとい諸橋なら、十中八九話に乗ってくると確信していた宇和島は、ショックを受けた。マスダの力をちらつかせ、提案に乗った方が得だとさんざん脅したりすかしたりしたが、諸橋をうんと言わせることはできなかった。

説得できる、とホセ石崎に請け合った手前、引っ込みがつかなくなった。

こうなった以上、王展明の力を借りてでも禿富鷹秋を血祭りに上げ、渋六の意気をくじかなければならない。

そのためにこそ、桑原世津子をだましてマスダの拠点に連れ込み、禿富をおびき出す作戦を敢行したのだ。

しかし、その作戦も最後の最後で世津子に気づかれ、失敗に終わった。

もどって来た王展明から、〈みはる〉へ禿富のかわりに野田がやって来たこと、その野田を刺して致命傷を与えたと聞いても、宇和島の気持ちは晴れなかった。

現に、野田は死なずに病院へ運び込まれたようだし、かえって火に油を注ぐ結果になってしまった。

王展明は、野田に正体を見破られたはずはないと言い張ったが、禿富も渋六の連中もばかではない。マスダの手の者のしわざだということは、とうに見当がついているだろう。

そもそも、体の一部のように大切にしているフロッピーハットを、回収せずに引き上げて来たこと自体が、王展明のあわてぶりを証明している。凄腕という触れ込みだが、実際はたいしたものではない、ということが分かった。

ドアがあいて、その王展明がカジノルームにはいって来た。

シャワーを浴びたらしく、髪がぺったりと頭蓋骨に張りついている。

珍妙な帽子がないと、なおさら珍妙に見えることが分かって、宇和島は笑いを嚙み殺した。

ことさら、無愛想に言う。

「野田が、病院にかつぎ込まれたそうだ。あんたの話じゃ、致命傷だったはずだが」

王展明は、自尊心を傷つけられたように、唇をへの字に曲げた。

「だれか、野田見つけた。あのままだったら、朝までに絶対死んでいた」

「プロの殺し屋なら、その場でとどめを刺すのが常識だろう」

王展明の顔が、ますますゆがむ。

「おれに、そういう言葉、許さない。おれ、かならずやる。神さま知ってる」

頭に血がのぼったのか、急に日本語が乱れた。

「だったらどうする」

宇和島が挑発すると、王展明は癇癪を起こしたように両手を広げて、ポーカーテーブルに叩きつけた。

「あんた、ハゲタカ電話する。どこでも呼び出す。おれ始末する」

その見幕に、宇和島はちょっとたじろいだ。

「ばかを言うな。こんなに夜遅く、あの野郎が出て来るもんか。〈みはる〉にさえ自分で行かずに、野田を送り込んだようなやつだぞ」

王展明の手が一閃し、テーブルに張られたラシャの上に妙な形をしたものが、どんと突き立てられた。

太さ七ミリか八ミリ、長さ二十センチほどの黒い金属の細い棒の中ほどに、直径二センチ程度の輪がついている。両端の鋭くとがった、太い畳針のようなしろものだった。

宇和島は、王展明の顔を見直した。

「なんのまねだ、これは」

「これ、スンテツ」

スンテツ。

寸鉄という字が頭に浮かび、宇和島はすぐに納得した。その名前で呼ばれる、暗殺用の器具が存在することを、前に聞いた覚えがある。

「これで、野田を刺したのか」

「そうだ。これ、あの女に使う。ハゲタカ電話して、泣き声聞かせる。ハゲタカ来る」

宇和島は、唇をなめた。

「来なかったらどうする」

「絶対来る。女、連れて来い」

王展明の断固とした口調に、宇和島は逆らえないものを感じた。

奥のドアを出て、裏のギャレットへ行く。

鍵をはずしてドアをあけると、桑原世津子はソファにだらしなくもたれ、うつらうつらしていた。

応接セットのほかに、ボトルの並ぶサイドボード、電子レンジに冷蔵庫、小ぶりのダイニングテーブルなどが置かれた、十坪ほどの部屋だ。

人の気配を感じたらしく、世津子がはっと体を起こす。

宇和島を見るなり、無意識のように和服の裾の乱れを直した。

鬢《びん》のほつれを指で掻き上げ、相変わらず気の強い口調で言う。

「いつまで、閉じ込めておくのよ」

宇和島はそれを無視して、顎をしゃくった。

「ちょっと来い」

世津子は、ふてくされたように肩を揺すって、そっぽを向いた。

宇和島は部屋に踏み込み、世津子の腕をつかんで引き起こした。

「言うことを聞かねえと、今度はほんとに息の根を止めるぞ、このあま」

「離してよ、痛いじゃないの」

文句を言うのにかまわず、表のカジノルームへ引っ張って行く。

王展明を見るなり、世津子はその異様な雰囲気に威圧されたのか、気味悪そうに唇を引き結んだ。

宇和島は、世津子から取り上げた携帯電話を、ポケットから出した。

王展明に言う。

「どこに引っ張り出せばいい」

王展明は、少し考えて答えた。

「新宿御苑、大木戸門」

宇和島は、首を振った。

「あそこは明るくて、広くて、見通しがよすぎる。それより、ふだん閉まってる新宿門の方が、人目につかなくていい」

「分かった。そこにする。ハゲタカ電話しろ」

宇和島は、再ダイヤルのボタンを押した。

三時間ほど前、世津子がかけた禿富の番号を、自動的に呼び出している。

その間に、王展明が世津子の右腕を左手でぐいとつかみ、ポーカーテーブルに引き寄せた。

世津子は、ほとんど抵抗もできずにつんのめり、テーブルの端に押しつけられた。王展明は見かけより、腕力があるらしい。

「もしもし」

禿富の声が、電話口に出た。

宇和島は深呼吸して、一息に言ってのけた。

「宇和島だ。桑原世津子は、おれが預かっている。助けたかったら、自分で取り返しに来い」

わずかに間があく。

沈黙の向こう側に、車のエンジンらしい音が聞こえた。

「あいにくだな。そんな女に、用はない。煮るなり焼くなり、好きにするがいいさ」

「強がりはやめなよ、ハゲタカのだんな。世津子があんたの女だってことは、とうに調べがついてるんだ」

宇和島がしゃべっている間に、王展明は世津子の右腕をテーブルに引き据え、寸鉄を引き抜いた。

「まあ、これを聞きな」

宇和島は、携帯電話をテーブルの上に置いて、世津子の肩を力任せに押さえつけた。

「指、開け」

王展明に言われて、世津子があえぎながら聞き返す。

「何するのよ。乱暴はやめてよ」

「言われたとおりすれば、怪我しない。指開かないと、手の甲刺すよ」

それを聞くと、世津子はあわてて右手の指を開き、テーブルにぺたりとつけた。

王展明は寸鉄を振り上げ、無造作にその手を目がけて振り下ろした。

世津子が悲鳴を上げ、体を縮めようとする。寸鉄は、小指と薬指のちょうど中間に、突き立った。

宇和島は、世津子の髪をつかんで顔を引き起こし、自分の手が見えるようにした。

「おまえの指が無事でいられるかどうか、自分の目でよく見るんだ」

王展明が、また寸鉄を振り下ろす。今度は、薬指と中指の間だった。

「やめて、やめてよ、お願いだから」

世津子は髪を振り乱し、腕を引っ込めようとした。

無意識に、ラシャの布地に爪を立てようとするのを、王展明が寸鉄の先でつつく。

「指立てない。立てると手元狂う」

そう言って、また寸鉄を振り下ろす。その間隔が、しだいに速くなる。

寸鉄が、テーブルのラシャに食い込むたびに、世津子は派手な悲鳴を上げ続けた。

王展明の寸鉄は、今やミシンの針の動きのように激しくなり、周囲のラシャに次つぎと細かい穴があいていく。

やがて世津子は叫び疲れ、ただ弱よわしい泣き声を上げるだけになった。

宇和島は額の汗をふき、携帯電話を取り上げた。

「どうだ、これでも来る気はないか」

呼びかけると、禿富は少しも動じた様子を見せず、冷静な声で応じた。

「王展明に言っておけ。無抵抗の女のけつしか刺せないようなやつに、おれを仕止められるわけがない、とな」

宇和島は、ぎくりとした。

なぜこの男は、王展明の名前を知っているのだろう。

気を取り直して言う。

「強がりはよせ、と言っただろう。いいか、三十分後に新宿御苑の新宿門の前へ、一人でやって来い。助っ人なんか頼みやがったら、この女の命はねえぞ」

「今、帰りのタクシーの中でね。とてもじゃないが、三十分では行けそうもない」

「だったら、一時間くれてやる。それ以上は待てねえ。いいか、きっかり一時間後だぞ。どうせこの時間は、道もがらがらだろう。信号を無視してでも、吹っ飛んで来るんだ。そこで、かたをつけてやる」

そう言い捨てて、通話を切る。

体をどけると、支えを失った世津子はそのまま木のフロアに、くたくたと崩れ落ちた。

安堵したように、泣きじゃくる。

穴だらけになったテーブルのラシャに、世津子の手のあとがくっきりと指の形なりに、残っている。

それを見て、宇和島は少し胸が悪くなった。

王展明にとっては遊びかもしれないが、世津子にすれば生きた心地もしなかっただろうと思うと、なんとなくかわいそうになる。

宇和島は世津子を引き起こし、裏の部屋にもう一度閉じ込めた。

カジノルームにもどると、王展明は寸鉄をポーカーテーブルに何本か並べ、セーム皮で磨いていた。

宇和島は言った。

「おれは行かないぞ。あんた一人で、ハゲタカをやれ」

王展明は、目を上げなかった。

「ハゲタカ怖いか」

宇和島は、胸を張った。

「怖くなんかねえ。いくらヤクザでも、日本じゃ警官殺しはご法度だ。マスダに、火の粉が降りかかるのだけは、避けなきゃならん。あんたはマスダと無関係の、ただの流れ者の殺し屋だ。金で雇われた以上は、おれたちに迷惑のかからねえやり方で、ハゲタカを始末してもらうぜ」

王展明が、喉から奇妙な笑いを漏らす。

宇和島は、心中を見透かされたような気がして、居心地が悪くなった。

弁解がましく言う。

「ただし、ハゲタカが助っ人を連れてやって来るようだったら、無理をせずにもどって来い。それとも、チャカでも持って行くか」

王展明は、顔を上げた。

「チャカいらない。これで十分」

そう言って、輪の中にするりと中指を滑り込ませ、寸鉄を握り締めた。拳の両端から突き出た先端が、まがまがしい光を放つ。

そのとき、インタフォンのチャイムが鳴った。

通用口にある管理人室で、ビルの管理と見張りを担当している西宮の声が、カジノルームに流れる。

「宇和島さん、そこにおられますか」

宇和島は、インタフォンのボタンを押した。

「なんだ、こんな時間に」

「通用口に、立石署の御園警部補の使いだという刑事さんが、見えてるんですが」

西宮の説明に、少しとまどう。

「御園警部補だと。なんて名前の刑事だ」

「巡査部長の、佐々木さんだそうです。新宿中央署が計画している、管内のカジノバーの一斉手入れについて、話があるとおっしゃってます」

「一斉手入れだと。そんな話は、聞いてねえぞ」

「それを知らせに、見えたようなんですが」

「こんな時間にか」

「どんな時間ならいいんだ」

いきなり、別の声が返ってきたので、宇和島は驚いた。

「ちょっと待ってください。すぐ行きますから」

王展明が、警戒心をあらわにして、宇和島を見る。

宇和島は、手を上げてそれをなだめた。

「ハゲタカが来るまで、まだ時間はたっぷりある。あんたは奥の部屋で、あの女と一緒に待っててくれ。今の客は、通用口で追い返すから」

ギャレットの鍵を投げ渡し、カジノルームを出る。

カジノルームは、特別な常連客のための違法な秘密賭博場で、選ばれた会員しかはいることができない。もう一つ表通りの側に、合法的なカジノバーの入り口がある。

裏階段をおり、鉄のドアを抜けて薄暗い廊下を半周すると、突き当たりが会員用の通用口だった。

管理人室にはいり、西宮を押しのけて窓口から外を見る。

油気のない、ぼさぼさの髪をした四十がらみの痩せた男が、いらいらした顔で見返してくる。

男は、ついさっき窓口から手を差し入れ、西宮から受話器を奪い取って、しゃべったらしい。

「宇和島ですが、どちらさんですか」

声をかけると、男は窓口に身をかがめた。

「もう聞いたはずだぞ。立石署の、佐々木だ。御園警部補に言われて来た。中に入れてくれ」

「手入れがあるって、ほんとですか」

「ほんとうだ。ここにもどうせ、裏カジノがあるだろう。徹底的にやられるから、覚悟しておいた方がいいぞ」

「いつですか」

佐々木が、顎を引く。

「ここで、立ち話をさせる気か」

宇和島は咳払いをして、ていねいに言った。

「疑うわけじゃないが、警察手帳を見せてもらえますか」

佐々木は、気を悪くしたように唇を結んだが、内ポケットから黒革の手帳を取り出し、窓口に示した。

宇和島が手に取ろうとすると、男はすばやくそれを引っ込めた。

低い声でののしる。

「ばかやろう、デカが人に手帳を渡せるか。警部補に頼まれたから、こんな時間にわざわざ知らせに来てやったんだ。酒の一杯も振る舞って、車代くらい出すのが礼儀だろうが」

どうやら、御園の息がかかった、悪徳警官の一人らしい。

「勘弁してください、入り口をあけますから」

宇和島は、西宮の差し出す鍵を受け取って、廊下から通用口へ回った。

鍵をはずし、取っ手を引いてドアをあける。

すると、戸口に立つ佐々木をだれかが押しのけ、中にはいって来た。

とっさに、身構えようとした宇和島の顎を、すさまじい一撃が襲う。

宇和島は後ろざまに吹っ飛び、コンクリートの床に叩きつけられた。

気を失う寸前、宇和島は逆光の中に暗く浮かび上がった、禿富鷹秋の光る目を見た。

40

梶井良幸は、自分を押しのけた禿富鷹秋の後ろから、通用口の中をのぞいた。

宇和島は、禿富の一撃をまともに顎に食らい、倒れた拍子に床に頭をぶつけて、意識を失ったようだった。

管理人室にいた若い男が、こっそりドアから抜け出ようとする。

禿富は足を上げ、ドアをしたたかに蹴った。

男は戸口に体を挟まれ、か細い悲鳴を上げた。

禿富は男の襟首をつかみ、子供をあしらうように軽がると引き回して、無造作にこめかみを殴りつけた。

男は声もなく床に崩れ落ち、そのまま動かなくなった。脳震盪を起こしたようだ。

禿富は、どこをどう殴ればダメージを与えられるかを、よく承知しているらしい。この男のやり方は道場仕込みではなく、実戦で身につけたものに違いない。

梶井も、警察官だったころは逮捕術の成績がよく、けっこう自信があった。

しかし禿富には、太刀打ちできそうもなかった。そもそも、〈ホテル天王〉のトイレで逆さ吊りにされたときから、勝てる気がしなくなっていた。

禿富がくるりと振り向き、大きな手を差し出す。

「そいつを返せ」

梶井は、持ったままでいた禿富の警察手帳を、急いで手渡した。

禿富はそれをポケットにしまうと、気を失った男を管理人室に引きずり込んだ。

そこにあった荷造り用の紐で、手足を引き寄せてきつく縛る。

口に手ぬぐいを突っ込み、ガムテープでしっかりとふさいだ。

梶井はそれを見ながら、禿富の手際のよさに舌を巻いた。

背後の床の上で、意識を取りもどしたらしい宇和島が、うめき声を上げる。

管理人室を出て来た禿富が、まるで缶蹴りでもするような軽やかさで、宇和島の頭を蹴った。

宇和島は、また動かなくなった。

禿富が、梶井に車のキーを投げ渡す。

「阿川の車のキーだ。おまえの車は、借りておく」

「どうするつもりだ」

「用が済んだら、どこかに乗り捨てる。明日の朝にでも、盗難届を出せばいい。それとも、ここに残っておれたちのやることを、見届けるか」

梶井は、キーを握り締めた。

「いや、やめておくよ。何をするつもりか知らんが、ごたごたに巻き込まれるのはごめんだ」

「車にもどったら、連れにこっちへ来るように言ってくれ。おまえたちは、そのまま消えていいぞ」

「阿川の手錠の鍵も、ついでに渡してもらいたい。ハンドルにつながれたままだからな」

「あれはおもちゃだ。継ぎ目についた四桁の番号で、はずれるようになっている。２００２に合わせろ」

梶井は首を振り、通用口を出た。

四十分ほど前に、禿富の見張りを担当していた阿川正男から、梶井の携帯電話に連絡がはいった。

阿川の話によると、渋谷の円山病院を出て来た禿富は、タクシーを拾って自宅へ向かった。

碑文谷のマンションまで、あとを追って確かめたわけではないが、この時間帯とタクシーの走り出した方角からして、家に帰るのは間違いないと請け合う。

梶井としては、実際に禿富が帰宅するのを見届けてほしかったが、阿川が自分と合流したいというので、しかたなくそれを認めた。

ところが、阿川は車にとんでもないお供を二人、当の禿富と渋六興業の幹部水間を乗せて、やって来たのだ。

阿川は、手首を手錠でハンドルにつながれ、頭と喉を血だらけにしていた。話を聞くまでもなく、禿富が阿川をさんざんに痛めつけ、梶井のところへ案内させたことは、一目瞭然だった。

梶井が、立石署の御園警部補の部下になりすまして、宇和島を裏の通用口に呼び出したのは、むろん禿富の指示でやったことだ。禿富はどうやら、宇和島が連れ出した桑原世津子を、取りもどすつもりらしい。

しかし梶井としては、そんなトラブルに巻き込まれるのは、まっぴらごめんだった。宣伝になるならまだしも、へたに禿富に手を貸して評判を落としたりすれば、今後の探偵稼業に差し支える。

こうなった以上、禿富の気が変わらないうちに阿川を連れて逃げ出し、アリバイを作った方が無難だ。

自分の車は、禿富が言ったとおり盗難届を出しておけば、なんとか回収できるだろう。

阿川の車にもどると、後部座席にいた水間が窓をおろした。

「禿富のだんなはどうした」

「通用口にいる。あんたに来いと言ってるぞ」

水間は、ドアをあけて車をおりると、梶井に聞き返した。

「あんたたちは」

「この車で消えろ、と言われた。もう一台の車のキーは、禿富が持ったままだ。逃げるのに使うらしい」

梶井は、少し前の暗がりに停めた自分の車に、顎をしゃくった。

水間は無言のまま、梶井の脇をすり抜けた。

その背中に、声をかける。

「何をするつもりか知らないが、これはおれたちの事務所の車だ。無事に返してもらいたいな」

水間は振り向かず、ただ右手を上げただけだった。

梶井は運転席に回り、ドアをあけた。

阿川は、手錠でつながれた腕の上に顔を伏せ、肩を上下させていた。

「だいじょうぶか」

声をかけると、阿川はハンドルから顔を起こした。

「まだ、頭がくらくらする。すまんな、どじを踏んで。あんな無茶な野郎は、初めてだ」

「あいつは、並のデカじゃない。しょうがないさ。それより、手錠を見せろ。はずしてやる」

梶井はルームライトをつけ、手錠を調べた。

禿富が言ったとおり、継ぎ目に番号合わせのダイヤルロックがついた、玩具の手錠だった。もっとも、手で引きちぎれるような安っぽいものではない。

教えられた番号に合わせて、手錠をはずす。

「助手席に移れ。おれが運転する」

梶井は、阿川に代わって運転席にすわり、エンジンをかけた。

阿川が言う。

「事務所へ行ってくれ。家には帰りたくない」

「どうしてだ」

「こんなざまを、女房や子供に見せられるか。事務所へ行けば、応急手当てもできる。今夜は、事務所に泊まる」

「病院へ行かなくていいか」

「それほどひどくはない。行ってくれ」

しかたなく、梶井は神田司町にある事務所へ向かった。

また、阿川が口を開く。

「禿富のやつ、何をする気だろうな」

「知らないし、知りたくもないな。おれたちはこのことに、関わりを持たない方がいい」

「しかし、松国さんにどう報告する」

「報告する必要はない。おれたちが、勝手にやったことだからな」

「それはそうだが、こんな具合に禿富にやられっぱなしじゃ、松国さんに顔向けができないぜ」

梶井は、口をつぐんだ。

松国に顔向けできないだけでなく、自分たちの面子もつぶれてしまった。

しかし、これ以上禿富と関わりを持つと、もっとひどいことになるのではないか、といういやな予感がある。

梶井は、ため息をついて言った。

「今度のことは、忘れようぜ。松国さんも警視正に昇進して、警察庁の特別監察官に栄転したわけだから、おれたちともそうは接触できなくなる。いずれ別のかたちで、借りを返そうじゃないか」

阿川も吐息をつく。

「そうだな。まったく、禿富の野郎はとんでもない疫病神だ。ハゲタカと呼ばれるのも、無理はないな」

41

水間英人は、通用口から建物の中にはいった。

薄暗い非常灯の明かりに、床に伸びた宇和島博の姿が見える。

禿富鷹秋は、宇和島の頭のすぐ脇に立ちはだかり、水間に目を向けた。

「これからこいつに、世津子のところへ案内させる。油断するな。王展明が中にいるはずだ」

水間は、拳を握り締めた。

王展明に刺された野田憲次は、今円山病院のベッドで死にかけている。

医者は、朝までもてばだいじょうぶだと言ったが、刺し傷は予断を許さない。こうしている間にも、症状が急変するかもしれない。

野田が助かるにせよ死ぬにせよ、これは水間にとって弔い合戦も同然だった。

禿富が、宇和島の脇腹を二度、三度と蹴りつける。

うめき声を上げて、宇和島が意識を取りもどした。

水間は襟首をつかみ、宇和島を引きずり起こした。

床に引き据え、ざっと体を探る。刃物も拳銃も、身につけていなかった。

水間は前へ回り、禿富と一緒に宇和島を見下ろした。

「この建物の中に、桑原世津子がいるか」

禿富が聞くと、宇和島はごくりと唾をのんだ。

「だましやがったな。三十分じゃ行けねえ、とぬかしたくせに」

禿富はそれを無視し、冷たい口調で繰り返した。

「桑原世津子がいるか、と聞いたんだ」

「いる」

声が震えていた。

水間は少し、哀れを催した。

かつて敷島組で幹部を張った男が、禿富の前では追い詰められた兎のように、縮み上がっている。マスダの看板を背負っても、禿富には毛ほどの威圧感も与えられないことが分かり、抵抗するすべを失った様子だった。

禿富が続ける。

「王展明もいるのか」

王展明の名が出たとたん、宇和島の目に少し光がもどった。

「ああ、いるとも。王展明が、あの女を見張ってるんだ。簡単に取り返せると思ったら、大間違いだぞ」

水間は、笑いを嚙み殺した。

おどおどしながら、精いっぱいすごみをきかせようとする宇和島の虚勢が、なんとも滑稽に思われる。

禿富は無感動に、宇和島を見下ろした。

「女を怖がらせるしか能のないサド野郎に、何ができる。立て」

宇和島は、すぐには応じようとせず、ふてくされた態度で横を向いた。

禿富が、また蹴りつけようとする。

それを見た宇和島は、ばね仕掛けの人形のように飛び起きると、その場に気をつけをした。

目に怯えの色を浮かべながら、口だけは達者に言う。

「手を打つなら、今のうちだぞ」

禿富が、おもしろそうに応じる。

「どう手を打つんだ」

「おれを、自由の身にするのよ。そうしたら、あの女をあんたに引き渡して、無事にここを出してやる」

「おまえの値段は、たった女一人分か」

「ただの女じゃねえ。あんたのスケだろうが」

たちまち禿富の目が、氷のように冷たくなる。

「すると、おまえはあれをおれの女と承知の上で、ここへ引きさらって来たわけだな」

その口調に、宇和島はたじろいだ。

「そ、それがどうした」

禿富が、冷笑を浮かべる。

「あの女の値段は、おまえ一人よりずっと高い。王展明と合わせても、まだ足りないくらいだ。覚悟しておけ」

宇和島は、あざになった顎をそっと手の甲で押さえ、なおも虚勢を張って言う。

「ここから上の部屋に連絡して、王展明と取引した方が身のためだぞ。おれとあの女を、交換するんだ。カジノルームには、マスダの若い連中がごろごろしていて、異変があればすぐに駆けつけて来る。おとなしく取引しろ」

「いくら数を掻き集めても、くずはくずでしかない。おまえは、そのくずの山の上に寝そべっている、ただの大くずだ」

禿富はそう言って、ぺっと唾を吐くしぐさをした。

水間は、宇和島から目をそらさず、禿富に言った。

「だんな、そろそろ突撃しましょう。こんな時間に、若い連中がごろごろしてるなんて、はったりもいいところだ。だれもいませんぜ、きっと」

宇和島が、悔しそうに唇を嚙み締める。

禿富は、小さく笑った。

「よし。こいつも、歩く元気が出たようだ。後ろへ回って、引き立てろ」

水間は、宇和島の背後に回った。

派手な、臙脂の縦縞のジャケットの襟首をつかみ、二の腕まで引き下ろす。

宇和島は上半身の自由を奪われ、その場にたたらを踏んだ。

「歩け」

水間が肩を押すと、宇和島はしぶしぶ歩き出した。

薄暗い廊下を行き、角を二つ曲がる。

突き当たりに、鉄製のドアがあった。

水間はそう言って、握り締めたジャケットの襟を少し緩めた。

「ゆっくりあけろ」

宇和島は、ぎこちなく右手を伸ばして、ドアの取っ手を引いた。

ドアの向こうは、細くて急な階段になっていた。足音を殺すためか、ラバーが敷いてある。

禿富が、先に立って階段をのぼる。

水間は、宇和島のジャケットの襟を引き絞りつつ、後ろから階段を押し上げた。

階段の上に、畳一枚ほどのホールがあり、その向こうに木のドアが見える。

ノッカーのついた、重そうなドアだ。

禿富は革手袋をはめ、上着の内側に手を差し入れて、拳銃を取り出した。

トカレフだった。官給の拳銃ではない。

水間を見て言う。

「おれが援護する。こいつを先に立てて、中にはいれ」

水間はうなずいた。

禿富が、宇和島ばかりか自分まで盾にするつもりだ、と分かって少しいやな気がしたが、何も言わなかった。

それに革手袋をはめたのは、万一のことを考えて指紋を残さないように、という腹づもりに違いない。

どんなときにも、自分のことしか考えない禿富のやり方は、もう十分に承知している。

水間は、宇和島を引き寄せた。

「ドアをあけろ」

耳元でささやくと、宇和島はまたぎこちなく右手を前に出し、取っ手を引いた。

ドアが開いた先に、派手な色彩の部屋が待ち受けていた。

戸口から見える範囲では、だれもいないようだ。

水間は用心しながら、宇和島を押して中にはいった。

こぢんまりした、カジノルームだった。

床には赤い絨毯。壁はタータンチェックの布張り。

ルーレット台やポーカーテーブル、ダイステーブルには、緑のクロスが張られている。

壁際には、切りガラスの扉がついた背の高い食器棚、チーク材らしいサイドボードが見える。

チェッカー模様の天井からは、小型ながらもけばけばしい造りのシャンデリアが、ぶら下がっている。

部屋の片隅には、ミニバーのカウンターが造りつけになっており、手前に一息入れるためのソファが置いてある。

どこにも、人の姿はなかった。

ミニバーの横手の奥に、もう一つドアが見える。

禿富が、はいって来たドアに内鍵をかけるのを待って、水間は宇和島に聞いた。

「奥のドアの向こうはなんだ」

宇和島が何も言わないので、水間は絞った襟首を前後に揺すった。

「返事をしろ、宇和島。王展明に野田をやられて、おれも気が立ってるんだ。あんたを先に、血祭りに上げてもいいんだぞ」

宇和島が、急いで答える。

「ギャレットがある。ギャレットってのは、つまり、隠し部屋のことだが」

「そこに、王展明と〈みはる〉のママがいるのか」

「そうだ」

二人のやりとりに、禿富が割り込む。

「外に通じる出入り口は、今はいって来たドアだけか」

「そうだ」

宇和島が答えると同時に、禿富が拳銃で横っ面を殴りつけた。

声を上げてよろめく宇和島を、水間はぐいと襟を引いて止めた。

宇和島の頰が裂け、血がしたたる。

「見えすいた嘘を言うな、宇和島。手入れがあったときに逃げる、抜け道があるはずだ。今度嘘をついたら、ただではすまさんぞ」

禿富が、声に怒りをにじませながら脅しつけると、宇和島は体をこわばらせた。

途切れとぎれに言う。

「奥のドアを出た、廊下の端に、上げ蓋がある。鉄梯子がついていて、一階におりられるようになっている。抜け道は、そこだけだ」

「最初からそう言えば、痛い目を見ることもなかったんだ」

禿富はうそぶき、もう一度宇和島の頬骨を殴りつけた。

宇和島が声を上げ、また足元をふらつかせる。水間が襟首を引き立てたので、なんとか倒れずにすんだ。

「くそ、覚えてやがれ」

毒づいたものの、蚊の鳴くような声だった。

42

禿富鷹秋は、打ちのめされた宇和島博をさげすみの目で眺め、無感動に言った。

「王展明を、ここへ呼べ。内線電話があるはずだ」

宇和島は、激しく首を振った。

「ない。嘘じゃなくて、ほんとにないんだ」

水間英人は、宇和島が心底すくみ上がっているのを見て、小気味よいというよりやり切れなさを感じた。

「それなら、携帯電話を使え。どこにある」

「上着の、左の内ポケットだ」

水間が、引き絞った宇和島のジャケットを緩めると、禿富は左手ですばやく内ポケットを探って、携帯電話を取り出した。

画面を見ながら、ボタンを操作する。王展明の番号を、探しているらしい。

目を上げ、水間に言う。

「おまえは、そこのルーレット台の下に隠れて、様子を見ていろ。もし、王展明が抵抗するそぶりを見せたら、何か投げて注意をそらすんだ」

拳銃をベルトの間にはさみ込むと、禿富は水間の手から宇和島のジャケットの襟首を、受け継いだ。

水間は、かたわらのポーカーテーブルから、カードをつかみ上げた。

あいにく、匕首も拳銃も持って来る暇がなく、何も武器になるものがない。

王展明が、どれほどの腕の持ち主か知らないが、いざとなったら丸腰で戦うしかない。

そうなる前に、禿富が決着をつけてくれればいいが、あてにはできなかった。

ハンカチを出して、カードについた指紋をふく。縁に指をかけている分には、散らばったあとで指紋を採取することは、できないだろう。

禿富が、宇和島の耳元で言う。

「おれがボタンを押せば、王展明の携帯につながる。一人で、カジノルームへ出て来るように、やつに言え。いいか、一人でだぞ。よけいなことをしゃべったら、二度と口がきけないように、舌を引き抜いてやるからな。脅しだと思うなよ」

「分かった」

禿富はボタンを押し、宇和島の耳に受話口を当てた。

宇和島は喉を動かし、三秒ほどして口を開いた。

「おれだ、宇和島だ。表の部屋に、一人で来てくれ。女は、そのままにしておけ」

一息にしゃべり、少し間をおいて続ける。

「ああ、客は追い返した。そのことで、話があるんだ。とにかく女を置いて、すぐに来てくれ」

話し終わるが早いか、禿富は通話を切った。

携帯電話を床に投げ捨て、宇和島をソファのところへ引っ張って行く。

「妙なまねをしたら、ソファ越しに弾をぶち込む。分かったか」

「分かった」

宇和島は、すっかり観念したように、ソファに腰を落とした。

水間も、ルーレット台の陰にうずくまり、カードの縁をしっかり握り締める。

宇和島は、奥のドアのほぼ正面にあるソファにすわり、水間が隠れたルーレット台はその斜め横に、置かれている。

王展明の注意をそらすには、ちょうどいい位置関係だった。

三十秒ほどたった。

ギャレットと称する隠し部屋が、この部屋とどれだけ離れているのか分からないが、王展明はなかなか姿を現さない。

ルーレット台の下からのぞくと、ソファの後ろに隠れた禿富の顔に、いらだちの色が浮かぶのが見えた。

その直後、奥のドアの取っ手が回った。

水間は床に膝をつき、息を殺した。

ドアがゆっくりとあき、和服を着た女が戸口に立った。

桑原世津子だった。

世津子の目は恐怖に見開かれ、緊張のあまり上体がのけぞっている。

世津子は、何か言いたげに口をぱくぱくさせたが、声が出なかった。

世津子の右の首筋には、細くとがった大釘のようなものが食い込み、左のわきの下からは拳銃を握った手がのぞく。

世津子は背後から、男に抱きすくめられていた。

男が、しゃがれ声で言う。

「ハゲタカ、出て来い。出て来ないと、この女、殺す」

世津子の体の陰からのぞいたのは、ざんばら髪の瘦せこけた男だった。

水間は、唇を嚙み締めた。

この男が、野田憲次を刺した、王展明か。

予想したより、小柄で貧乏臭いそのいでたちに、少し拍子抜けがする。

右手に握られた大釘らしきものは、確か寸鉄と呼ばれる暗殺用の器具だ。両端が鋭くとがり、指を入れてすべりを止める輪が一つ、中ほどについている。

あれで野田の下腹を、えぐったに違いない。そう思うと、頭に血がのぼった。

それにしても、宇和島が一人で来るように念を押したのに、世津子を盾にして出て来るとは、王展明はよほど用心深い男のようだ。

しかも、禿富がその場にいることを知っているのは、どういうわけだろう。

初めから予想していたのか、それとも宇和島から受けた電話に、何か秘密の合図でもあったのか。

ソファの後ろから、禿富が言う。

「王展明。日本の警察を相手にして、逃げ切れるわけがない。ギブアップしろ」

「ノー、ギブアップしない。おれ、おまえ待っていた。おまえ、殺す。おまえ死ねば、この女助けてやる」

血の気を失った世津子が、喉から声を絞り出す。

「あ、あんた。助けて」

それにかぶせるように、王展明が言い募る。

「この女助けたければ、ピストル捨てろ。素手でおれと勝負しろ」

水間は、ルーレット台の陰で首を回し、脚の間から禿富の様子をうかがった。

禿富が、ソファの背の上から左腕を伸ばして、宇和島の髪をつかむ。

「よく聞け、王展明。おまえがその女を放さなければ、おれはこの男を殺す。この男が死ねば、おまえを雇ったマスダが黙っていないぞ。おい、宇和島。なんとか言え」

髪を揺すられ、宇和島は頭をぐらぐらさせながら、甲高い声で言った。

「おい、その女を放せ。おれと交換してくれ。それで、ちゃらにするんだ。今夜のところは、引き分けにしようじゃねえか。それで文句はねえだろう、ハゲタカのだんなも」

「ああ、ない。お互いに人質を交換したら、前後のドアから別々に消える。決着をつけるのは、この次だ」

王展明の口から、ひきつるような笑いが漏れた。

「おれ、だれの指図も受けない。マスダもハゲタカも、怖くない」

そう言うなり、いきなり銃口を上げて一発、二発、三発と立て続けに引き金を引く。

宇和島は一声小さく、もう一声大きく叫んだ。

ソファにすわった膝が跳ね上がり、どさりともとの位置に落ちる。

ジャケットの胸に穴があき、血が勢いよく噴き出した。

宇和島は体を突っ張らせ、歯を醜くむき出した。

「く、くそ、きさま」

それだけ言ったが、あとは言葉が続かなかった。

口元がだらしなく緩み、目から急速に光が失われていく。

投げ出された足から、力が抜けるのが分かった。

水間は生唾をのみ、王展明の方に目をもどした。王展明が、これほどあっさり宇和島を撃つとは、思ってもみなかった。

王展明が言う。

「これで、人質一人になった。この女、おれの切り札だ。おまえ、切り札ない。取引できない。おまえ死ぬか、この女死ぬか。早く決めろ」

水間は、腹の中でののしった。

拳銃さえあれば、横手から王展明を撃つことも、不可能ではない。当たらぬまでも、牽制することはできるだろう。

秃富の声がした。

「黙れ。宇和島の言うとおりにすれば、おまえも助かったかもしれんのに、ばかなやつだ。その女も、おまえの切り札にはならんぞ」

なんの感情もない、冷たい声だった。

それを聞いて、水間は秃富が世津子を犠牲にするつもりだ、と直感した。

とっさに、ルーレット台の陰から、体を起こす。

「こっちだ」

どなりながら、手にしたカードを王展明に、投げつけた。

ぎくりとした王展明が、反射的に銃口を巡らして発砲する。

しかし、宙に舞い散ったカードに目を奪われたらしく、狙いが大きくはずれた。

水間の背後で、ガラスの砕け散る音がする。

王展明が、あらためて水間に狙いをつけようとしたとき、ソファの陰から立った秃富が腕を伸ばし、引き金を引いた。

世津子が悲鳴を上げ、裾を乱して倒れかかる。

それに押されて、王展明はたじたじとあとずさりし、ドアの横の壁に背をつけた。

銃口を上下させながら、立て続けに引き金を引き絞る。

水間は、床に身を伏せた。

ソファを盾にして、秃富も王展明に応戦する。

王展明の拳銃が、かち、かちと空撃ちを始めた。弾を撃ち尽くしたのだ。

「撃つな」

水間は禿富にどなり、床から飛び起きた。

それに、世津子の悲鳴が交錯する。

水間は王展明目がけて、頭から突っ込んだ。

王展明は、あわてて世津子の体を水間の方に突き飛ばし、水間に拳銃を投げつけた。

世津子は床に倒れ、拳銃が水間の肩に当たった。

水間は、かまわず世津子の体を飛び越えて、王展明に飛びかかった。

王展明の右手に握られた寸鉄が、下から蛇のように襲いかかる。

水間は、手首を交差させて王展明の右手をブロックし、すばやく肘をつかんだ。

王展明は、思ったより力が強かった。その右手を殺すためには、両手でしっかり押さえつけなければならなかった。

王展明は獣のようにうなり、チョッキをはだけて左手を中に突っ込んだ。

その手が、もう一つ別の寸鉄を取り出すのを見て、水間はぞっとした。

二本の寸鉄を、同時に避けることはできない。

そばに来た禿富が、王展明の脇腹に靴の先をめり込ませ、床に蹴倒す。

間髪をいれず、禿富は蹴った靴で王展明の左手を、ぐいと踏みつけた。

王展明が声を上げ、指を開く。

禿富は左手を踏みつけたまま、王展明の指から寸鉄の輪を引き抜いた。

しかし王展明は屈せず、うなりながら右手の寸鉄をじりじりと、水間の腹にせり上げてくる。

「だ、だんな」

水間が声を絞るより早く、禿富は革手袋に握り締めた寸鉄を振り上げ、王展明の左の鎖骨の少し上に、深ぶかと突き立てた。

王展明が、はっと息を吸い込んで、体を硬直させる。

次の瞬間、王展明の上体は投げ捨てられたぼろ雑巾のように、くたりと床に落ちた。

水間が握った右手から、あっと言う間に力が抜ける。

恐るおそる手を離したが、王展明が握った寸鉄はもはやぴくりともせず、力なく指の中に横たわっているだけだった。

急所をやられたらしい。

水間の体の下で、王展明は死んでいた。

43

禿富鷹秋は、鎖骨に突き立てた寸鉄をそのままにして、王展明の右手から寸鉄を引き抜いた。

水間英人は体を起こし、すぐ横の床に倒れた桑原世津子のそばに、片膝をついた。

世津子が、はだけた裾からぽってりした足をのぞかせ、荒い息を吐く。血痕が一つ、ぽつんと白い足袋を染めている。

離れ際に、王展明が寸鉄で切り裂いた世津子の喉から、血が流れ出す。少しずつ、血溜まりが大きくなった。

和服の上腕部にも、赤い裂け目ができている。禿富の撃った弾が、かすめたらしい。

危惧したとおり、禿富は世津子ごと王展明を、仕止めようとしたのだ。水間が飛び出さなければ、確実にそうしていただろう。

世津子のまぶたが、身繕いをする小鳥のように細かく痙攣し、わずかに開いた。

震える唇から、声とも呼べぬようなかすかな息が、漏れてくる。

「あんた。助けに、来てくれたのね」

水間の耳には、そう言ったように聞こえた。

禿富は、二人のそばに立ち尽くしたまま、膝を屈しようともしない。

水間は、世津子の耳に口を寄せた。

「そうだよ、ママ。ハゲタカのだんなは、ママを助けに来たんだ。しっかりしろ。すぐ、医者に連れて行く」

禿富が言った。

「無駄だ。もう助からんよ」

その冷たい口調に、水間は禿富を見上げた。

「しかし、まだ息があるんですよ」

「その傷は、頸動脈まで達している。あと一分ほどで死ぬぞ」

水間はたじろぎ、世津子を見下ろした。

世津子の顔から少しずつ血の気がなくなり、それとともに表情が消えうせていくのが、見てとれた。

気がついてみると、世津子はうつろな目を宙に向けたまま、動かなくなっていた。

禿富が言ったとおり、世津子は一分足らずで死んだ。

水間はなすすべもなく、その死に顔を見下ろした。

禿富は、王展明の右手から抜き取った寸鉄を、世津子の首の横に投げ捨てた。

「ぼんやりしてる場合じゃない。王展明をかつげ」

水間は驚き、もう一度禿富を見た。

「なんで、こいつを。運び出すなら、ママの方でしょうが」

「言われたとおりにしろ。サツに、つかまりたくなかったらな」

「ママをここに、置き去りにするんですか」

「そうだ。今さら病院へ運んでも、生き返るわけじゃない」

禿富は言い捨て、ソファのところへ引き返した。

自分の拳銃を宇和島の手に握らせると、指を添えて奥のドアのあたりにマガジンがからになるまで、弾丸を撃ち込む。

拳銃をそのまま宇和島の手に残し、禿富は水間のそばにもどって来た。

水間はあきらめて、王展明を肩にかつぎ上げた。

なぜ禿富が、王展明の死体を運び出させようとするのか、見当がつかない。

しかし、それを考えても無駄だということは、よく分かっていた。

寸鉄が刺さったままなので、王展明はほとんど出血していない。禿富が撃った弾も、当たっていないようだ。

世津子より、王展明をかつぐ方が気分的に、楽だった。

だいいち王展明は、世津子より確実に軽いだろう。

「抜け道から出ますか」

水間が聞くと、禿富は首を振った。

「そいつをかついで、鉄梯子はおりられない。もとのドアから出よう」

「じゃまがはいらないかな。銃声を聞かれたかもしれない」

「心配するな。この部屋には当然、防音処理が施してあるはずだ。ギャンブルの音が、外へ聞こえたらまずいからな」

禿富は先に立って、はいって来たドアをあけた。

急な階段を、慎重におりる。

幸いなんのじゃまもはいらず、二人は裏の通用口にたどり着いた。

禿富は管理人室をのぞき、すぐにまたドアを閉じた。

「さっきの男は」

水間が聞くと、禿富はぶっきらぼうに応じた。

「まだ転がったままだ。あがいたあとはあるが、自力では抜けられない」

先に表へ出た禿富が、通りの左右をじっくり見渡してから、水間に合図する。

水間は王展明をかつぎ直し、梶井良幸の車まで運んだ。

禿富があけたトランクに、静かに死体を落とし込む。

トランクを閉め、念のため自分の服のあちこちを調べてみたが、どこにも血はついていない。

珍しく、禿富が運転席に回ったので、水間は助手席に乗った。

禿富は慎重に車を出し、裏通りを抜けて外苑西通りへ出た。

「円山病院まで行ってやる。どうせ、家にもどる気はあるまい」

水間は少し考え、すなおに返事をした。

「ええ」

「野田の仇《あだ》を討った気分はどうだ」

「ぴんときませんね。とどめを刺したのは、おれじゃなくてだんなだから」

「おれ一人だったら、あんなにうまくはいかなかった。おまえのおかげだ」

媚びるようなその口調に、水間は少しいやな気分になった。

「かりに野田が助かっても、〈みはる〉のママが死んだんじゃ意味がない。だいいち、だんなが本気でママを助けるつもりだったとは、おれには思えませんね」

遠慮なく言ってのけると、禿富は少し間をおいてから答えた。

「世津子は、おれが助けに来てくれたと感謝しながら、死んだんだ。それで文句はあるまい」

水間は、胃の底が熱くなった。

「ママは、だんなをおびき寄せる手助けをしなかったので、あんな目にあったんだ。もう少し、温かい目で見てやったらどうですか。そもそも、王展明と一緒にいるところをあんな風に撃ちまくるなんて、あんまりじゃないですか」

「おれとしては、慎重に狙って撃ったつもりだがね」

しゃあしゃあと言うのに、水間はいいかげん腹が立った。

「だんなはママもろとも、王展明を仕止めようとしたんでしょう。どう見たって、ママの命を優先しようという配慮は、感じられなかった。あれは、惚れた女にする仕打ちじゃない」

「おれに、説教する気か。男と女の間には、貸しも借りもない。少なくとも、当人同士の間にはな」

「だったら、そんな女のためになぜ敵地に乗り込んで、助け出そうとしたんですか」

禿富が答えるまでに、だいぶ間があいた。

「事実はどうあれ、世津子はおまえたちをはじめ事情を知る連中に、おれの女だと見なされていた。その女に手出しをされた以上、何もしないわけにはいかない。自分の女をさらわれて、おれが何もせずに黙っている男だと思われたら、今後示しがつかなくなるからな」

水間は、禿富の本心を測りかねた。

たったそれだけのことで、この男はマスダの本拠地の一つに乗り込んだのだろうか。

実際は世津子に惚れて、何がなんでも助け出さずにはおかないと決意を固め、死地に赴いたのではないのか。

いや、世津子のためにもそうであってほしい、と思う。

世津子は、禿富よりだいぶ年上に見えたし、確かに似合いのカップルとは言いがたい。

しかも、禿富によれば最近喧嘩別れをして、会わずにいたという。やはり、禿富にとって世津子は一時の慰めを求めるだけの、行きずりの女の一人にすぎなかったのか。

いくら考えても、結論は出なかった。

水間は雑念を払い、話題を変えた。

「マスダの連中が、自分たちのカジノルームで宇和島とママの死体を見つけたら、どうするでしょうね」

「おれも、それが楽しみだ」

「警察に、どう説明するつもりかな」

秃富は、含み笑いをした。

「おれの勘では、連中は警察に届けないだろう。死体をこっそり始末して、事件を闇に葬ると思う」

水間は、秃富の横顔を見た。

「しかし、人が二人も消えるってことは、たいへんな事件ですよ。王展明を入れれば、三人だ。親兄弟や、友だちだっているはずだし、ただじゃすまないでしょう」

「死体が見つからなければ、行方不明ということで処理される。間違っても、世津子の葬式なんか出すんじゃないぞ」

「もし、連中が警察に届けたら、どうなりますか」

「まあ、そうなったら現場の状況からして、宇和島が王展明と撃ち合って死んだ、と判断されるだろう。硝煙反応が出るように、宇和島にも拳銃を撃たせておいたからな」

それはなんとなく、察しがついていた。

「しかし、王展明がママを盾にして宇和島と撃ち合う理由は、何もないでしょう。どうにも、説明がつかない」

「それを考えるのは、警察の仕事だ。でなければ、マスダの仕事だ」

「マスダの連中は、おれたちがからんでることを知るでしょう。管理人室に転がってる男が、おれたちの姿を見てますからね。やつは、警察には言わないにしても、幹部連中には報告するはずだ。でなけりゃ、自分の落ち度になる」

「あの下っ端は、何も証言できないよ。立石署の御園の使いで、佐々木というデカが来たことしか、頭に残ってない。警察にしゃべられたところで、おれたちの正体が分かるものか」

「例の梶井と阿川は、だいじょうぶかな。巻き添えになりたくないらしいが、殺人事件がからんでると知ったら、どう出るか分かりませんよ」

「あの二人は、おれに任せておけ。万一のときには、口を封じる手立てがある」

水間は、口をつぐんだ。

禿富も、それきり黙り込む。

渋谷の円山病院に着くまで、二人は何も言わなかった。

車が停まったところで、水間は聞いた。

「後ろの王展明の死体を、どうするつもりですか」

「おまえに、焼き場まで背負って行け、とは言わんよ」

「まさか、やつの死体をトランクに入れたまま、梶井に返すんじゃないでしょうね」

「それもおもしろいな」

禿富は、まともに答えるつもりがないらしく、はぐらかしてばかりいた。

水間がドアをあけたとき、禿富は思い出したように言った。

「待て。王展明の帽子を、置いて行け」

例の、フェルトのフロッピーハットをポケットから引き出し、シートの上に置く。

水間がドアを閉めると、禿富はそのまま静かに車をスタートさせ、走り去った。

横手の救急搬入口から、病院の中にはいる。

水間の足音を聞いて、野田憲次の病室の前で見張りをしていた坂崎悟郎が、ベンチからさっと立った。

「ご無事でしたか」

呼びかける坂崎に、水間はうなずいた。

「ああ、終わった。野田の落とし前は、きっちりつけた」

坂崎の大きな体が、ほっとしたように軽く揺れる。

「安心しました。ハゲタカのだんなが一緒だというので、正直なところ心配してたんです」

「それより、野田の具合はどうだ」

「さっき、意識を取りもどしました。先生は、もうだいじょうぶだろう、と言ってます」

水間も、肩の力を緩めた。

「そうか。よかった」

坂崎の横を抜け、病室のドアをそっと押しあける。

薄暗い明かりの中に、野田の横たわったベッドが浮かび上がった。

その胸のあたりが、規則正しく上下するのを見て、水間は安堵の息をついた。

第九章

44

御園隆輔は、車をおりた。

深夜の河川敷は、暗く静まり返っていた。

荒川にかかる、四ツ木橋から五百メートルほど下流の木根川橋を、墨田区の側へ渡ったところだ。

河川敷の両岸には、緑地や運動場、野球場がはるかかなたまで、延びている。

しかし午前二時ともなれば、ところどころに光る街灯の明かりが目につくだけで、人っ子一人見当たらない。

無人の野球場にはいる。

少し上流に、京成電鉄押上線の鉄橋の影が、黒ぐろと見える。すでに、終電の時間を過ぎてしまったので、光の帯が走ることはない。

御園は、グラウンドに埋め込まれたホームベースのそばに立ち、軽くバットを振るしぐさをした。

最後に野球をやったのは、いくつのときだったか。


禿富鷹秋から、立石署の御園に電話がかかってきたのは、前日の夕方のことだった。

取り次いだ女子職員が、ウワジマさんからお電話ですと言ったので、てっきりマスダの宇和島博だと思った。

しばらく連絡が取れず、いらいらしていた矢先だったから、勢い込んで電話口に出た。

「おれがだれだか、分かるだろうな」

いきなりそう言われて、御園はとっさに返事ができなかった。

それが宇和島ではなく、禿富の声だと分かるまでに、少なくとも三秒はかかった。

「なんの用だ」

とりあえず応じたものの、禿富が直接電話をかけてよこすとは予想もしなかったので、頭が混乱していた。

それにかまわず、禿富は聞いてきた。

「最近、宇和島と連絡を取ったか」

御園は、あたりを見回した。

捜査四係の部下が、全員出払っているのを確認してから、低い声で言い返す。

「大きなお世話だ」

実のところ、マスダの事務所には何度か電話したのだが、宇和島はいつも外出中という返事ばかりで、コールバックしてくることもない。

「宇和島とは、二度と連絡が取れないだろうな」

からかうような禿富の口調に、御園はいやな予感がした。

「それは、どういう意味だ」

「マスダの幹部にでも、聞いてみるさ。連中が、正直に答えるかどうかは、保証のかぎりじゃないがね」

背筋が、すっと冷たくなるのを感じる。

禿富が、何を言おうとしているのか、分かるような気がした。

新聞には、それらしい記事は載らなかったと記憶するが、宇和島の身になんらかの異変があったことは、間違いないように思われた。

そうでなければ、禿富がこんな電話をかけてくるはずがない。

御園は息を吸い、おもむろに応じた。

「あんなやつがどうなろうと、おれには興味がない。それより、なんの用だ。おまえには借りがある。こっちから、電話しようと思ったくらいだ」

「だろうと思った。今夜、決着をつけようじゃないか」

「今夜」

あまりに急な話に、御園は少したじろいだ。

「どうした、御園。おじけづいたか」

「図に乗るなよ、禿富。手加減はしないぞ」

「それはこっちのせりふだ」

「時間と場所を言え。いつでも、好きなところへ出向いてやる」

「威勢がいいな。大砲でもかついで来るつもりか」

御園は、受話器を握り直した。

「おれはな、おまえと違って喧嘩の代理人を立てるような、卑劣なまねはしない。行くときは、一人で行く。おまえは、好きなだけ助っ人を連れて来い。この間の、久光とかいう図体のでかいやつでも、かまわないぞ。もしあの野郎に、もう一度おれとやり合う度胸が残っているならな」

「ずいぶん、でかい口を叩くじゃないか。最初におれを痛めつけたとき、玉村と鯉沼の力を借りたことを、忘れてしまったのか」

御園は、ちょっと言葉に詰まった。

「あれは、勝負じゃない。きさまに、罰を与えただけだ」

禿富は笑った。

「ものも言いようだな、御園。いいだろう。あんたが一人で来ると言うなら、おれも一人で相手をしてやる。拳銃も置いて行くつもりだ」

「あたりまえだろう。署を退出するときは、拳銃を預けるのが決まりだ」

「とぼけるのはよせ。拳銃なんか、いくらでも手にはいるくせに」

秀富が反論するのに、御園も負けずに言い返した。

「それは、お互いさまだ。おまえがその気なら、おれも丸腰で行く。おもしろくなりそうじゃないか」

そして、場所と時間が決められたのだった。

御園は、官給の拳銃を規定どおり署に預け置いたまま、別の拳銃も用意せずに約束の場所へ出向いた。

ただし万一に備えて、ワイシャツの下に薄手の防弾チョッキを着込み、いつも愛用しているメリケンサックに代えて、小型のブラックジャックを腰の後ろに差し込んだ。

あの秀富のことだから、いつ約束を破らないとも限らない。

もし秀富が拳銃を取り出したら、防弾チョッキを信じて躊躇なく飛びかかるつもりだった。


冷たい夜風が、野球場の砂を巻き上げる。

御園は鼻をおおい、腕時計の夜光針を見た。

午前二時二分前だった。

上の道路を見上げたが、車らしいものが通る気配はない。

もしかして、すっぽかされるのではないか、と少し不安になる。

そのとき、背後のバックネットのあたりで、かすかな物音がした。

御園は、すばやく振り向いた。

バックネットの裏側に、黒い人影が見える。

「禿富か」

「そうだ。どうやら、一人で来たようだな」

御園はせせら笑い、そばに歩いて行った。

「おれは、きさまとは違う。そっちこそ、だれか助っ人を連れて来なかったのか」

禿富が、たばこに火をつける。

ライターの炎に、とがった頬骨が赤く映った。

煙を吐いて言う。

「おれも一人だ。目撃者を作りたくないからな」

それを聞いて、体が引き締まる。

御園は、禿富が自分を殺す肚でいるのだ、と悟った。

とたんに、かすかな気後れを感じて、冷や汗をかく。

禿富が怖いのではない。殺し合いをするつもりなら、喜んで応じる覚悟がある。

しかし、殺したあとのことを考えると、つい腰が引けてしまうのだ。

警察官が警察官を殺すのは、十年に一度あるかないかの大事件といってよい。当然、監察官の事情聴取を受けることは、避けられない。

そうなったとき、禿富を殺した理由をきちんと説明できるかどうか、とうてい自信がない。

いくら、これまでの禿富との確執を述べ立てたところで、殺した事実を正当化することは不可能だろう。

かといって、まさか正当防衛を主張するわけにもいかず、男と男の喧嘩だったなどとはなおさら言えない。

それを避けるためには、禿富の死体の始末をつけなければならない。

この場に放置して逃げれば、乗って来た車のタイヤ痕やその他の証拠、あるいはこれまでのいきさつから、自分のしわざと突きとめられる恐れがある。

「どうした。何を考えてるんだ」

禿富に聞かれ、御園はわれに返った。

「きさまをぶちのめしたあと、どう始末をつけようかと考えてるのさ」

禿富の口から、小さく笑いが漏れる。

「心配しなくていいぞ、御園。ぶちのめされるのは、おれじゃなくてそっちだ。あとのことは、おれがきちんと始末をつけてやる」

その自信満々な口ぶりに、御園はむっとした。

しかし、ここで冷静さを失ってはならない、と思い直した。

深く息をついて、怒りを押し殺す。

こうなったら、とことんやるしかない。

禿富の死体の始末は、マスダにやらせればいい。

もとはと言えば、宇和島が禿富にぶちのめされたことから、このごたごたが始まったのだ。マスダの連中も喜んで、禿富の死体を処理するだろう。

御園は言った。

「バックネットに隠れてないで、ホームベースへ出て来い。正真正銘、一対一で決着をつけようじゃないか」

「望むところだ」

禿富は、たばこを鉄柱に押しつけて消し、吸い殻をポケットにしまった。

上着を脱ぎ、近くの針金に襟を引っかけると、バックネットを右に回る。

その間に、御園も上着を脱いで同じように針金にかけ、禿富が回って来るのを待った。

一塁側の方に少し移動して、足場のいい位置を確保する。

近づいて来る禿富を待ち受けながら、まるでヘビー級とライト級の戦いだ、と一瞬苦笑を漏らした。

禿富が手ごわいことは、最初に渋谷の公園で袋叩きにしたときに分かったが、それにしても体の大きさが違う。たとえ何かの心得があるにしても、自分にはとうてい通用しないだろう。

禿富が、固めた両の拳を顎の下に当てて、ボクシングの構えを取る。

体つきは華奢なのに、肩幅が異常に広かった。

固めた拳が、まるでグラブをはめたように大きいことにも、あらためて驚かされる。

御園も油断なく、ファイティングポーズをとった。

いきなり禿富が右足を飛ばし、御園の左膝の横を蹴ってきた。

御園はよけ切れず、その蹴りをまともに食らった。

膝から下が、じんとしびれる。

「なかなかやるな、ハゲトミ」

そう声をかけると、遠い街灯の明かりを受けた禿富の目が、きらりと光った。

「膝に気をつけろよ、御園。同じところを何度も蹴られると、しまいに立っていられなくなる。そのときが最後だぞ」

負けずに、舌戦に応じてくる。

また蹴りを入れようとする禿富に、御園はジャブを繰り出して牽制した。

禿富は、軽くダッキングしてそれをかわし、左のパンチを放った。

距離が遠すぎる。

そう判断して、カウンターを食わせようと構えた御園の顔に、いきなり何か細かいものが降りかかった。

目に痛みが走り、あわてて後ろにさがる。

砂だ。

禿富は左の拳の中に、砂を握り込んでいたのだ。

涙があふれ、視野がかすむ。

「くそ、汚いぞ」

思わずののしり、反射的に頭を肘でかばう。

そのとたん、脇腹に猛烈な蹴りを食らった御園は、一瞬息が止まった。

まるで、落下する隕石の直撃を受けたような、すさまじい蹴りだった。

45

御園隆輔は、体を二つに折り曲げたまま、苦痛に耐えた。

これほどの強い蹴りは、大学時代に空手をつかうアメリカの黒人兵と喧嘩して、同じ脇腹に一発食らったとき以来だ。

あのときも、なんとか倒れることだけは免れたが、今の一撃はそれに劣らぬ蹴りだった。防弾チョッキといえども、その衝撃には何の役にも立たなかった。

御園はワイシャツの袖口で涙をふき、ことさらゆっくりと上体を起こした。

禿富鷹秋がまた蹴りを入れてきたら、その足を引っ張り込んでひねり倒すつもりだ。

しかし、禿富はまるでそれを予想したかのごとく、襲ってこようとしない。

相手が体勢を立て直すのを待つほど、騎士道精神の豊かな男とは思えないから、何か魂胆があるに違いない。

御園は、ようやく見えるようになった目を、禿富の黒い影に向けた。

「どうしてかかってこないんだ。きさまに、フェアプレイは似合わんぞ」

それを聞くなり、禿富は顎を暗い空へのけぞらせて、乾いた笑い声を立てた。

「何がおかしい」

御園がとがめると、禿富は笑うのをやめた。

小ばかにしたように言う。

「フェアプレイだと。買いかぶるのはやめてもらおう。おれはただ、楽しんでるだけさ。あんたをぶちのめして、グラウンドに這いつくばらせるのは簡単だが、すぐにではおもしろくない。少しはおれと、殴り合わなければな」

御園は、拳を握り締めた。

侮辱だ。

自分を相手にして、殴り合いを楽しむなどとうそぶいた男は、かつて一人もいない。

禿富は、この御園隆輔と対等に戦えると考えるどころか、自分の方が優位に立ったつもりでいるらしい。自信過剰というか、そのうぬぼれに満ちた傲岸不遜な態度は、いったいどこからくるのだろうか。

「調子に乗るなよ、禿富。おれは、玉村や鯉沼とは違う。甘く見ると、後悔するぞ」

そういうせりふを吐くこと自体、御園にとって許しがたい屈辱だった。

まったく、自分を甘く見る男がいると考えるだけでも、はらわたが煮え繰り返る。

御園は二度、三度と瞬きを繰り返し、あふれる涙で目の砂を洗い流した。唾を吐いて、じゃりじゃりする口をきれいにする。

一度深呼吸すると、脇腹の痛みが少し薄らいだ。

とはいえ、キドニーにかなりのダメージを受けたことは、確かだった。

あらためて、ファイティングポーズをとる。

しかし、禿富は両腕をだらりと下げたまま、身構えようとしない。

御園は焦りを押さえ、じりじりと間合いを詰めた。

左足を前に出し、禿富がまた膝を蹴りたくなるように、誘いの隙を見せる。

秃富の右足が動いた、と見る間に御園は左足を上げて、逆に蹴りを入れた。

靴の底が鼠蹊部に当たり、秃富はわずかによろめいた。

御園はすかさず一歩踏み込み、左のジャブを繰り出した。秃富が右手を上げ、肘でブロックする。

それは計算ずみだった。

御園は間髪をいれず、右から必殺のパンチを送り込んだ。

秃富は、広げた左手でそのパンチを受け止め、当たりを宙へそらした。

その、鋭い反射神経と反発力の強さに、さすがの御園も驚いた。

次の瞬間、秃富の右の拳が目にも留まらぬ速さで、下から襲ってくる。

御園は歯を固く嚙み締め、その一撃をもろに顎で受け止めた。

まるで、樫の棍棒で殴られたような衝撃に、頭の中で火花が散る。

後ろざまによろめいたが、どうにか倒れずに踏みとどまった。並の男だったら、この一発で昏倒しただろう。

秃富が、感心したように言う。

「ほう、さすがに打たれ強いな」

御園は頭を振り、混濁しかけた意識を呼びもどした。

秃富が右足を飛ばし、左膝の横を蹴りつける。よけられなかった。

左足がしびれ、御園は思わず地面に左膝をついた。

ときをおかず、秃富の左の拳が風を巻いてこめかみを襲い、御園はたまらずそこへ横倒しになった。

唇の裏を嚙み締める。

今まで、だれとやり合っても殴り倒されたことがない、というのが御園の自慢だった。

その誇りが、これほどあっさりと泥にまみれるとは、考えもしなかった。

しかも、禿富は例によって余裕を見せ、追撃してこない。

御園は生まれて初めて、自信がぐらつくのを感じた。

禿富は、予想よりもはるかに強靭な筋肉を持ち、体にばねがある。それに、並はずれた動体視力の持ち主らしく、こちらの動きを完璧に見極めている。

大きな体のわりに、ライト級なみのスピードがあると自負する御園だが、禿富には通用しそうもなかった。

離れて殴り合っても、倒すのは至難のわざだ。

なんとか組み止め、ねじ伏せなければならない。馬乗りになって押さえつければ、禿富といえども簡単には逃げられず、拳を避けられないだろう。

御園は立ち上がり、体勢を低く構えた。

禿富の足に気をつけながら、少しずつにじり寄って行く。

禿富は後退しながら、バックネットに追い詰められるのをいやがるように、横へ移動する気配をみせた。

そうはさせじと、御園は同じように小刻みに足を左右に踏み出し、禿富の動きを封じる。

とうとう禿富は、バックネットを背負うかたちになった。

御園は、暗闇に光る禿富の目から視線をそらさず、じわじわと肉薄した。

一・五メートルほどに迫ったとき、禿富はいきなり御園の左へ足を踏み出した。

御園はいちかばちかで、とっさに反対の右側へ重心を移した。

そこへ、狙いすましたように禿富の体がもどって来て、御園の体とぶつかり合った。

禿富は、御園の踏ん張りがきかない左足の側にフェイントをかけ、すばやく体をもどして右へ抜けるつもりだったらしい。

御園の読みが勝ったのだ。

御園は、禿富を体ごとバックネットのフェンスに押しつけ、肩を抱え込んだ。

同時に、機先を制して禿富の腹に、膝蹴りを食わせる。

禿富は、声こそ出さなかったが体を折り、御園にもたれかかってきた。

御園は、抱えた肩を強引に片側へ引き回すと、そのまま禿富を地面にねじり倒した。

すばやく馬乗りになり、全身の体重をかけて押さえつける。

「どうだ、禿富。もう逃げられんぞ」

勝ち誇って言うと、禿富が下から拳を突き上げてきた。

また顎を打たれたが、その体勢からではパンチに十分体重が乗らず、最初のときほどの衝撃はない。

御園はせせら笑い、反対に拳を固めて上から禿富の顔を殴りつけた。

拳が当たる寸前、禿富が両肘を交差させてブロックしたので、せっかくのパンチは不発に終わった。

御園は、左手で禿富の肘を押しのけようとしたが、鉄筋でもはいったようにびくともしない。両手を使えば動かせるかもしれないが、それではパンチを繰り出すことができない。

「くそ」

大型レンチのような、この頑丈な腕をなんとかしないことには、らちが明かない。

御園はとっさに腰の後ろに右手を回して、ベルトに差したブラックジャックを引き抜いた。

そうした武器を使うことに、忸怩《じくじ》たるものがないではなかったが、この際やむをえない。このままでは、てこずる一方だ。

御園はブラックジャックを振り上げ、顔をおおった禿富の肘をしたたかに打った。

禿富は初めて声を上げ、肘の陰から目に驚きの色を浮かべて、御園を見た。

御園は容赦なく、同じ場所へブラックジャックを叩きつけた。

「きさまの腕を、叩き折ってやる。覚悟しろ」

「待て」

体の下で、禿富が声を振り絞る。

御園は荒い息を吐きながら、ブラックジャックの手を止めた。

「どうした、禿富。もう、命乞いか」

禿富は、ゆっくりと肘を顔からどけると、両脇へ投げ出した。

さげすむように言う。

「自分のパンチに、自信がないのか、御園」

かっとなった御園は、ブラックジャックを振り上げた。

とたんに、禿富の右手が蛇のように動いて、左の太ももを打つ。

鋭い痛みに手元が狂い、ブラックジャックは禿富の頭の横の地面に、したたかにめり込んだ。

御園は顔をゆがめて、痛みに耐えた。

刃物で刺された、と直感する。禿富もまた、武器を隠し持っていたのだ。

禿富が、太ももから何かを引き抜く。その苦痛に、御園は思わず体を浮かせた。

それを待っていたように、禿富が下からばねをきかせて、腰を跳ね上げる。

御園はあっけなく、禿富の上からほうり出された。

立とうとしたが、左足が言うことを聞かない。蹴られた膝がしびれており、太ももの刺し傷も思ったより深いようだ。

御園は地面に片膝をついたまま、禿富を見上げた。

「くそ、何を使った」

禿富が、右手を開いて見せる。

両端のとがった、長さ二十センチほどの釘のようなものが、指の上にあった。

禿富は続けた。

「おれが、身に寸鉄も帯びずにやって来る、と思ったか」

それを聞いて、文字どおり〈寸鉄〉という名で呼ばれる、暗殺器具があることを思い出した。

「汚いぞ、禿富」

「それは、お互いさまだ。さあ、命乞いをしてみろ」

その挑発に、御園はほとんどわれを忘れて、体を引き起こした。

手にしたブラックジャックを、叩きつけるようにして禿富に飛びかかる。

禿富の上体がひょいと沈み、振り下ろされたブラックジャックの下をかいくぐって、御園の右脇に抜けた。

同時に御園は、禿富の握った寸鉄が自分の下腹部に突き立てられる、いやな感触を覚えた。防弾チョッキの、及ばない箇所だ。

氷柱で刺されたような、恐ろしく冷たい感覚が寸鉄の先から染み出し、それが少しずつ痛みに変わっていく。

鋭い恐怖が、身内を貫いた。

御園はブラックジャックを落とし、両腕で腹を抱え込んだ。

寸鉄を握った禿富の右手を、死に物狂いで鷲づかみにする。

禿富は寸鉄を引き抜き、腕を振り離そうと体を揺すった。

御園は歯を食いしばり、苦痛に耐えた。

血があふれ出すのを感じながら、渾身の力で禿富の手首を握り締めると、骨も砕けよとばかり指に力を込める。

禿富が、歯の間から言う。

「くそ、離せ」

御園は離さなかった。ここで逃げられたら、二度とつかまえることはできない。

禿富は、寸鉄を握った手を前後に揺すり立てて、もう一度御園の下腹を刺した。

手首を握っていたおかげで、今度は最初ほど深くは刺さらなかったが、御園はまた新たな傷口から、血が噴き出すのを感じた。

握り締めた手首が、にじんだ汗ですべる。

御園の手の中から、秃富の手が少しずつ滑り始めた。

くそ、離すものか。このままやられっぱなしでは、死んでも死に切れない。

しかしその思いとは裏腹に、御園は自分の体からしだいに力が抜けていくのを、ぼんやりと意識した。

なぜ、なぜこんなことに、なってしまったのだろう。

46

松国輝彦は、ドアをあけた。

広い会議室のテーブルに、一人ですわって待っていた鹿内将光が、顔いっぱいに不安の色を浮かべて、椅子を立った。

神妙に、頭を下げる。

松国はそっけなく挨拶を返し、向かいの席に腰を下ろした。

鹿内はそれを確認してから、あらためて椅子にすわり直した。かなり緊張しているようだ。

それは当然だろう。

年こそ同じ四十代の前半だが、松国は先般の異動で警察庁長官官房の、特別監察官に任命された。同時に階級も、警視正に上がった。

一方の鹿内は、警視庁神宮警察署の刑事課長代理で、一介の警部にすぎない。ともにキャリアではないが、その昇進の差は明らかだった。

ノンキャリアの自分が、四十代で警視正の位にのぼり詰めたことを、松国は誇らしく思った。優越感というのではないが、同じノンキャリアでも鹿内のような汚い警察官を、腹の中では軽蔑している。

松国は、ブリーフケースからかたちばかり書類を出し、机の上に置いた。

鹿内が、太った体をそわそわと動かして、松国の顔色をうかがう。

むかむかするのをこらえて、松国はおもむろに書類を開いた。

鹿内は部下にいばり散らし、上司に対してはあくまでぺこぺこする、典型的な小役人型の悪徳警官だ。

それは最初の事情聴取で、ふてぶてしくゆがんだ下品な口元や、媚びるように小ずるく光る目に接したとき、すぐに分かった。

松国は、まっすぐに鹿内を見た。

「結論から言おう。残念ながらあなたには、依願退職を勧告することになった」

鹿内は喉を動かし、瞬きした。

怒りと若干の安堵が入り交じった、複雑な光がその目をよぎるのを、松国は見逃さなかった。

あるいは内心では、懲戒免職を覚悟していたのかもしれない。

松国は続けた。

「ただし、退職金は返上してもらう」

それを聞くと、鹿内の顔がみるみる赤くなった。

何も言わずに、松国を睨みつけてくる。

松国は一歩も引かず、鹿内を睨み返した。

長い沈黙のあと、やがて鹿内が口を開く。

「返上しない、と申し上げたらどうなりますか」

それは、依願退職の提案をのむことを前提にした質問、と受け取れた。

少し、気が楽になる。

「その場合は依願退職ではなく、懲戒免職処分にせざるをえないね。どちらにしても、退職金はないもの、と思ってもらいたい。ただし、依願退職を受け入れれば退職金のかわりに、慰労金が支給される。むろん、退職金の額には及ばないが、もらえないよりはましだろう」

鹿内は、勝手にたばこを取り出して、火をつけた。開き直ったようだった。

「理由を聞かせてくれませんか」

「それは自分で、よく分かっているはずだ」

「参考までに、聞かせてください」

往生際の悪い男だ、とあきれつつ松国は書類を繰った。

「たとえば、渋谷を根城にする暴力団敷島組から金品を受け取って、捜査情報を流したり取り締まりに手心を加えたこと。かつて部下だった不良警官を使って、暴力団や風俗営業店から上納金を取り、さまざまな便宜を図ったこと。まだ聞きたいかね」

鹿内は、居心地悪そうにすわり直した。

「具体的な証拠があるんですか」

「たき火にするほどね。敷島組は進んで、裏帳簿を見せてくれた。あなたに渡った金と物品が、日付ごとにきちんとリストになっていたよ」

「そんなものは、証拠になりませんよ。わたしの、直筆の領収書でもついていれば、話は別ですがね」

鹿内がうそぶくのを聞いて、松国は唇を引き締めた。

「敷島組の話によると、組の元幹部の一人だった宇和島博という男が、神宮署のあなたとの連絡係を務めていたそうじゃないか。ところが、宇和島は敷島組を裏切ってマスダに寝返り、ついでにあなたとの関係も引っ張っていった、と聞いた」

鹿内は薄笑いを浮かべ、天井に向かって煙を吐いた。

「そんな話は、初耳ですね。宇和島なんてやつは、聞いたこともない」

「マスダに内偵を入れたら、宇和島は三週間ほど前から行方が分からなくなっている、ということだった。身の危険を感じて、地下へもぐったのか。それともすでに、宇和島に何かしゃべられると困る人間に、消されてしまったのか」

松国がじっと見つめると、鹿内はそわそわと肩を揺すった。

「わたしは、関係ありませんよ。宇和島とはここんとこ、ずっと会ってないし」

松国は、とっておきの微笑を浮かべた。

「そんなやつは聞いたこともない、と言ったばかりじゃないかね」

鹿内は顔を赤らめ、またすわり直した。

「まあ、管内でしたから、顔くらいは知ってますよ」

「つい先日殺された、立石署刑事課の御園という警部補を、知っているだろうね」

いきなり話題を変えると、鹿内の目に動揺の色が浮かんだ。

たばこの先から、長くなった灰がぽとりとズボンのひざに落ち、あわてて手で払う。

そのどさくさにまぎれるように、鹿内はさりげない口調で答えた。

「ええ。以前、わたしの部下だったことがある男です」

「それ以後も、付き合いが続いていたんだろう。すでに退職した玉村弘行、鯉沼貞男といった連中も、同じ仲間だったはずだ」

鹿内は下を向いたまま、あいまいにうなずいた。

「ときどき会って、酒を飲む程度ですがね」

「この三人は、札つきの悪徳警官だった。玉村も鯉沼も、今ではそれをすなおに認めている。あなたとのことも、洗いざらいしゃべってくれた。彼らも、支給されている年金を止められるはめになったら、困るからね」

鹿内は、ちらりと松国を見てから、わずかに肩を落とした。

信頼していた仲間に裏切られたと分かって、ショックを受けたようだった。

松国は続けた。

「三人の中でも、御園はことに評判が悪い。あちこちで、恨みを買っていた。だれかに殺されても、不思議はないくらいにね」

鹿内の喉が動く。

「犯人は、まだ挙がらないいんですか」

そう聞いた鹿内の声は、はっきりと震えていた。

御園隆輔の死体が、墨田区八広の荒川沿いの野球場で発見されたのは、十日ほど前のことだった。

早朝野球をやりに来た少年たちが、三塁ベースにしがみつくようにして死んでいる、御園の大きな体を見つけた。

下腹部を中心に、深くて細い刺し傷がたくさん残っていたが、死ぬまでにある程度の時間がかかったらしい。

というのは、ホームベースの周辺にできた血溜まりから、グラウンドを三塁ベースまで這いずった血の跡が、途切れなく続いていたからだ。

松国は、首を振った。

「まだだ。マスダが上海から呼び寄せた、王展明と呼ばれる殺し屋がやったという噂があるが、その男も宇和島と前後して姿を消した」

「王展明がやった、という証拠があるんですか」

「御園の死体には、細くてとがった金属で刺したと思われる傷が、たくさん残っていた。上海警察からの情報では、王展明は寸鉄という針のような暗殺用具を愛用していた、ということだ」

鹿内は無意識のように、手の甲で口元をぬぐった。

「だからと言って、王展明のしわざとは断定できないでしょう」

「王展明がいつもかぶっていた、フロッピーハットとかいう柔らかい帽子が、現場近くの草むらで発見された。こうした状況から、王展明が御園を殺したあと高飛びしたのではないか、とみられているわけだ」

「しかし、王展明には御園を殺す動機も必然性もない、と思いますがね」

松国は、鹿内を見据えた。

「あなたは、ほかにだれか御園を殺した疑いのある者がいる、というのかね」

鹿内はたじろぎ、短くなったたばこを灰皿に押しつけて、丹念にもみ消した。

「いや、別にありません。それより、警視正。禿富の処分はどうなったんですか」

突然禿富鷹秋の名前が出たので、松国はちょっと緊張した。

「他人がどう処分されようと、あなたには関係のないことだ」

鹿内はそれを無視して、なおも言い募った。

「わたしが依願退職なら、禿富は当然懲戒免職でしょうね」

松国は、閉じた書類をブリーフケースにしまい、鹿内を見返した。

「あなたがそう考える根拠が、わたしには理解できないね。参考までに伝えるが、禿富警部補については職務規程に明らかに違反する証拠を、見つけられなかった。したがって、処分は保留になる」

鹿内は、自分の処分を聞かされたときよりも驚いた様子で、背筋を伸ばした。

「あのハゲタカが、なんの処分も受けないというんですか。そんなばかな」

「ハゲタカ。それはなんのことかね」

とぼけて聞くと、鹿内は鼻をふくらませた。

「禿富のあだ名です。渋谷界隈で、あの男の本名を呼ぶやつは、だれもいませんよ」

松国は、テーブルの上で手を組んだ。

「そういう、悪意に満ちた呼び方をするところをみると、あなたは禿富警部補に個人的な意趣、遺恨があるようだ。それを晴らすために、監察官に根も葉もない告発をしたとすれば、はなはだ遺憾といわざるをえない。誣告《ぶこく》罪で反訴されたら、どうするつもりかね」

鹿内が、身を乗り出す。

「根も葉もない、ですって。ハゲタカが、いえ、禿富が渋六興業とつるんで甘い汁を吸ってることは、渋谷の住民ならだれでも知ってますよ。お望みなら、この警察庁の前の廊下に、証人を行列させてみせます」

松国は失笑した。

「それはどうかな。渋六興業と対立している敷島組からも、そういう話はいっさい出なかった。渋谷の、主だった風俗営業店や飲食店に調査を入れても、禿富警部補と渋六を悪く言う声は、聞こえてこない。お望みなら、そういう証人を行列させてみてもいいがね」

47

それから五分後、鹿内将光は打ちのめされた様子で肩を落とし、会議室を出て行った。

松国輝彦は窓際に立ち、向かいの東京高等裁判所の建物を眺めた。

鹿内は結局、松国が突きつけた依願退職の勧告を受け入れ、退職金のかわりに慰労金を受け取ることで、不承不承矛を収めた。

鹿内としては、せめて禿富と刺し違えたかったのだろうが、松国はその狙いをはねつけた。

自分でも、不思議だった。

禿富鷹秋か。

前日、松国は執務中に禿富から電話を受け、だいじな話があると言って呼び出された。

午後八時に、指定された本郷のイタリア料理店に出向くと、禿富は個室を取って待っていた。

話だけ聞いて帰るつもりだったのだが、禿富がマネージャーに命じてどんどん料理を運ばせたので、結局腹いっぱい食べるはめになった。

禿富が肝腎の用件にはいったのは、コーヒーの段階になってからだった。

禿富は、小さなデジタルビデオのテープを取り出し、松国によこした。

「前にあんたに見せた写真は、そのテープから起こしたものだ。もう用がすんだから、あんたに引き渡す」

それで話は終わった。

禿富は、その見返りに何も要求しようとしなかったし、松国もそのテープの複写があるのではないか、と聞くのを差し控えた。

傲慢で、冷酷で、無礼で、最高にいやな男に違いなかったが、松国はなぜか禿富を憎み切れなかった。

そもそも禿富は、妻の遊佐子とみずからの浮気の現場を隠し撮りし、それをネタに収賄容疑で監察を受けていた、五反田署の巡査部長久光章一を無罪放免にするよう、松国に圧力をかけてきたのだ。

監察の立場からみて、そうした行為は十分懲戒免職に値する。

まして、個人的な感情から言えば秀富は、松国にとって殺してもあきたりない男だ。

その一方で、松国は秀富に対してある種の畏敬のようなものを、感じていた。秀富の中に、自分自身がついに持ちえなかった貴重な資質を、見いだしたのだった。

自分が、よくも悪くも模範的な警察官の一人であり、秀富がその対極に位置する悪徳警官だということは、だれの目にも明らかだろう。

にもかかわらず、松国は心のどこかで秀富の生き方をうらやましく感じ、あこがれている自分を意識するのだ。

確かに、遊佐子をあのように扱った秀富の行為は、許しがたいものだった。

しかし、そのおかげで自分は忘れていた妻の存在を思い出し、遊佐子に目を向け直す余裕を取りもどしたのではないか。

このところ遊佐子自身も、とまどいながら松国の変化を受け入れる意思を、示してくれているように思う。

それはある意味では、秀富のおかげといってよかった。

秀富は、隠し撮りしたビデオテープを松国に返さず、何かのときの切り札に使うこともできたはずだ。

むろん秀富の性格を考えれば、そのためにしっかりと複写を取った可能性も、ないではない。

しかし、松国は秀富がそうしなかった方に、賭ける気になっていた。

だからというわけではないが、鹿内が執拗に秀富の所業をあげつらうのを、すべて無視した。

秀富をかばうのではなく、鹿内の讒言《ざんげん》をまともに取り上げることを、いさぎよしとしなかっただけだ。

それが正しかったかどうかは、いずれ明らかになるだろう。

前夜、別れ際に禿富が言った言葉が、耳によみがえる。

「あんたはおれを、懲戒免職にすることもできる。それも、一つの考え方だ。しかし、おれをこのまま警察機構の中に、泳がせておくこともできる。それもまた、一つの考え方だ」

その言葉に、何か意味があったのかどうか分からない。

松国は、ひそかに期するものがあった。

禿富を無罪放免にすることによって、あるいは警察内部に巣食うより醜悪で巨大な病根に、肉薄することができるかもしれぬ、と。


はらわたが、煮え繰り返った。

エレベーターが開くと、鹿内将光は乗って来ようとする女子職員を突きのけ、ホールに出た。

背後で、書類が床に散らばる音がしたが、振り向かなかった。

二人とも一つ穴のムジナなのに、自分一人が無理やり依願退職するように勧告され、禿富鷹秋にはなんの処分も下されない、という法があるものか。

背に腹は替えられず、鹿内は松国の勧告を受け入れたものの、まだ納得していない。

退職をくつがえせないなら、せめて禿富を道連れに警察を飛び出してやる。

そうしなければ、腹の虫が収まらない。

ホールを抜け、階段を駆けおりる。

歩道を、地下鉄の駅の方へ向かおうとしたとき、かたわらの植え込みの陰から、だれかがぬっと出て来た。

鹿内は驚いて、足を止めた。

たばこを口にくわえ、ズボンのポケットに両手を突っ込んだ禿富鷹秋が、そこに立ちはだかっていた。

たちまち、怒りで頭に血がのぼる。

「汚いぞ、禿富。おまえ一人、いい子になりやがって。このままでは、すまさんからな」

会社勤めらしい、二人連れの女が恐ろしそうな顔で鹿内を見ながら、そばを通り抜けて行く。

禿富は言った。

「依願退職か、懲戒免職か、どっちだ」

しゃべるたびに、唇の間でたばこが上下する。

「大きなお世話だ。おれがやめるときは、おまえも道連れにする。覚悟しとけ」

禿富は、人差し指と親指でたばこを挟み、唇から離した。

「あんたにもしものことがあったら、アメリカに留学している一人息子やかみさんが、さぞ悲しむだろうな」

出端をくじかれ、鹿内は顎を引いた。

「それは、どういう意味だ。脅迫する気か」

「おれは、脅し文句は吐かない主義でね。そういえば、あんたの片腕だった立石署の御園は、気の毒なことをしたな」

口を開こうとした鹿内は、喉を詰まらせた。

禿富は冷笑を浮かべ、続けた。

「マスダの宇和島も、行方をくらましたらしい。あんたが頼りにしていた連中は、みんないなくなったわけだ」

鹿内は唇をなめ、唾をのんだ。言葉が出てこない。

禿富が、さらに続ける。

「おれの勘では、宇和島はもう生きていないな。だれかに始末されたんだ。マスダの連中かもしれん。せっかく敷島組から引っ張って来たのに、ろくな働きをしなかったからな。今ごろは、どこかの建設現場の土の下にでも、埋まっているんじゃないか」

鹿内は、声を絞り出した。

「見てきたようなことを言うな。あいつは執念深い男だから、おまえをつけ狙ってるかもしれんぞ。せいぜい、気をつけるんだな」

禿富は、さもおかしそうに笑った。

「御園も執念深い男だったが、おれをやる前に死んだぞ」

鹿内は、急に寒けを覚えた。

「まさか、おまえ、御園を」

言いさして、禿富の顔を見つめる。

そうだ。

今まで、その考えがしつこく頭に浮かんでくるのを、無理やり押さえつけていたのだ。

御園隆輔を殺したのは、この男なのではないか。

禿富には、御園を殺す理由がある。

玉村も鯉沼も、御園に手を貸したため禿富にぶちのめされて、警察をやめるはめになった。執念深いという点において、禿富は御園や宇和島の比ではないのだ。

禿富は、とかげのように無表情な目で、鹿内を見た。

「御園をやったのは、マスダが雇った王展明という殺し屋だ、と聞いたぞ」

鹿内は手を上げ、口元をぬぐった。

「しかし、やつには御園をやる理由が、何もない」

禿富の頰に、ぞっとするような笑いが浮かぶ。

「だから、怖いのさ。姿も見せず、突然闇の中からやって来る。あんたも、気をつけるがいい。長生きしたかったらな」

禿富はそう言って、指に挟んだたばこを石畳に落とした。

それを靴の先で、丹念に踏みにじる。

まるで、そのしぐさが何かを意味すると言わぬばかりに、瞬きもせずに鹿内を見つめた。

鹿内は、文字どおり縮み上がった。

よろけながら、禿富のそばをすり抜ける。

駆け出したくなるのをこらえ、地下鉄の駅に向かって一心に歩き続けた。

禿富を道連れにする、という考えはとうに消し飛んでいた。

エピローグ

水間英人は、病室にはいった。

野田憲次は、リクライニングベッドを四十五度の角度に起こして、本を読んでいた。

「どうだ、気分は」

水間が声をかけると、野田は本を閉じてぼさぼさの髪に手をやり、顔をしかめた。

「気分はいいが、早く風呂にはいりたいよ」

「風呂にはいらなくて、死んだやつはいない。そのうち、好きなだけはいれるさ」

野田は手を下ろし、ベッドの脇の椅子を示した。

水間がすわると、野田は口調をあらためて言った。

「若先生から、明日退院してもいい、と言われた」

それを聞いて、思わず手を差し出す。

「そうか、そりゃおめでとう。意外に長引くから、ちょっと心配してたんだ」

野田は照れくさそうに、水間の手を握り返した。

「傷がけっこう深かったからな。化膿するとまずい、ということだったんだろう。とにかく、お許しが出てほっとしたよ。今度のことでは、すっかり心配をかけちまったな」

水間は手を引っ込め、首を振った。

「おまえのせいじゃない。ハゲタカのだんなが、もう少し気を遣ってくれていたら、こんな目にあわずにすんだんだ」

野田は少し間をおき、さりげなく言った。

「坂崎の話では、落とし前をつけてくれたということだが、詳しく聞かせてもらえないか」

水間は、野田が刺されたあとの一連の出来事を、まだ話していない。

野田は野田で、傷がある程度回復したあともそのことについて、何も聞こうとしなかった。

禿富鷹秋が言ったとおり、マスダはカジノルームで起きた事件を警察に通報せず、内輪で処理したらしい。

その証拠に、桑原世津子と宇和島博の死体が見つかった、という報道はいっさいなかった。

今ごろ二人の死体は、どこか地中に深く埋められたか海の底に沈められたかの、どちらかだろう。

水間が迷っていると、野田は言葉を続けた。

「むろん、おまえに聞いた話は、ここだけのことにする」

「それは分かってるよ。話さなかったのは、おまえによけいな心配をかけたくなかったからさ」

「もう、だいじょうぶだ。さっさと話して、おれを楽にしてくれ」

水間は、どこまで話したらいいものか迷ったが、結局全部話さなければ筋が通らないと思い直し、口を開いた。

「実はあの夜、宇和島に連れ出された〈みはる〉のママを助けに、新宿のマスダの拠点に乗り込んだのさ」

そのいきさつを、詳しく話して聞かせる。

宇和島が、王展明に撃たれたこと。

王展明が桑原世津子を寸鉄で殺し、別の寸鉄で禿富に刺し殺されたこと。

話を聞き終わると、野田は深刻な顔をして腕を組んだ。

「そうか、ママは死んだのか。見舞いにも来てくれないから、怪我でもしたんじゃないかとは思ってたんだが、気の毒なことをしたな」

「あの、王展明というやつは、並の殺し屋じゃない。仲間の宇和島まで、あっさり撃ち殺したんだからな」

「殺し屋に忠誠心を求めるのは、四角い卵を探すようなものさ。やつらは金をもらって、殺しを楽しんでるだけなんだ」

水間は、広げた手のひらに、目を落とした。

「それにしても、ママはかわいそうなことをした。だれにも連絡できないし、葬式も出してやれないとはな」

「結局、マスダの連中は警察と関わり合いになるのを避けて、二人の死体をこっそり始末したわけだな」

「そうなるな」

「ママのことは、それっきりか」

「かたちばかり、神宮署に渋六興業の名前で捜索願を出しておいたが、その神宮署にはハゲタカのだんながいる。まったく、やり切れない気分だぜ」

野田が、窓の外に目を向ける。

「ハゲタカのだんなは、本気でママを助けるつもりだったのかな」

「分からん。当人は、自分のものと思われている女に手出しをされた以上、黙っているわけにいかないからだ、と言っていた」

「強がりじゃないのか」

「だったら、まだ許せるがね」

野田は水間に、目をもどした。

「ハゲタカのだんなは、なぜ王展明の死体を運び出したんだ。そのあと、どこへどう始末したのかね。死体が発見されたという報道もないし、表向きはまだ生きてることになってるんだろう」

水間は答えあぐねて、肩をすくめた。

「聞いてないし、聞きたくもないよ」

しばらく、沈黙が続く。

やがて、野田があまり気の進まない様子で、また口を開いた。

「新聞で読んだが、あのあと葛飾区の立石署の御園という警部補が、荒川沿いの野球場で刺し殺されたよな。おれは会ってないが、おまえは顔を見たことがあるはずだ」

水間は、しかたなくうなずいた。

「殴り合いのときばかりだがな」

「まだ犯人はつかまってないが、つい二、三日前の新聞に殺しの手口から、上海生まれの中国人某が捜査線上に浮かんだ、という記事が出ていた。現場付近から、その男がふだんかぶっていた特徴のある帽子が見つかった、とも書いてあった。警察は、そいつを犯人と目星をつけて、行方を追ってるらしい。それがつまりは、王展明というわけだろう」

「そのとおりだ」

「しかし、肝腎の王展明はその前に死んだ、ときている。いくら手口が同じでも、死んだ人間に人殺しはできない。それが何を意味するかは、おまえも承知しているはずだ」

水間は、唇を引き締めた。

野田に言われなくても、そのことはよく分かっている。

あの夜禿富は、円山病院で車をおりようとする水間を呼び止め、王展明がかぶっていたフロッピーハットを、置いていかせたのだ。

その帽子が、御園の殺害現場の近くで発見回収された、という事実から導かれる結論は一つしかない。

水間は、しぶしぶ口を開いた。

「王展明の死体も、たぶんどこかの海の底に沈められたと考えるのが、妥当だろうな」

野田が、ため息をつく。

「王展明は殺されても、文句が言えないだろう。しかし、御園はどうかな。悪徳警官だったかもしれんが、死に値するほどの悪党だったといえるのか」

そのとき、ドアがあいた。

振り向くと、禿富鷹秋が戸口をはいって来た。

その後ろに、ベンチで見張りをしていた坂崎悟郎の、困惑した顔がのぞく。

水間は手を振って、坂崎にドアを閉めさせた。

立ち上がって、椅子をゆずろうとしたが、禿富はすわらなかった。

野田を見て言う。

「どうだ、具合は」

「おかげさまで、明日退院ということになりました。だんなにも、いろいろご心配をかけちまって、すみませんでした」

野田は口元を緩めて応じたが、顔全体はこわばったままだった。

禿富は気にする風もなく、仕立てのいいジャケットの前をはだけて、ズボンのポケットに手を突っ込んだ。

「水間に聞いただろうが、王展明はおまえを刺したあと新宿へ回って、桑原世津子と宇和島を殺した。宇和島は自業自得だが、おれと水間は王展明をきちんと始末して、おまえと世津子の恨みを晴らした」

野田は、青ざめた顔で禿富を見た。

「王展明は、ほんとうに死んだんですか」

禿富が、無表情に野田を見返す。

「どうして、そんなことを聞くんだ」

「新聞報道によると、そのあと立石署の御園警部補が殺されたのは、手口や現場の遺留品から王展明のしわざじゃないか、とにおわせています。もしそのとおりなら、王展明は死んでないことになるでしょう」

野田の直言に、水間は少しひやりとした。

しかし禿富は、いっこうに動じなかった。

「あれは、王展明のしわざじゃない。だれかが、そう見せかけようとしただけだ」

「だれかとは、だれのことですか」

野田が追及すると、禿富は夢見るような笑いを浮かべた。

「さあな。おそらく、御園はそのだれかと男と男の決着をつけようとして、やられたんだろう。一つ間違えば、逆にそのだれかがやられていたかもしれん。殺された御園に、文句はなかったはずだ」

いつの間にか水間は、手のひらに汗をかいていた。

思い切って言う。

「そのことで、だんなやおれたちに捜査の手が及ぶ、という心配はないんですか」

禿富は、意外なことを耳にすると言わぬばかりに、眉をぴくりと動かした。

「おまえたちのことは知らんが、おれにはその心配はない。そういう事態になっても、おれに泣きつくようなまねはするなよ」

ぬけぬけと言い、きびすを返して出て行こうとする。

野田がその背中に、わざとらしく声をかけた。

「お見舞い、ありがとうございました」

ドアに手をかけた禿富が、ゆっくりと顔を振り向ける。

「一つだけ、言い忘れた。〈みはる〉は、渋六興業が借り上げるかたちにして、直営のバーにしろ。店の名前も、そのままにしておけ。行方不明の世津子が、いつもどって来てもいいようにな」

水間は途方に暮れ、野田と顔を見合わせた。

禿富に目をもどす。

「だれにやらせるんですか」

「若くて、気の強くない女なら、だれでもいい」

そう言い捨てて、禿富は病室を出て行った。

無防備都市《むぼうびとし》 禿鷹《はげたか》の夜《よる》 II

二〇〇二年一月十五日 第一刷

著 者 逢坂《おうさか》 剛《ごう》

発行者 寺田英視

発行所 株式会社 文藝春秋
〒一〇二‐八〇〇八 東京都千代田区紀尾井町三‐二三
電話 〇三‐三二六五‐一二一一（大代表）

印刷所 凸版印刷

製本所 大口製本

定価はカバーに表示してあります。
万一、落丁乱丁の場合は送料当方負担で
お取り替えいたします。
小社書籍営業部までお送り下さい。

ISBN 4-16-320620-5